HÅKAN NESSER
CARAMBOLE

HÅKAN NESSER

CARAMBOLE

Kriminalroman   Albert Bonniers Förlag

www.albertbonniersforlag.se

ISBN 91-0-010159-1
© Håkan Nesser 1999
Sättning Bonniers Fotosätteri
Printed in Sweden
ScandBook AB, Smedjebacken 2003

"In the natural order of things,
fathers do not bury their sons."

Paul Auster,
The Red Notebook

I

1

Pojken som snart skulle dö skrattade och gjorde sig fri. Borstade bort några chipssmulor från skjortan och reste sig.

– Jag måste gå nu, sa han. Måste. Sista bussen är här om fem minuter.

– Ja, sa flickan, du måste väl det. Jag vågar inte låta dig sova över. Jag vet inte vad mamma skulle säga, hon kommer hem om ett par timmar. Jobbar sent ikväll.

– Synd, sa pojken och drog den tjocka tröjan över huvudet. Skulle vara skönt att få stanna hos dig. Kunde vi inte göra så att… så att…

Han tvekade om fortsättningen. Hon log och fick fatt i hans hand. Höll kvar honom. Hon visste att han egentligen inte menade vad han sa. Visste att han bara låtsades. Han skulle aldrig våga, tänkte hon. Skulle inte klara av att handskas med en sådan situation… och för en kort sekund lekte hon med tanken på att säga ja. Få honom att stanna kvar.

Bara för att få se hans reaktion, alltså. Om han skulle gå iland med det eller om han skulle tappa masken.

Bara för ett ögonblick låta honom tro att hon gick med på att lägga sig naken med honom i en säng.

Kunde ha varit skoj, onekligen. Kunde ha lärt henne en del om honom, men hon lät det vara. Släppte tanken; det skulle inte ha varit särskilt renhårigt och hon tyckte alldeles för bra om honom för att vara så egoistisk och beräknande. Gillade honom alldeles oerhört mycket, när hon tänkte närmare på saken, så förr eller senare skulle de nog komma dithän ändå. Till att ligga där med sina nakna kroppar under samma täcke... jo, det var så hon känt de senaste veckorna, det fanns ingen anledning att blunda för faktum.

Den förste. Han skulle bli den förste. Men inte ikväll.

– Det får bli en annan gång, sa hon och släppte honom. Drog med händerna genom håret för att få bort den statiska elektriciteten från det glatta sofftyget. Ni tänker bara på en sak, jäkla gorillahannar.

– Äh, sa han och försökte anlägga en min av klädsam besvikelse.

Han gick ut i tamburen. Hon rättade till sin jumper och följde efter honom.

– Vi kunde vara alldeles tysta och låtsas att du sover, sedan kunde jag smyga ut innan hon vaknar imorgon bitti..., sa han för att ändå inte släppa tråden för tidigt.

– Vi tar det en annan gång, sa hon. Mamma jobbar natt nästa månad, då kanske?

Han nickade. Satte på sig kängorna och började leta efter halsduk och vantar.

– Jäklar, jag glömde franskboken därinne. Kan du hämta den åt mig?

Hon gjorde så. När han knäppt duffeln började de kramas igen. Tvärs igenom alla tyglager kunde hon känna hans styva penis; han tryckte sig emot henne och en svirrande mattighet drog hastigt förbi i hennes medvetande. Det kändes skönt; som att falla utan att behöva tänka på landningen, och hon förstod att de där förbindelserna mellan förnuft och känsla, mellan hjärna och hjärta, var just precis så svaga som hennes mor påpekat när de suttit och pratat allvar över köksbordet härförleden.

Inte mycket att lita på. Förnuftet är bara en näsduk att snyta sig i efteråt, hade hennes mor sagt och sett ut som om hon visste vad hon talade om.

Vilket hon naturligtvis gjorde också. Tre karlar hade hon

haft, ingen hade varit värd att behålla, om hon förstått det rätt. Hennes far allra minst. Hon bet sig i läppen och sköt honom ifrån sig. Han skrattade lite generat.

– Jag tycker om dig, Wim, sa hon. Verkligen. Men nu måste du sticka, så du inte missar bussen.

– Jag tycker om dig, sa han. Ditt hår...

– Mitt hår?

– Du har så himla vackert hår. Om jag vore ett litet djur skulle jag vilja bo i det.

– Nej nu..., log hon. Menar du att jag har småkryp i skallen?

– Nejdå. Han drog upp munnen i ett brett grin. Jag menar bara att om jag dör före dig, tänker jag återfödas som ett litet djur och komma och bo i ditt hår. Så är vi tillsammans ändå.

Hon blev allvarlig.

– Man ska inte tala så där om döden, sa hon. Jag tycker så mycket om dig, men prata inte så där lättvindigt om döden, är du snäll.

– Förlåt, sa han. Jag tänkte inte på...

Hon ryckte på axlarna. Hennes morfar hade dött en månad tidigare, de hade talat en stund om det.

– Det gör inget. Jag gillar dig ändå. Vi ses i skolan imorgon.

– Det gör vi. Nej, nu måste jag verkligen gå.

– Ska jag inte följa med dig ner till hållplatsen i alla fall?

Han skakade på huvudet. Öppnade dörren ut mot trapphuset.

– Var inte löjlig. Det är ju bara tjugo meter härifrån.

– Jag tycker om dig, sa flickan.

– Jag tycker om dig, sa pojken som snart skulle dö. Väldigt mycket.

Hon gav honom en sista kram och han skyndade iväg nedför trapporna.

11

Mannen som snart skulle döda längtade hem.

Till sin säng eller till sitt badkar, oklart vilket.

Bägge delarna förmodligen, insåg han medan han förstulet sneglade på sitt armbandsur. Först ett rejält hett bad, sedan sängen. Varför skulle man säga antingen-eller när man kunde få både-och? Herregud, han hade suttit med dom här töntarna i över fyra timmar nu... fyra timmar! Han såg sig om runt bordet och funderade på om det var någon av de andra som kände på samma sätt. Som var lika uttråkad som han själv.

Det verkade inte så. Glada och uppsluppna ansikten överlag; lite grann i kraft av alkoholen förstås, men nog syntes det att dom trivdes med samvaron och varandra. Sex herrar i blomman av sin ålder, tänkte han. Framgångsrika och välmående, åtminstone med rimliga mått mätt... och timliga. Möjligen såg Greubner en smula trött och nergången ut, men det var väl äktenskapet som knakade igen... det eller firman. Eller varför inte bägge delarna, som sagt?

Nej, nu fick det vara nog, bestämde han och stjälpte i sig den sista konjaksskvätten. Torkade sig i munvinklarna med servetten och gjorde min av att resa sig från bordet.

– Tror jag borde..., började han.

– Redan? sa Smaage.

– Jo. Det är en dag imorgon också. Vi hade väl inte mer på dagordningen?

– Heh, sa Smaage. Skulle vara en liten konjagare till i så fall. Heh.

Mannen som snart skulle döda reste sig.

– Tror nog jag borde, hursomhelst..., upprepade han och lämnade avsiktligt meningen oavslutad. Får man önska herrarna en god natt och sitt inte och uggla för länge.

– Skål på dig, sa Kuijsmaa.

– Frid broder, sa Lippmann.

Ute i foajén kände han plötsligt att det förvisso var rik-

12

tigt, det där med att han fått i sig vad han behövde. Det blev uppenbara svårigheter med att kränga på sig rocken, så pass uppenbara i varje fall att den tatuerade atleten i garderoben gjorde sig besväret att gå runt disken och hjälpa honom till rätta. Kändes lite genant, onekligen, och han skyndade sig nedför halvtrappan och ut i den uppfriskande nattsvalkan.

Regnet hängde i luften och de svartblänkande gatstenarna på torget vittnade om regnskuren som dragit förbi för inte så länge sedan. Himlen verkade orolig så fler skulle väl komma. Han knöt halsduken, körde händerna i fickorna och började gå utefter Zwille bort mot Grote torg där han hade parkerat. Inte dumt med en liten promenad, tänkte han. Man blir så mycket klarare i huvudet på bara några hundra meter. Kan behövas.

Klockan på varuhuset Boodwick visade på tjugo minuter över elva när han passerade dess upplysta entré, men Ruyders Plejn låg mörk och övergiven som en bortglömd gravplats. Över Langgraacht hade dimman börjat lägga sig, och när han tog sig över Eleonorabron halkade han till ett par gånger; tydligen låg temperaturen rätt nära noll i alla fall. Han påminde sig om att ta det försiktigt med bilen; frosthalka och alkohol i blodet var ingen bra kombination. Under ett kort ögonblick övervägde han till och med att hejda en taxi, men det syntes inte till någon och han övergav tanken. Till yttermera visso behövde han bilen imorgon bitti och att ha den stående på Grote torg över natten var ingen särskilt tilltalande idé. Även om han rätt så nyligen installerat ett påkostat larm, så visste han hur det var. Det skulle inte vara någon konst för ett par hantverksskickliga tjuvar både att ta sig in och lyfta ut stereoanläggningen och att sätta sig i säkerhet, innan någon hunnit ingripa. Det var som det var, konstaterade han med luttrad resignation och svängde in på Kellnerstraat.

13

För övrigt, det kunde vara värt att notera, hade han kört bil med lite sprit i kroppen förr. Både en och två gånger, och det hade aldrig inneburit några problem. Medan han sneddade över torget bort mot den röda Audin, försökte han summera hur mycket han satt i sig under kvällen, men det fanns en del oklarheter och något säkert resultat kom han inte fram till. Istället låste han upp med fjärrkontrollen och sjönk ner bakom ratten. Stoppade fyra halstabletter i munnen, startade och började tänka på det där skumbadet.

Eukalyptus, bestämde han sig för. Såg på klockan. Den var två minuter över halv tolv.

Bussen passerade i samma ögonblick som han kom ut på trottoaren.

Först höjde han handen i ett reflexmässigt försök att få föraren att stanna. Sedan svor han en lång ramsa och såg baklyktorna försvinna i det svaga motlutet upp mot universitetet.

Skit också! tänkte han. Varför måste den pricka turlistan på sekunden ikväll av alla kvällar? Typiskt. Förbaskat typiskt.

Fast när han kontrollerade tiden såg han att han varit nästan fem minuter sen, så han hade förstås bara sig själv att skylla.

Sig själv och Katrina. Inte att förglömma. Tanken på henne gjorde honom lite lättare till mods. Han rättade beslutsamt till ryggsäcken, fällde upp kapuschongen och började gå.

Det skulle ta fyrtifem-femti minuter, men han skulle vara hemma strax efter tolv i alla händelser. Det var inte så farligt. Hans mor skulle sitta uppe vid köksbordet och vänta, det kunde han naturligtvis utgå ifrån. Sitta och se så där håglöst förebrående ut som hon utvecklat till stor och tyst dramatik genom åren, men det var inte hela världen. Vem

14

som helst kunde missa sista bussen, det hände i de bästa familjer.

Vid Keymerkyrkogården tvekade han om han skulle snedda eller inte. Beslöt att gå runt; det såg inte särskilt inbjudande ut därinne bland gravarna och kapellen, i synnerhet inte i detta kalla mörker med frostiga dimsjok som kom krypande genom gator och gränder och ur svarta kanaler. I färd med att bädda in staden i dess slutgiltigt nattliga svepning, tycktes det nästan. En gång för alla.

Han rös till och skyndade på stegen. Jag kunde ha stannat kvar, tänkte han plötsligt. Kunde ha ringt till mamma och stannat hos Katrina. Hon skulle ha grälat en stund förstås, men vad skulle hon göra? Sista bussen hade ju gått. Taxi var för dyrt och det var varken tid eller väderlek för en ung pojke att promenera omkring ensam.

Och inte för en mor att uppmana honom till det.

Men detta var bara tankar. Han fortsatte envetet. Genom stadsskogen – utefter den sparsamt upplysta gång- och cykelvägen – småsprang han nästan, och han kom ut på huvudleden fortare än han väntat sig. Drog ett djupt andetag och började gå i lite lugnare takt. Bara sista biten kvar, tänkte han. Den långa, trista vandringen utefter stora vägen; ingen särskilt angenäm sträcka, det heller, om man skulle vara kinkig. Det var dåligt med utrymme för cyklister och gående. Bara den smala remsan mellan dikesrenen och körbanan att balansera på, och bilarna körde fort. Det fanns ingen hastighetsbegränsning, inte heller mycket belysning att tala om.

Tjugo minuters vandring på en mörklagd väg i november. Han hade inte hunnit mer än ett par hundra meter förrän en kall vind kom och blåste bort dimman och så var regnet över honom.

Helvete, tänkte han. Jag kunde ha legat i Katrinas säng nu. Naken med Katrina tätt inpå mig, med hennes varma kropp och varsamma händer, hennes ben och hennes bröst som han nästan fått lägga handen på... det här regnet måste vara ett tecken.

Men han fortsatte oavbrutet att gå. Fortsatte att gå i regn och blåst och mörker och tänkte på henne som skulle bli den första.

Skulle ha blivit.

Han hade parkerat lite snett, blev tvungen att backa ut och när han just trodde att han klarat av marginalerna, törnade han in i en mörk Opel med höger bakflygel. Satan, tänkte han. Varför tog jag inte en taxi? Han öppnade försiktigt dörren och kisade bakåt. Insåg att det bara varit fråga om en mycket lätt kollision och att det inte var någonting att bry sig om. En bagatell. Han drog igen dörren. Till saken hörde, resonerade han vidare, till saken hörde att rutorna var igenimmade och sikten nästan minimal.

Exakt på vilket sätt detta hörde till saken, brydde han sig inte om att utveckla. Körde istället hastigt ut från torget och kom ner på Zwille utan problem. Trafikintensiteten var låg, han räknade ut att han borde vara hemma på en kvart, allra högst tjugo minuter, och medan han satt och väntade på grönt ljus vid Alexanderlaan började han fundera på om det verkligen fanns någonting kvar av det där eucalyptusskummet. När trafikljuset slog om hängde han inte riktigt med, utan fick motorstopp. Han startade snabbt på nytt, rusade motorn... det var den här förbannade fukten. Svängde sedan lite för snävt i korsningen och törnade i refugen.

Bara med framhjulet, förstås. Ingen större skada skedd... ingen alls, noga räknat. Bara att se glad ut och köra vidare, intalade han sig, men plötsligt förstod han att han var betydligt mer berusad än han trott.

Helvete, tänkte han. Måste se till att hålla mig på vägen i alla fall. Vore inte särskilt lyckat om...

Han vevade ner sidofönstret en decimeter och drog på

16

fläktarna för fullt för att åtminstone bli av med imman. Körde sedan i föredömligt låg hastighet en lång stund, medan han snirklade sig ut genom Bossingen och Deijkstraa, där det inte synts till en trafikpolis de senaste trettifem åren, och när han kom ut på stora vägen insåg han att oron för frosthalka varit obefogad. Istället hade ett kraftigt regn börjat falla; han knäppte på vindrutetorkarna och förbannade för femtionde gången den här hösten sin underlåtenhet när det gällde att få torkarbladen utbytta.

Imorgon, tänkte han. Imorgon åker jag in på macken det första jag gör. Det är ju vansinne att sitta och köra när man inte ser ordentligt...

Efteråt kunde han aldrig göra klart för sig om det var syn- eller hörselintrycket som kommit först. Den mjuka dunsen och det lätta rycket i ratten var i alla fall det som stannade tydligast kvar i minnet. Och i drömmarna. Att det där som under bråkdelen av en sekund virvlade förbi i högra utkanten av hans synfält alls hängde ihop med stöten och den lilla vibrationen som han känt i händerna begrep han inte omedelbart. Inte på något medvetet plan i varje fall.

Inte förrän han börjat bromsa.

Inte förrän efteråt – efter dessa fem eller sex sekunder som måste ha förflutit innan han fått stopp på bilen och börjat springa tillbaka utefter den plaskvåta vägbanan.

Medan han gjorde detta tänkte han på sin mor. På hur hon en gång när han varit sjuk – det måste ha varit under något av de allra första skolåren – suttit och hållit sin svala hand på hans panna medan han kräktes och kräktes och kräktes: gulgrön galla i en röd plasthink. Det gjorde så helvetes ont och den där handen hade varit så sval och skön, och han undrade varför i hela världen han tänkte på den just nu. Det var ett minne som låg mer än tretti år tillbaka i tiden och han kunde inte erinra sig att han någonsin kommit ihåg det förr. Hans mor hade varit död i mer än ett decennium, så nog var det en gåta att hon dök upp just nu, och hur han...

Han fick syn på honom när han nästan hade passerat förbi, och han visste att han var död innan han hunnit stanna. En pojke i mörk duffel. Ända nere i diket låg han; egendomligt vriden med ryggen mot en cylindrisk vägtrumma av cement och ansiktet vänt rakt upp emot honom. Som om han stirrade på honom och försökte få något slags kontakt. Som om han ville säga honom något. Till dels skymdes hans anletsdrag av kapuschongen som han haft uppdragen, men högra ansiktshalvan – den som av allt att döma slungats rakt in i cementen – låg blottad som en... som en anatomisk obscenitet.

Han blev stående och kämpade med kräkreflexerna. Samma reflexer, samma gamla reflexer som för tretti år sedan, utan tvivel. Två bilar passerade, en i varje riktning, men ingen tycktes ta någon notis. Han märkte att han börjat skaka, drog två djupa andetag och klev ner i diket. Blundade och öppnade ögonen igen efter några sekunder. Böjde sig framåt och trevade försiktigt efter pojkens puls, både vid handlederna och utefter den blodiga halsen.

Där fanns ingen. Helvete, tänkte han och kände paniken komma krypande. Helvetes helvete, jag måste... jag måste... jag måste...

Han kom inte på vad han måste. Försiktigt stack han in armarna under kroppen, böjde på knäna och lyfte upp honom. Det högg till nere runt ländkotorna; han var lite tyngre än han föreställt sig, kanske var det de blöta kläderna som spelade in. I den mån han nu föreställt sig någonting alls. Varför skulle han ha gjort det? Ryggsäcken orsakade lite problem. Ryggsäcken och huvudet, bägge två envisades med att vilja falla bakåt på ett alldeles orimligt sätt. Han noterade att blodet från mungipan droppade rakt ner i kapu-

18

schongen och att han knappast kunde vara mer än femton-sexton år på det hela taget. En pojke på femton-sexton... som Greubners son, ungefär. Man såg det på de där lite halvfärdiga dragen i ansiktet, trots skadorna... en ganska stilig pojke, antagligen, skulle komma att bli en attraktiv man, utan tvivel.

Skulle ha blivit.

Han blev stående nere i diket med kroppen i famnen en god stund, medan tankarna virvlade i honom. Slänten upp till vägbanan var inte mer än en meter, men den sluttade brant och regnet hade gjort den slipprig och förrädisk; han tvivlade på att han skulle hitta fäste så att det dög. Inga bilar körde förbi medan han stod där, men på avstånd hördes en moped som närmade sig. Eller möjligen en lätt motorcykel, tänkte han. När den passerade hörde han att det var en scooter och han bländades för ett ögonblick av strålkastaren. Antagligen – åtminstone var det så han kom att resonera när han senare tänkte tillbaka – antagligen var det just denna sekund av bländande vithet, som fick honom att börja fungera igen.

Fungera och tänka i rationella banor.

Varligt lade han tillbaka kroppen invid röret. Funderade på att torka bort blodet från sina händer i det våta gräset, men lät det vara. Tog sig upp på körbanan igen och skyndade tillbaka till bilen.

Noterade att han rent reflexmässigt måste ha stängt av motorn, men att strålkastarljuset var tänt. Noterade att regnet vräkte ner som något slags ursinnig naturkraft. Noterade att han frös.

Han sjönk ner bakom ratten och drog igen dörren. Satte på sig säkerhetsbältet och körde iväg. Sikten var något bättre nu, som om regnet spolat rutorna rena också på insidan.

Ingenting har hänt, tänkte han. Ingenting alls.

Han kände de första tecknen på en annalkande huvud-

19

värk, men så dök minnet av hans mors svala händer upp igen, och plötsligt var han alldeles säker på att det fanns en skvätt kvar i den där eukalyptusflaskan när allt kom omkring.

2

Han vaknade och kände först en oerhörd lättnad.

Det varade i tre sekunder, sedan förstod han att det inte varit en ond dröm.

Att det var verklighet.

Det hällande regnet, det plötsliga lätta rycket i ratten, det slippriga diket; allt var verklighet. Pojkens tyngd i hans famn och blodet som droppade ner i kapuschongen.

I tjugo minuter blev han liggande kvar i sängen som förlamad. Det enda som hände var rysningarna som då och då genomfor honom. De började nerifrån fotvalven, fortplantade sig uppåt genom kroppen för att slå ut som brännande vita blixtar uppe i huvudet, och varje gång kändes det som om någon vital del av hans hjärna och hans medvetande skjutits i sank. Frusit sönder eller bränts bort för att aldrig mer kunna återuppväckas och börja fungera igen.

Lobotomi, tänkte han. Jag håller på att lobotomeras.

När de envetet röda siffrorna på klockradion hunnit fram till 07.45 lyfte han telefonluren och ringde till sitt arbete. Förklarade med en röst, som inte bar mer än nattgammal is men som ändå bar, att han åkt på influensan och måste bli hemma några dagar.

Influensan, ja.

Ja, det var oturligt, men det var som det var.

Jo, man var välkommen att ringa om det var nånting.

Nej, han skulle hålla sig i sängen. Bara ta några pulver och se till att dricka mycket.

Ja. Jo. Nej.

Han steg upp en halvtimme senare. Ställde sig vid köksfönstret och såg ut över den trista förortsgatan, där regnet tillfälligt dragit sig tillbaka och lämnat plats för ett tungt, grått morgondis. Medan han stod där återkom gradvis och långsamt en tanke, som han mindes hade funnits hos honom också under gårdagskvällen – och senare; under timmarna av förtvivlad vaka innan han äntligen lyckades falla i sömn.

Ingenting har hänt. Ingenting alls.

Han gick ut i köket. Det fanns en oöppnad whiskyflaska i skafferiet. Glenalmond, från en resa i somras. Han skruvade av kapsylen och tog två djupa klunkar. Kunde inte minnas att han någon gång tidigare i sitt liv gjort just detta. Druckit whisky direkt ur en flaska; nej, aldrig någonsin.

Han satte sig vid köksbordet och väntade med huvudet i händerna på att alkoholen skulle sprida sig ut i kroppen.

Ingenting har hänt, tänkte han.

Sedan satte han på kaffe och började analysera läget.

Det stod inte en rad i morgontidningarna. Varken i Telegraaf, som han prenumerade på, eller i Neuwe Blatt, som han var ute och köpte i kiosken. För några ögonblick lyckades han nästan intala sig att det ändå varit fråga om en dröm, men så snart han erinrade sig regnet och diket och blodet, visste han att det var fåfängt. Det var verkligt. Lika verkligt som whiskyn på bordet. Som smulorna runt brödrosten. Som hans egna händer, vilka vanmäktigt och mekaniskt bläddrade i tidningarna, föste ner dem på golvet och återvände till flaskan.

Han hade dödat en ung pojke.

Hade kört bil i berusat tillstånd och dödat en halvvuxen pojke på femton-sexton år. Hade stått där i diket och regnet med hans döda kropp i famnen, och sedan hade han lämnat honom och kört hem.

Det var som det var. Ingenting att göra åt. Oåterkalleligt. Inte förrän några minuter i tio knäppte han på radion och bekräftelsen kom på nyhetssändningen klockan tio. Ung pojke. Sannolikt på väg till sitt hem i Boorkhejm. Inget namn än så länge. Men noggranna platsangivelser. Någon gång under natten. Mellan klockan elva och klockan ett, antagligen. Kroppen hade hittats först tidigt imorse. Ögonblicklig död med största sannolikhet. Inga vittnen.

Påkörd av en bil; med största sannolikhet även detta. Föraren kunde inte ha undgått att lägga märke till det inträffade. Uppmaning till alla som kört förbi olycksplatsen under natten och till alla som trodde sig ha några upplysningar att komma med. Polisen var angelägen att komma i kontakt med alla som...

Platsen avspärrad, regnet hade försvårat arbetet, vissa ledtrådar säkerställda... Efterlysning av föraren som smitit från platsen... Förnyad uppmaning till alla som...

Han stängde av. Pressade ner ytterligare två klunkar whisky och återvände till sängen. Låg där en god stund under ett kaos av tankar, men när han för andra gången steg upp denna grådisiga torsdagsmorgon hade det ändå utkristalliserats tre.

Tre tungt vägande tankar. Minutiöst utmejslade slutsatser som han inte hade för avsikt att rucka på. Inte fjärma sig ifrån, komma vad som komma månde. Bestämt sig, helt enkelt.

För det första: Pojken i diket var död och det var han som bar skulden för hans död.

För det andra: Hur han än handlade skulle han inte kunna återge pojken livet.

För det tredje: Det skulle inte vara någonting vunnet med att han angav sig själv. Ingenting.

Tvärtom, tänkte han angående detta tredje. Varför kompensera ett ödelagt liv med ett annat? Hans eget.

När han resonerade på det viset visste han äntligen att han var på rätt väg. Äntligen kände han igen sig själv. Äntligen. Det gällde bara att hålla sig stark. Inte låta sig brista. Bara detta.

Under eftermiddagen var han praktisk.

Tvättade bilen ute i garaget, både invändigt och utvändigt. Hur han än synade högra delen av fronten och flygeln kunde han inte hitta tillstymmelse till skador eller märken; han antog att han måste ha träffat pojken ganska lågt ner; i knähöjd med kofångaren antagligen, kanske bara en helt lätt stöt; det föreföll – när han åter försökte spela upp scenen nere i det våta diket – det föreföll, som om den fatala utgången av tillbudet snarare berodde på pojkens kollision med cementröret än på själva krocken uppe på körbanan. Vilket – på något egendomligt, perverterat sätt – också gjorde hans egen skuldbörda lite lättare att bära. Det kändes så åtminstone. Han ville att det skulle kännas så.

Inuti bilen, på förarsätet, fanns ett enda orosmoln: en mörkare oval fläck, i äggstorlek ungefär, längst ute till höger på den beigefärgade stoppningen. Han antog på goda grunder att det måste röra sig om blod och han ägnade en halvtimme åt att försöka skrubba bort det. Det var fåfängt; fläcken satt där den satt, hade trängt djupt in i tyget, uppenbarligen, och han bestämde sig för att skaffa en uppsättning frottéöverdrag någon dag den närmaste tiden. Inte alldeles genast... efter någon vecka snarare, när fallet hunnit sjunka i glömska en smula.

Det fanns en del övriga spår efter pojkens blod också, både på ratten och växelspaken, men det beredde honom inga bekymmer att bli av med dem. Beträffande de kläder han burit föregående kväll samlade han omsorgsfullt ihop

24

dem och brände dem under viss rökutveckling i öppna spisen i vardagsrummet. När han var klar, greps han av ett ögonblicks panik inför tanken på att man skulle fråga efter dem. Lugnade dock ner sig rätt snart; det var naturligtvis orimligt, både att man skulle komma honom på spåren och att man skulle avkräva honom redovisning för någonting så ytterligt trivialt. Ett par ordinära manchesterbyxor? En gammal kavaj och en blågrå bomullsskjorta? Han kunde ha gjort sig av med dem på tusen legitima sätt: kastat bort dem, skänkt dem till någon klädinsamling, vad som helst.

Men framförallt: man skulle inte komma honom på spåren.

Senare på eftermiddagen, när skymningen sänkt sig och ett tunt regn börjat falla, gick han till kyrkan. Gamla Vroonsbasilikan som låg på tjugo minuters promenadavstånd från hans hem. Satt under en halvtimme i ett av sidokoren med knäppta händer och försökte öppna sig för röster från sitt inre – eller från någonting högre – men ingenting gjorde sig påkallat och ingenting dök upp som väckte någon oro.

När han lämnade den folktomma kyrkobyggnaden, förstod han hur viktigt det var att han unnat sig detta besök; tagit sig tid att sitta i koret på detta vis utan några avsikter eller förhoppningar. Utan falska förespeglingar och bevekelsegrunder.

Förstod att det varit ett slags prov och att han hade bestått det.

Det var märkligt, men känslan var stark och otvetydig när han kom ut ur det mörka valvet. Någonting som liknade katarsis. På vägen hem köpte han två kvällstidningar; bägge två hade en bild av pojken på första sidan. Samma bild, för övrigt, fast i olika grad av förstoring; en glatt leende pojke med skrattgropar, lite sneda ögon och mörkt framåtkammat hår. Ingen kapuschong, inget blod. Han kände inte igen honom.

När han kommit hem kunde han konstatera att han hetat Wim Felders, att han fyllt sexton år för bara några dagar sedan och att han varit elev på Wegers läroverk.

Båda tidningarna var fyllda av detaljer, uppgifter och spekulationer, och den allmänna synen på det inträffade kunde kanske sammanfattas i den Poosts rubrik på tredje sidan:

HJÄLP POLISEN SÄTTA FAST SMITAREN!

Det stod också en del om tänkbara påföljder för den händelse polisen lyckades spåra upp gärningsmannen. Två till tre års fängelse var ingen orimlighet, av allt att döma.

Han adderade sitt alkoholintag – vilket säkerligen skulle kunna fastställas med bistånd av den pigga restaurangpersonalen – och räknade upp summan till fem-sex. Åtminstone. Rattfylleri. Vårdslöshet i trafik och grovt vållande till annans död. Smitning.

Fem-sex år bakom lås och bom. Vad skulle det tjäna till? tänkte han. Vem skulle ha någon glädje av en sådan utveckling?

Han slängde tidningarna i soporna och tog fram whiskyflaskan.

3

Tre nätter i rad drömde han om pojken, sedan var han borta. Likadant med tidningarna i stort sett. Man skrev om Wim Felders under fredagen, lördagen och söndagen, men när arbetsveckan började på måndagen inskränkte sig rapporteringen till en notis om att polisen fortfarande inte hade några spår. Inga vittnen hade framträtt och ingen teknisk bevisning var säkerställd – vad nu en sådan formulering kunde tänkas betyda? Den unge pojken hade körts ihjäl av en okänd bilist, som sedan, i skydd av regnet och mörkret, smitit från platsen; detta hade man vetat från början och man visste det fortfarande efter fyra dagar.

På måndagen återvände han också till sitt arbete. Det kändes som en lättnad, men också som ett slags åsnebrygga över till normalare gängor. På nytt rullade livet i gamla nötta hjulspår, invanda och samtidigt märkvärdigt främmande, och flera gånger under dagen kom han på sig med att förvånat fundera över hur tunn den egentligen var, den där hinnan mellan det vardagliga och det fruktansvärda.

Hur tunn och hur oerhört lätt att bryta igenom. Hinnan.

Efter arbetsdagens slut åkte han ut till stormarknaden i Löhr och köpte nya stolsöverdrag till bilen. Hittade omgående en nyans som var i stort sett identisk med den färg som redan fanns på sätena, och när han efter vissa besvär lyckats applicera de elastiska tygfodralen ute i garaget senare på kvällen, kändes det som om det äntligen var i hamn. Parentesen var över nu. Parentesen runt ingenting. Han hade lagt sista handen vid de säkerhetsstrategier han efter moget övervägande dragit upp. Alla åtgärder var vidtagna, alla spår utsuddade, och lite förvånat insåg han att det ännu inte gått en vecka sedan olyckan.

Och det fanns inga tecken. Hade inte dykt upp det allra minsta som kunde tyda på att han skulle behöva stå till svars för det som hänt under dessa ödesdigra sekunder på torsdagskvällen. Dessa fasansfulla och alltmer overkliga sekunder, som hastigt virvlade bort allt längre in i det förflutnas mörker.

Han skulle klara sig. Han drog en djup suck och visste att han skulle klara sig.

Det hade visserligen påståtts – både i ett par av tidningarna och i teveutsändningarna, som han följt i mån av tillfälle – att polisen hade vissa ledtrådar att arbeta utifrån, men han förstod att det bara var fråga om tomma ord och fraser. Ett klumpigt försök att ge sken av mera kunskap och kompetens än man i verkligheten var i besittning av. Som vanligt.

Ingenstans hade det nämnts ett ord om någon röd Audi som stått parkerad vid vägkanten i närheten av olycksplatsen med belysningen tänd. Just detta hade annars varit hans största farhåga; kanske inte att någon skulle ha noterat färgen eller bilmodellen – ännu mindre registreringsnumret – men att man lagt märke till att det stått ett fordon där. Det hade ändå passerat två bilar medan han befann sig nere i diket... eller var det medan han fortfarande stod uppe på vägbanan? Han mindes inte längre. Två bilar och en scooter i alla händelser, det kom han tydligt ihåg. Föraren i den bil som kommit från motsatta hållet – från Boorkhejm eller Linzhuisen – kunde i och för sig ha tagit hans Audi för ett mötande fordon, räknade han ut, men de bägge andra, ja, nog måste de ha lagt märke till bilen som stått vid vägkanten med lyktorna tända.

28

Eller var det sådant som föll en ur minnet? Sådana minnesspån som man bara behöll i några sekunder eller en halv minut och sedan förlorade för alltid? Svårt att säga, svårt att veta, men utan tvivel en fråga som höll honom vaken om nätterna. Dessa presumtiva, latenta vittnesbörd.

På torsdagen – efter några dagars tystnad i media och en vecka efter olyckan – kom en vädjan från pojkens familj: mor, far och en yngre syster. Man talade i både teve och radio och förekom på bild i flera tidningar, och det man ville åstadkomma var helt enkelt att få gärningsmannen att lyssna till sitt eget samvete och träda fram.

Erkänna sitt dåd och ta sitt straff.

Detta utspel, det föreföll rätt uppenbart, var förstås ytterligare ett indicium på att polisen stod handfallen och inte hade någonting att gå efter. Inga ledtrådar, inga spår. När han såg modern – en mörk, oväntat samlad kvinna i fyrtifemårsåldern – sitta i tevesoffan och på detta sätt rikta sig rakt till honom, greps han först av en plötslig ångest, men så snart hon försvunnit ur rutan, återvann han omedelbart sin jämvikt. Kände och förstod, att han visserligen kunde drabbas av sådana här attacker då och då, men att det alltid fanns kraft nog för att ta sig upp igen. En väg ut ur svagheten. Bara han inte förlorade besinningen.

Det var bra att veta att han hade den, att han var i besittning av detta viktiga. Kraften.

Ändå skulle han ha velat tala med henne.

Varför? hade han velat fråga.

Vad skulle det tjäna till att sätta mig i fängelse i fem år?

Jag har dödat din son, jag beklagar det av hela mitt hjärta, men det var en olyckshändelse och vad skulle vara vunnet med att jag trädde fram?

Han undrade vad hon skulle ha svarat. Skulle hon verkligen ha haft någonting att förebrå honom? Alltihop var en olyckshändelse och olyckshändelser har inga gärningsmän. Inga aktörer överhuvudtaget, mer än faktorer och objekt utom varje kontroll.

Senare på kvällen lekte han också med tanken på att skicka ett anonymt meddelande till familjen. Eller bara ringa upp och förklara sina synpunkter, men han förstod att det vore för riskabelt och sköt undan alla idéer i den riktningen.

Han sköt också undan alternativet att försöka få en krans levererad till Wim Felders begravning, vilken ägde rum i en fullsatt Keymerkyrka på lördagen tio dagar efter olyckan. Av samma skäl. Riskerna.

Förutom anhöriga och vänner övervarades ceremonin av en stor del av Wegerläroverkets elever och lärare, liksom en rad representanter för olika trafikofferorganisationer. Om detta läste han utförligt i söndagens Neuwe Blatt, men det var också den sista stora nyhetseruptionen med anledning av fallet.

Till sin förvåning märkte han på måndagen att det kändes tomt.

Som om han förlorat något.

Som när jag förlorade Marianne, tänkte han något senare med samma förvåning; det var en egendomlig jämförelse, men någonting måste han ju relatera till. Någonting viktigt i sitt eget liv. Under tio dagar hade den fruktansvärda händelsen dominerat hela hans tillvaro. Sipprat in i varje por och varje vrå av hans medvetande. Även om han relativt snabbt fått kontroll över sin panik, så hade den hela tiden funnits där. Därunder, redo att bryta fram. Hans tankar hade kretsat kring denna helvetiska bilfärd snart sagt varje sekund, kring den lätta dunsen och rycket i ratten; kring regnet, den livlösa pojkkroppen och det slippriga diket... dag som natt, och när det nu äntligen började dyka upp perioder då han inte funderade över det, kändes det på sätt och vis som om någonting fattades.

Ett slags tomhet, som sagt.

Som efter ett elva år långt, barnlöst äktenskap... jo, där fanns beröringspunkter.

Jag måste vara en mycket ensam människa, slog det honom under dessa dagar. Sedan Marianne lämnade mig har ingen egentligen betytt något. Ingen enda. Jag råkar ut för händelser, men jag handlar inte. Existerar, men lever inte.

Varför har jag inte skaffat mig en ny kvinna? Varför har jag knappast ställt mig denna fråga, ens? Och nu är jag plötslig någon annan.

Vem? Vem är jag?

Att sådana tankar kunde dyka upp som frukten av att han kört ihjäl en ung pojke, var naturligtvis i sin tur egendomligt, men någonting förbjöd honom att röra för djupt i det hela. Han bestämde sig istället för att ta det goda med det onda och göra någonting åt saken, att för en gångs skull bryta ny mark, och innan han visste ordet av – innan han givit sig tid att tänka efter och ångra sig – hade han bjudit hem en kvinna på middag. Han råkade stöta på henne i matsalen; hon hade kommit och satt sig vid samma bord, bara, det var ont om platser som vanligt. Han visste inte om han någonsin sett henne förr. Förmodligen inte.

Men hon tackade ja.

Hon hette Vera Miller. Hon var gladlynt och rödhårig, och natten mellan lördagen och söndagen – drygt tre veckor efter att han för första gången i sitt liv dödat en annan människa – älskade han med en kvinna för första gången på nästan fyra år.

31

Förmiddagen därpå gjorde de det igen och efteråt berättade hon att hon var gift. De talade om det en stund och han såg att det berörde henne betydligt mer än det berörde honom. På måndagen kom brevet.

Det har gått en tid sedan Ni mördade pojken. Jag har väntat på att Ert samvete skulle vakna, men förstår nu att Ni är en svag människa som inte vågar stå för vad Ni gjort.

Jag har otvetydiga uppgifter som kommer att sända Er i fängelse så snart jag överlämnar dem till polisen. Min tystnad kostar tiotusen gulden, en struntsumma för en man i Er ställning, men jag ger Er ändå en vecka (sju dagar exakt) för att hinna skaffa fram den. Var beredd.

På återhörande.

En vän

Handskrivet. Textat med smala, jämnt lutande bokstäver. Svart bläck.

Han läste det fem gånger i följd.

4

– Är det någonting som trycker dig? frågade Vera Miller när de ätit middag. Du verkar lite dämpad.

– Nej.

– Säkert?

– Det är ingenting, förklarade han. Känner mig hängig bara, tror jag har lite feber.

– Det har väl ingenting med mig att göra? Med oss, menar jag?

Hon snurrade på vinglaset och betraktade honom allvarligt.

– Nejdå, för tusan...

Han försökte skratta men hörde själv att det skorrade. Drack ur vinglaset istället.

– Jag tycker det har börjat så bra, det här, sa hon. Vill gärna att det blir ett andra och ett tredje kapitel också.

– Naturligtvis. Förlåt mig, jag är lite trött, men det har ingenting med dig att göra. Jag tycker som du... jag lovar dig.

Hon log och strök honom över armen.

– Bra. Jag hade nästan glömt att det kunde vara så här skönt att älska. Otroligt att du legat i träda i fyra år. Hur kommer det sig?

– Jag väntade på dig, sa han. Ska vi gå och lägga oss?

När hon lämnat honom på söndagen började han längta efter henne nästan omedelbart. De hade älskat till långt in på

33

småtimmarna och det var precis som hon hade sagt: att det kunde kännas så här starkt var nästan en gåta. Han kröp tillbaka ner i sängen och borrade in huvudet i kudden. Drog in hennes doft i djupa näsdrag och försökte somna om, men det var lönlöst. Tomrummet var alltför stort. Visst var det en förbannad märklighet?

Världens största skillnad, tänkte han. Den mellan en kvinna som ligger kvar och en kvinna som just gått sin väg. En älskad kvinna. En ny kvinna?

Efter en stund gav han upp. Gick och hämtade tidningen, åt frukost och sedan tog han fram brevet igen.

Det var naturligtvis onödigt. Han kunde det utantill. Varenda formulering, vartenda ord, varenda bokstav. Han läste det ändå två gånger till. Tummade på det, kände på papperskvalitén. Den var hög, utan tvivel; kuvert och brevpapper av samma design. Tjockt och hamrat papper, han gissade att det var inköpt i någon av boklådorna inne i centrum, där man sålde i lösvikt.

Sofistikerad nyans också. Blekblått. Frimärke med idrottsmotiv, en kvinna som gjorde en svingande rörelse med en diskus. Rätt placerat på millimetern uppe i högra hörnet. Hans namn och adress textat med samma svagt lutande spetsiga bokstäver som brevtexten var avfattad med. Ortsnamnet understruket.

Det var allt. Allt som gick att säga om det. Ingenting, med andra ord. Eller näst intill ingenting i varje fall. Inte ens författarens kön verkade möjligt att fastställa. Kanske lutade han åt en man, men det var föga mer än en gissning. Kunde vara vilket som.

Tiotusen? tänkte han för hundrafemtionde gången sedan måndagskvällen. Varför bara tiotusen?

Förvisso var det en ansenlig summa pengar, men ändå – som brevskrivaren mycket riktigt påpekade – inget direkt orimligt krav. Han hade mer än det dubbla på banken, han ägde ett hus och övriga tillgångar som var värda tio gånger så mycket. Utpressaren hade också använt uttrycket "en man i Er ställning", vilket tydde på att han var förtrogen med hans omständigheter och ekonomiska ställning.

Så varför nöja sig med tiotusen? Kanske inte "en struntsumma", men nog var det ett billigt pris. Högst rimligt med tanke på vad det var frågan om.

En någotsånär välutbildad person också, antagligen, brevskrivaren. Handstilen var jämn och prydlig, inga språkfel förekom, koncisa formuleringar rakt igenom. Utan tvivel borde (måste?) vederbörande ha klart för sig att han skulle ha kunnat få ut mer. Att priset för hans tystnad var lågt.

Till denna slutsats återkom han flera gånger. Förvånades också efterhand över hur lätt han hade att sitta och resonera med sig själv i dessa tämligen rationella banor. Brevet hade kommit som en bomb, men så snart han börjat vänja sig och acceptera faktum, var det de logiska och relevanta frågorna som sysselsatte honom.

Under hela veckan och nu under söndagens eftermiddag.

Varför bara tiotusen, således?

Vad betydde det? Var det bara en första avbetalning?

Och vem? *Vem* var det som hade sett honom och som nu såg chansen att tjäna pengar på hans olycka? Och på pojkens.

Scooterföraren eller någon av de två bilisterna, som hade passerat medan han stod nere i diket med den livlösa kroppen i famnen? Eller uppe på vägbanan.

Fanns det några andra alternativ? Han trodde inte det.

I alla händelser måste det ha varit bilen, hans egen röda Audi, som avslöjat honom, det började han snart utgå ifrån. Någon hade fått syn på dess egendomliga placering på vägen, hade memorerat bilnumret och fått fram hans identitet via registret.

35

Han kände sig övertygad om att det måste ha gått till på det sättet. Alltmer övertygad; räknade snart inte med att det kunde finnas andra möjligheter – ända tills en fasansfull tanke slog honom.

Pojken kunde ha haft sällskap den där kvällen. De kunde ha varit två unga människor, till exempel, som gick där längs vägen, men det var bara pojken som slagit ihjäl sig mot cementröret.

Lite längre bort... några meter på andra sidan om röret kunde en omtöcknad flickvän ha legat... nej, inte en flickvän, en sådan hade funnits inne i staden, hade han läst i tidningen... en kamrat eller en tillfällig följeslagare, snarare... som legat där avsvimmad och dold av mörkret. Eller chockad och livrädd inför åsynen av den döde pojken och mannen som stod och höll honom i sin famn medan blodet droppade ner i kapuschongen...

Det var ett fruktansvärt scenario, förstås, och även om han så småningom lyckades intala sig att det inte var särskilt troligt, så återkom det med viss envishet. Rent kliniskt försökte han också skjuta undan denna makabra variant – denna osannolika möjlighet – eftersom den i alla händelser var ovidkommande. Irrelevant. Det spelade ingen roll vem det var som iakttagit honom under olycksnatten – eller exakt hur vederbörande råkat få kännedom om vad som hänt. Det var de andra frågorna som krävde uppmärksamhet och koncentration.

Och beslut.

Kunde han alltså lita på att det skulle stanna vid detta?

Vid tiotusen gulden. Att han skulle få betala en gång och sedan inte behöva oroa sig mera?

Se däri låg knuten. Vilken garanti ämnade brevskrivaren ge honom för att han (hon?) ändå inte – när han inkasserat och gjort av med pengarna – ville ha lite mera efter någon månad? Något år?

36

Eller att vederbörande inte bara helt sonika gick till polisen och angav honom i alla fall?

Skulle han få någon sådan garanti? Hur skulle en sådan garanti se ut?

Eller – och det här var förstås den fråga som hade allra störst tyngd – borde han inte inse att situation var omöjlig? Borde han inte begripa att spelet var förlorat och att det var dags för honom själv att ringa ett samtal till polisen?

Borde han inte ge upp?

Ännu på söndagskvällen hade han inte slutgiltigt besvarat någon av dessa frågor. Att han redan på fredagen slunkit in på Spaarkasse och plockat ut elvatusen från sitt konto behövde inte med nödvändighet ses som ett beslut.

Bara ett tecken på att han fortfarande höll alla dörrar öppna.

I tankarna fanns också samtalet de haft på lördagen.

– Din man? hade han frågat när de började närma sig bilen igen efter vandringen längs stranden. Har du berättat för honom?

– Nej, hade hon sagt och släppt ut håret som hon haft undanstoppat i den stickade mössan. Dragit med händerna genom det och skakat det i en gest som han trodde hon överdrev för att hinna tänka efter. Jag visste inte hur allvarligt det skulle bli med dig... inte i början alltså. Nu vet jag. Men jag har inte fått tillfälle att tala med honom än. Det kräver liksom både tid och utrymme.

– Du är säker på det?

– Ja.

– Att du vill skiljas från honom?

– Ja.

– Varför har ni inga barn?

– Därför att jag inte velat ha några.

– Med din man eller överhuvudtaget?

37

Hon gjorde en vag åtbörd med huvudet. Han förstod att hon inte ville tala om saken. De stod tysta en stund och såg ut över det upprörda havet.

– Vi har bara varit gifta i tre år. Det var ett misstag från början. Det var idiotiskt.

Han nickade.

– Vad arbetar han med?

– Arbetslös för tillfället. Jobbade på Zinders. Dom lade ner.

– Låter trist.

– Jag har aldrig sagt att det är speciellt roligt.

Hon skrattade. Han lade armen om hennes axlar och tryckte henne intill sig.

– Det är inte så att du går och tvekar?

– Nej, sa hon. Jag vill inte leva med honom, jag har vetat det hela tiden.

– Varför gifte du dig med honom?

– Jag vet inte.

– Gift dig med mig istället.

Det slank ur honom utan att han hann hejda det, men han insåg genast att han faktiskt menade det.

– Wow, hade hon svarat och skrattat. Vi har varit tillsammans två gånger och äntligen frågar du om vi ska gifta oss. Ska vi inte åka hem till dig och käka först i alla fall, som vi hade planerat?

Han funderade.

– Kanske det, sa han. Jo, du har nog rätt, jag är hungrig som en varg.

Under återstoden av kvällen hade han aldrig upprepat sitt giftermålsanbud, men heller inte tagit tillbaka det. Han tyckte om att det kunde hänga litegrann i luften utan att man behövde ta ställning till det eller kommentera det. Som en sträng emellan dem, som inte behövde slås an men som

38

ovillkorligen fanns där och band dem samman. Han tyckte sig också se på Vera att hon inte hade någonting emot det. Att hon kände ungefär likadant.

Ett slags hemlighet. Ett förbund.

Och när de sedan älskade var det som om de druckit ur kärlekens brunn.

Obegripligt, på sätt och vis var det obegripligt.

Hur kunde livet utan förvarning bara kastas in i alldeles nya banor; banor som ställde allt det invanda, allt förnuft och all livserfarenhet på huvudet? Hur var det möjligt?

På bara några veckor dessutom. Först den fruktansvärda torsdagskvällen, sedan Vera Miller och kärleken. Han förstod det inte. Gick det att förstå?

Under återstoden av söndagskvällen låg han mestadels i soffan med bara ett stearinljus tänt, medan han tyckte att han kastades mellan ytterligheterna. Mellan känslor av vacklande, svirrande och krackelerande verklighetsuppfattning å ena sidan – ett mycket lugnt och rationellt spekulerande över sin egen situation å den andra. Förnuft och känsla men utan förbindelser, utan synapser.

Så småningom bestämde han sig för att det inte var fråga om några kast, trots allt. Det existerade bara en verklighet och den pågick hela tiden; hans känslor inför den och hans försök att kontrollera den var alldeles intakta, det var bara synvinkeln som skiftade. Perspektivet.

Myntets fram- och baksida, tänkte han. Som en vippströmbrytare. Det alldagliga och det obegripliga. Livet och döden? Den tunna hinnan däremellan.

Märkligt.

Efter elvanyheterna på radion tog han fram brevet igen. Läste det ännu en gång innan han gick och satte sig vid skrivbordet. Satt där en god stund i mörkret och lät tankarna löpa som de ville, och snart, mycket snart, började han

39

skönja ännu ett handlingsalternativ, där han tidigare bara sett två.

En tredje väg. Den tilltalade honom. Han blev sittande länge medan han försökte väga dess för- och nackdelar. Ännu var det dock för tidigt att välja. Alldeles för tidigt. Så länge han inte fått ytterligare instruktioner från "En vän", kunde han inte gärna göra annat än att vänta.

Vänta på måndagens post.

5

Han var tjugo minuter för tidig. Medan han satt kvar och väntade i bilen på den ödsliga parkeringsplatsen läste han instruktionerna en gång till. Inte för att det behövdes, han hade gjort det hela dagen, men för att krympa tiden.

Pengarna: 100- och 50-guldenvalörer, förpackade i dubbla plastpåsar; ytterst en kasse från varuhuset Boodwick.

Plats: Trattoria Commedia ute vid golfbanan i Dikken.

Tidpunkt: Tisdag klockan 18 precis.

Utförande: Tag plats i baren. Beställ en öl, drick ett par klunkar, gå på toaletten efter cirka fem minuter. Tag med pengakassen, lämna den väl skyddad av pappershanddukar i skräpkorgen. Om det finns fler besökare på toaletten, vänta tills där blir tomt. Lämna toaletten, gå direkt ut till parkeringsplatsen och kör därifrån.

Det var allt.

Samma sorts papper som förra gången. Samma handstil, samma penna antagligen.

Samma underskrift: *En vän*.

Inga hot. Inga kommentarer om hans svaghet.

Bara de nödvändiga instruktionerna. Det kunde inte bli enklare.

Klockan två minuter i sex tryckte han upp sidorutan och klev ur bilen. Han hade parkerat så långt ifrån restaurangen som möjligt, alldeles vid utfarten. Gick raskt, men utan brådska, de femtio meterna över den blåsiga grusplanen fram till restaurangbyggnaden. Den var låg och vinkelbyggd;

41

fasaden satt med mörk pommersten. Gaudifönster med svarta stålskoningar. Han sköt upp den imiterade jakarandadörren och steg in.

Konstaterade att det såg folktomt men ändå rätt så inbjudande ut. Han hade aldrig satt sin fot här tidigare; antog att det var ett ställe par preference för golfspelare, och att det knappast kunde vara någon högsäsong i detta ruggiga senhöstväder. Baren låg omedelbart till vänster, en ensam kvinna i fyrtiårsåldern satt och rökte i sällskap med en kvällstidning och en grön drink. Hon tittade upp när han kom in, men bestämde sig för att tidningen var intressantare.

Innan han slog sig ner kastade han ett öga längre in i lokalen. Den gick i vinkel och av de bord han kunde se var de flesta lediga. Ett ensam man satt hukad över en pasta rätt. En brasa sprakade i en öppen spis; inredningen gick i mörkbrunt, rött och grönt och ur dolda högtalare tog sig en diffus pianosonat ut. Han ställde kassen mellan fötterna och beställde en öl av bartendern, en ung man med hästsvans och ring i örat.

– Blåsigt? frågade bartendern.

– Javars, svarade han. Inte mycket folk ikväll?

– Det har ni rätt i, sa bartendern.

Han fick sin öl i ett högt, feminint glas på fot. Betalade, drack ur hälften och frågade efter toaletten. Bartendern tecknade åt eldstaden till, han tackade, tog kassen och begav sig dit.

Det luktade pinjeskog och var frapperande tomt. Och rent. Skräpkorgen mellan de bägge handfaten var fylld bara till en tredjedel med begagnade pappershanddukar. Han tryckte ner sin Boodwickkasse och täckte över med nya handdukar, som han drog en och en ur hållaren och skrynklade till lite. Allt enligt instruktionerna. Hela proceduren tog tio sekunder. Han stod kvar i ytterligare tio och betraktade med mild förvåning sin bild i det lätt repiga spegelgla-

42

set ovanför handfaten. Därefter gick han ut. Nickade åt bartendern när han passerade och fortsatte ut till bilen. Det fanns ett stråk av fruset järn i luften.

Smidigt, tänkte han när han åter satt bakom ratten. Alldeles förbannat smidigt.

Sedan öppnade han handskfacket och tog fram röret.

Det dröjde exakt sex och en halv minut.

Mannen som kom ut från restaurangen såg ut att vara i trettiårsåldern. Han var lång och gänglig; bar kassen i höger hand medan han dinglade obesvärat med ett par bilnycklar i den vänstra. Alldeles tydligt var han på väg mot en gammal Peugeot som stod ett tjugotal meter från hans egen bil. Ett av sammanlagt fem fordon på den stora parkeringen.

Innan mannen öppnade dörren, hann han reflektera över amatörmässigheten. Att vänta så kort tid, för att sedan bara promenera rakt ut med kassen i högsta hugg, nog vittnade det om ganska dåligt omdöme? Han förstod att det trots allt inte var någon allvarligare motståndare han hade att göra med – och framförallt: att motståndaren grovt underskattat hans egen kaliber.

Han var inpå honom just som han skulle sticka nyckeln i dörrlåset.

– Ursäkta, sa han. Jag tror ni tappade något.

Han höll upp sin kupade vänsterhand en halvmeter från mannens ansikte.

– Vad för någonting?

Han kastade en hastig blick över parkeringen och omgivningarna. Mörkret tilltog för varje sekund nu. Inte en människa syntes till. Med full kraft slog han röret i mannens huvud. Träffade lite snett över vänster öra. Utan ett ljud föll han till marken. Platt på mage med armarna under sig. Han måttade mot nacken och slog en gång till med samma tveklöshet. Det hördes ett kort krasande och han visste att han var död. Om han nu inte dött redan av det första slaget. Det blödde ymnigt från huvudet. Försiktigt befriade han den fallne från plastkassen och bilnycklarna, rätade på ryggen och såg sig om.

Fortfarande inte ett liv. Mörkt och ödsligt. Efter att ha överlagt med sig själv några sekunder fattade han tag i mannens fötter och drog in honom i det otuktade buskaget som omgärdade parkeringsplatsen. Det blev ett brett spår i gruset, men han antog att regnet skulle retuschera bort det. Han tog ett par steg tillbaka och konstaterade att ingenting syntes från några meters håll. Åtminstone inte för den som inte visste vad han letade efter. Eller att det fanns något att leta efter överhuvudtaget.

Han nickade belåtet och återvände till sin egen bil. Det var förstås ingen nackdel om det tog några dagar innan någon snubblade över liket. Ju fler desto bättre, antagligen. Han lindade in röret i en tidning och stoppade det i kassen tillsammans med pengarna.

Startade och körde därifrån.

Sitt yviga, mörka hår, sitt skägg och sina blåtonade glasögon behöll han på ända tills han passerade den där ödesdigra vägtrumman av cement ute på huvudleden mot Boorkhejm, och när han en halvtimme senare hällde upp två fingrar Glenalmond i ett vanligt dricksglas hemma i köket, riktade han också en tacksamhetens tanke till dessa Sobrontabletter – dessa svagt blåskimrande små underverk till piller, vilka hållit honom på en konstant och suveränt stabil medvetandenivå hela denna eftermiddag. Föregående dagar också. Det var ingen nackdel att ha en viss insikt i den egna själen och dess behov av psykofarmaka, tänkte han. Absolut ingen nackdel.

Han drack ur glaset.

Därefter tog han ett långt avslappnande skumbad.

Därefter ringde han upp Vera Miller.

II

6

Det var en viss Andreas Fische som hittade kroppen. Det skedde på torsdagens eftermiddag. Fische hade varit på besök hos sin syster på Windemeerstraat ute i Dikken (ett hår av hin till syster förvisso, men blod är tjockare än vatten och hon hade lyckats gifta sig med en påtagligt välbärgad advokat), och det var när han tog en genväg över parkeringen utanför Trattoria Commedia och stannade för att han behövde pinka, som han upptäckte att det låg någonting inne bland buskarna.

Fische pinkade färdigt och såg sig omkring. Sedan böjde han försiktigt undan några taggiga kvistar och kikade in i buskaget. Det låg en människa där. En kropp. En död kropp.

Fische hade sett döda kroppar förr. Både en och två gånger under sitt omväxlande liv, och efter att han kämpat ner den första impulsen att lägga benen på ryggen tog hans bättre – mer praktiskt inriktade – jag kommandot. Han kontrollerade att inga människor syntes till i det ödsliga skumrasket ute på parkeringsplatsen. Böjde därefter varligt undan ytterligare några busktelningar – noga med att inte sätta ner fötterna och lämna avtryck i den mjuka jorden, han hade varit med förr, som sagt – och tog sig en närmare titt på dödingen.

En rätt så ung, rätt så lång man. Han låg på mage med armarna fridfullt utsträckta ovanför huvudet. Mörkgrön jacka och vanliga blå jeans. Den ansiktshalva som var vänd uppåt var täckt av mörka intorkade strimmor och Fische gis-

47

sade att någon satt punkt för hans liv genom att slå någonting hårt och tungt i huvudet på honom. Helt sonika. Han hade sett sådant också, även om det låg några år tillbaka i tiden.

Efter att ännu en gång förvissat sig om att inga människor fanns i närheten lutade han sig ner och började vittja fickorna.

Det tog inte mer än några sekunder och resultatet var skäligen magert. Detta kunde han konstatera när han lagt tvåhundra meter mellan sig själv och kroppen. En sliten plånbok utan kreditkort och med bara fyrti gulden i sedlar. En handfull småpengar. Ett nästan tomt cigarrettpaket och en tändare. En nyckelknippa med fyra nycklar och en reklambricka för ett läkemedelsföretag. Det var det hela; han kastade allihop utom pengarna i en papperskorg, summerade hastigt det ekonomiska läget och konstaterade att han trots allt var stadd vid någorlunda kassa. Tillsammans med den hundring han viggat av systern hade han mer än nog för att unna sig en kväll på krogen, och det var med en viss, behärskad belåtenhet som han tog sig ombord på tolvans spårvagn in mot centrum. Utan giltig biljett, förvisso. Andreas Fische hade inte löst biljett på tretti år.

Klejne Hans på norra sidan av Maar hörde till favorittillhållen. Det var här Fische oftast brukade avverka de kvällar han hade råd att tillbringa på lokal, och det var hit han styrde sina steg denna småregniga novembertorsdag. När han steg in var det ännu ganska folktomt; klockan var inte mer än sex, och han blev sittande ensam en stund med en öl och en genever vid ett av långborden. Satt där och snålade på dryckesvarorna så gott det gick, medan han rökte upp dödingens cigarretter och grubblade över om det kanske inte vore lika bra att varsko polisen med en gång. Det fanns plikter och det fanns plikter, som man sa förr. Sedan dök tre eller fyra goda vänner upp, och sin vana trogen sköt Fische

48

saken på framtiden. Dumt att förivra sig, tänkte han. Gud skapade ingen brådska och karln skulle under inga förhållanden återuppstå.

Och när Fische framemot ettiden samma kväll tumlade ner i sin svackiga säng på ungkarlshotellet på Armastenstraat hade han visserligen både det ena och det andra i huvudet, men inte någon död kropp invid någon ödslig parkering borta i Dikken och inga uppfordrande röster från spillrorna av sitt borttynande samvete.

Följande dag, som var en fredag, var regnig och trist. Han låg mest kvar på rummet och kände sig småsjuk och hängig, och det var således inte förrän på lördagens förmiddag som Andreas Fische – från en av friautomaterna på Centralstationen – ringde till polisen och frågade om man ville ha ett tips.

Det ville man i och för sig, sa man. Men man var inte villig att betala ett förbannat nickel, det skulle han ha klart för sig med en gång.

Fische analyserade hastigt förhandlingsläget. Sedan tog hans medborgaranda överhanden och han berättade alldeles gratis att det nog fanns en död kropp att hämta ute i Dikken. På parkeringsplatsen i närheten golfbanan vid den där restaurangen, vad fan den nu hette.

Mördad, om han inte tog fel.

När polisen började fråga om hans identitet och adress och allt möjligt sådant, hade han redan lagt på luren.

– Hur länge? sa kommissarie Reinhart.

– Svårt att säga, sa Meusse. Kan inte uttala mig med bestämdhet ännu.

– Gissa, bad Reinhart.

– Hm, sa Meusse och kastade en blick på kroppen på det stora marmorbordet. Tre-fyra dagar.

Reinhart subtraherade.
– Tisdags eller onsdags, alltså?
– Tisdag, sa Meusse. Om du nu vill ha en ren spekulation.
– Han ser rätt medtagen ut, sa Reinhart.
– Han är död, sa Meusse. Det har regnat.
– Jojo, sa Reinhart.
– Fast intendenten kanske håller sig inomhus?
– I görligaste mån, sa Reinhart. Och bara två slag, alltså?
– Behövs bara ett, sa Meusse och strök med handen över sitt kala huvud. Om man vet var man skall sikta.
– Och det visste gärningsmannen?
– Kanske, sa Meusse. Det är rätt naturligt att man klipper till ungefär där. Snett över hjässan ner mot tinningen. Det andra... nackslaget... är intressantare. Lite mera professionellt. Slår av halskotpelaren. Man kan döda en häst på det sättet.
– Jag förstår, sa Reinhart.
Meusse gick bort till handfatet i hörnet och tvättade händerna. Reinhart blev stående kvar vid bordet och betraktade den döde. En man i trettiårsåldern av allt att döma. Något yngre, kanske. Ganska mager och ganska lång; hundraåttisex centimeter, hade Meusse meddelat. Kläderna låg på ett annat bord och verkade högst ordinära: blå jeans, grön halvlång vindtygsjacka, en tunn, rätt så sliten, ylletröja som varit ljusgrå och som fortfarande var det på sina ställen. Bruna, enkla seglarskor.

Inga identitetshandlingar. Ingen plånbok, inga nycklar; inga personliga tillhörigheter överhuvudtaget. Någon hade tömt hans fickor, det var hur uppenbart som helst.

Någon hade dödat honom genom att slå honom i huvudet och nacken med ett trubbigt föremål, det var inte mindre uppenbart.

Jaha, tänkte Reinhart. Då var vi där igen.

Meusse harklade sig och Reinhart förstod att det var dags

50

att lämna honom ifred. Innan han gick kastade han en sista blick på den dödes ansikte.

Det var långsmalt. Lite härjat med bred mun och tunga drag. Långt hår, draget bakom öronen och knutet till en hästsvans i nacken. Mörk skäggstubb och ett litet ärr strax under vänster öga. Det var någonting bekant över honom.

Jag har sett dig förr, tänkte Reinhart.

Sedan lämnade han Rättsmedicinska och återvände till polishuset.

Kriminalinspektör Ewa Moreno stoppade tillbaka fotografierna i mappen och sköt den tvärs över bordet till Reinhart.

– Nix, sa hon. Han finns inte med på listan. Vi har bara tre anmälda försvinnanden den senaste veckan, för övrigt. En senil kvinna från ett ålderdomshem i Löhr och en pojke på femton år som rymt hemifrån.

Rooth slutade tugga på ett kex.

– Tre, sa han. Du sa tre.

– Jo, bekräftade Moreno. Fast den tredje är en orm. Jag tror vi kan utesluta den också.

– Orm? sa Jung.

– Grön mamba, förtydligade Moreno. Lär ha försvunnit från en lägenhet på Kellnerstraat natten mellan måndag och tisdag. Livsfarlig, enligt ägaren. Men snäll. Kan döda en människa på två sekunder, lystrar till namnet Betsy.

– Betsy? sa Rooth. Jag hade en tjej en gång som hette Betsy. Hon var inte snäll, men hon försvann hon också...

– Tack för upplysningarna, sa Reinhart och knackade med pipan i bordet. Jag tror det räcker. Tropiska ormar lär inte klara många dygn i det här vädret, hursomhelst. Fast nog tycker man att någon borde ha börjat sakna vår nedslagne gosse snart. Om Meusse har rätt...

– Meusse har alltid rätt, sköt Rooth in.

– Avbryt mig inte, sa Reinhart. Om Meusse har rätt, har

51

han legat i det där buskaget sedan i tisdags, dom flesta brukar inte vänta mer än en eller två dagar innan dom ringer... dom närstående, alltså.

– Om det nu finns någon, sa Moreno. Som stod honom nära, menar jag.

– Ensamma gamla gubbar kan ligga döda i ett halvår, sa Jung.

– Jo, sådan är tidens sed, suckade Reinhart. Inte bara gubbar, för övrigt. Läste om en kvinna ute i Gösslingen som fick pension i två och ett halvt år efter sin död. Hon låg i potatiskällaren och pengarna gick direkt in på hennes konto... Hrrm, fin värld vi lever i. Jung, vad säger dom på den där restaurangen?

Jung slog upp sitt anteckningsblock.

– Har bara talat med ett par av dom som jobbar där, förklarade han. Ingen kände igen honom från fotona, men imorgon eftermiddag ska vi träffa två stycken som var i tjänst i tisdags. Om det var då det hände, så är det väl inte omöjligt att dom kan identifiera honom... eller berätta om han varit inne och käkat hos dom, åtminstone.

– Någonting annat? sa Reinhart och tände pipan.

– Jo, den där bilen, sa Jung. Det har tydligen stått en gammal Peugeot parkerad därute sedan i tisdags eller onsdags. Vi har kollat upp den och den ägs av en viss Elmer Kodowsky. Tyvärr har vi inte fått tag på honom. Enligt portvakten i huset där han bor lär han arbeta på en oljeplattform någonstans ute i Nordsjön...

– Fint, sa Reinhart. Är nog bra väder därute så här års. Har vi någon frivillig?

– ... fast han antydde att han kanske egentligen finns på närmare håll, förtydligade Jung. Det är i varje fall inte Kodowsky som låg i buskaget.

– Vad menar du? sa Rooth. Tala så man begriper.

– Fängelse, sa Jung. Kodowsky är inte guds bästa barn, en-

52

ligt portvakten, så det är inte otänkbart att det där med oljan bara är en omskrivning och att han istället sitter inne någonstans. Det har hänt förr, tydligen.

– Hm, sa Reinhart. Låter bättre. Du får kontrollera institutionerna... eller Krause kan göra det, förresten. Fast om han är internerad, den här Kodowsky, lär han väl ha haft svårt att åka och parkera bilen ute i Dikken?

– Permission, sa Jung. Han kan ju ha lånat ut den också... eller fått den stulen.

– Inte omöjligt, erkände Reinhart och blåste ut ett rökmoln. Fast om den var gammal är det inte så stor risk att någon snott den. Biltjuvar är rätt kräsna nuförtiden. Nej, jag är rädd för att vi inte kommer särskilt mycket längre för tillfället. Eller är det någon som har någonting mer på hjärtat?

Det var det ingen som hade. Klockan var kvart över fem på lördagens eftermiddag och det fanns bättre tidpunkter för kallprat och spekulationer.

– Då ses vi ett par timmar imorgon förmiddag, påminde Reinhart. Om inte annat så har vi fingeravtrycken klara då. Inte för att det lär finnas några användbara. Lite mer från Meusse och från Rättslab kan vi väl hoppas på i alla fall. Förresten...

Han plockade fram fotografierna ur den gula mappen igen och betraktade dem ett par sekunder.

– ... det är ingen av er som tycker att ni känner igen honom?

Jung och Rooth tittade på bilderna och skakade på huvudet. Moreno rynkade pannan ett ögonblick, sedan suckade hon och ryckte på axlarna.

– Kanske, sa hon. Kanske finns där nånting, men jag kommer inte på det.

– Nåja, sa Reinhart. Låt oss hoppas på att det dyker upp. Det är en oavvislig fördel om man lyckas identifiera offret.

Gäller för alla typer av utredningar. Får man önska kollegerna en fulländad lördagskväll?
– Tack detsamma, sa Moreno.
– En i raden, sa Rooth.

– Får man bjuda kollegan på en öl? frågade Rooth en kvart senare. Jag lovar att inte våldföra mig och att inte fria.
Ewa Moreno log. De hade just kommit ut genom polishusets huvudentré och vinden kändes som en ismaskin.
– Låter lockande, sa hon. Men jag har en date med mitt badkar och en dålig roman, jag är rädd att det är lite bindande.
– No hard feelings, försäkrade Rooth. Jag har också ett rätt bra förhållande med mitt badkar. Hon är lika dålig på tango som jag, så jag antar att det blir hon och jag till slut. Man ska vara rädd om det man har.
– Kloka ord, sa Moreno. Där kommer min buss.
Hon vinkade adjö och skyndade hastigt över besöksparkeringen. Rooth såg på klockan. Kunde lika gärna gå tillbaka in och sova på rummet, tänkte han. Vad tusan ska man hålla på och förflytta sig utomhus den här årstiden för? Rena idiotin.
Ändå började han gå bort mot Grote torg och spårvagnen, medan han funderade på hur länge sedan det egentligen var som han gjorde rent badkaret ordentligt.
Det var i alla fall inte igår, kom han fram till.

7

Samtalet kom klockan 07.15 på söndagsmorgonen och det var aspirant Krause som tog emot det. Han tyckte först att det var en egendomlig tidpunkt att ringa till polisen – i synnerhet som han genast började ana vad det gällde och att hon måste ha väntat i åtminstone fyra dagar – men så hörde han på hennes röst att hon nog inte hade så värst många timmars sömn i kroppen. Förmodligen inga alls.

Så det var kanske inte så konstigt.

– Jag heter Marlene Frey, började hon. Jag bor på Ockfener Plejn och jag vill anmäla ett försvinnande.

– Jag antecknar, sa Krause.

– Det var i tisdags kväll, förklarade Marlene Frey. Han skulle åka och uträtta ett ärende bara. Skulle vara hemma senare på kvällen, lovade han, men jag har inte hört av honom och han brukar verkligen inte... det är inte likt honom att...

– Ett ögonblick, bara, avbröt Krause. Vill ni vara snäll och berätta vem det gäller. Hans namn och utseende... hur han var klädd och sådana saker.

Hon gjorde en kort paus som om hon samlade sig. Sedan hörde han henne dra ett tungt, ångestfyllt andetag.

– Javisst, förlåt mig, sa hon. Jag är lite trött, har inte sovit en blund... inte på flera nätter, är jag rädd.

– Jag förstår, sa aspirant Krause, och så fick han alla de upplysningar han ville ha. Det tog på sin höjd två minuter, men sedan de avslutat samtalet blev Krause sittande kvar vid sitt skrivbordet fem gånger så lång tid, medan han stirrade på uppgifterna han skrivit på papperet och försökte få styrsel på sina tankar.

När han insett att det inte var möjligt tog han på nytt telefonen och slog numret till kommissarie Reinhart.

Synn lade handen över luren ett ögonblick innan hon räckte den till Münster. Tecknade ett namn med munnen, men utan att han lyckades uppfatta det. Han kom upp i halvsittande och svarade.

– Reinhart. Hur har du det?

– Tackar som frågar, sa Münster. Det var ett tag sen.

– Ligger du kvar i sängen? frågade Reinhart.

– Det är söndag, påpekade Münster. Klockan är inte nio ens. Vad har du på hjärtat?

– Det har hänt nånting för jävligt, sa Reinhart. Jag behöver din hjälp.

Münster funderade i två sekunder.

– Har ni så ont om folk? frågade han. Jag sitter fortfarande på den här utredningen, har du glömt det? Kommer tillbaka tidigast i februari.

– Jag vet, sa Reinhart.

– Vad är det frågan om, då?

Det blev tyst i luren en kort stund. Sedan harklade sig kommissarie Reinhart och förklarade vad saken gällde.

– Helvete, sa Münster. Ja, jag är färdig om en kvart. Det är klart jag kommer.

– Vi åker ett varv runt stan först, sa Reinhart. Jag behöver lite tid.

– Behöver jag också, sa Münster. Hur gick det till?

– Kraftigt våld mot huvudet, sa Reinhart. Dråp eller mord, troligen det senare.

– När?

56

– Tisdags antagligen.

– Tisdags? Det är ju söndag idag.

– Hittade honom inte förrän igår. Han hade inga papper på sig. Jag tyckte att jag kände igen honom, men jag har ju bara sett honom en eller två gånger... ja, och så ringde den här kvinnan imorse och anmälde att han var försvunnen. Hon har redan varit och identifierat honom. Finns inga tvivel, tyvärr.

Münster satt tyst en stund och betraktade vindrutetorkarnas arbete över rutan.

Satan, tänkte han. Varför måste någonting sådant här hända? Vad fanns det för mening?

Han visste att det var fåfänga frågor, men detta att de alltid dök upp kanske ändå tydde på någonting. Någonting som hade med hoppfullhet och positivism att göra. En sorts vägran att kapitulera inför mörksens makter? Kanske gick det att se det på det sättet, kanske var det så man skulle tolka detta eviga *varför?*

– Har du haft mycket kontakt med honom på sistone? frågade Reinhart när de kommit över på andra sidan floden och började närma sig höghusen ute i Leimaar.

Münster ryckte på axlarna.

– Sådär, sa han. Nån gång i månaden. Vi brukar ta en öl då och då.

– Ingen badminton?

– Två gånger om året.

Reinhart suckade tungt.

– Hur har han det?

– Inte så illa, tror jag. Tills nu. Har en kvinna också numera.

Reinhart nickade.

– Jag är tacksam för att du ställer upp.

Münster svarade inte.

– Förbannat tacksam, sa Reinhart. Vet inte om jag skulle

klara av det här ensam.

Münster drog ett djupt andetag.

– Kör dit nu, sa han. Det tjänar ingenting till att skjuta upp det längre. Har du ringt och kollat så han är hemma?

Reinhart skakade på huvudet.

– Nej. Men han är hemma, jag känner det på mig. Vi kommer inte undan det här.

– Nej, sa Münster. Inte vi, och inte han heller.

Det var ont om parkeringsutrymmen runt Klagenburg. Efter att ha cirklat omkring ett par varv i kvarteret hittade Reinhart en lucka i hörnet av Morgenstraat och Ruyder Allé, och de blev tvungna att gå tvåhundra meter i regnet innan de kom fram och kunde ringa på porten till nummer fyra.

Till en början märktes ingen reaktion inifrån, men efter en förnyad, obarmhärtig signal hörde de att någon kom nedför trappan. Innan dörren öppnades märkte Münster att han – mitt i blötan – var alldeles uttorkad i munnen, och han undrade plötsligt om han skulle vara förmögen att få ett enda ord över sina läppar. Dörren öppnades på glänt.

– Godmorgon, sa Reinhart. Får vi komma in?

Van Veeteren var klädd i någonting mörkblått och rött som förmodligen var – eller hade varit – en morgonrock och någonting brunt som säkerligen var ett par tofflor. Han såg inte särskilt nyvaken ut och han bar en tidning ihopvikt under armen.

– Reinhart? utbrast han förvånat och öppnade dörren på vid gavel. Och Münster? Vad i helvete?

– Jo, lyckades Münster få fram. Det kan man säga.

– Kom in, sa Van Veeteren och viftade med tidningen. Det var ett jävla regnande. Vad är det frågan om?

– Vi sätter oss först, sa Reinhart.

De följdes åt uppför trappan. Visades in i det väl insuttna vardagsrummet och sjönk ner i var sin fåtölj. Van Veeteren själv förblev stående. Så bet sig Münster i kinden och tog mod till sig.

– Din son, sa han. Erich. Jag är ledsen, men Reinhart påstår att han har blivit dödad.

Efteråt kom han att tänka på att han blundat medan han sa det.

8

När Jung och Rooth parkerade utanför Trattoria Commedia vid tvåtiden på söndagen hade regnet tillfälligt dragit sig tillbaka. Två tekniker var fortfarande sysselsatta med den övergivna Peugeoten under överinseende av inspektör le Houde; man hade spärrat av med rödvita band både runt bilen och runt själva fyndplatsen tio meter därifrån.

Samt en smal korridor däremellan. Rooth stannade och kliade sig i huvudet.

– Vad tror dom att dom ska hitta i bilen?

– Ingen aning, sa Jung. Han hade ju haft den på lån av den där kåkfararkompisen i ett par månader. Kanske är han inblandad på nåt vis.

– Det lär inte ha varit Elmer Kodowsky som slog honom i huvudet i alla fall, sa Rooth. Har inte haft permis på åtta veckor, bättre alibi får man leta efter.

– Kanske det, sa Jung. Ska vi gå in och attackera bartendern då, eller vill du stå och plocka loppor länge till?

– Jag är klar, sa Rooth. Fy fan, jag tycker inte om det här. Tycker inte om när brottsligheten liksom klampar in och drabbar oss själva. En sån som VV borde ha rätt till immunitetsskydd eller nånting.

– Jag vet, sa Jung. Tala inte om det. Vi går in och gör vårt jobb, bara, så åker vi och fikar sedan.

– Allright, sa Rooth. Jag är på din linje.

Bartendern hette Alois Kummer och han såg inte glad ut.

Annars var han både ung, solbränd och kraftig, så Jung förstod inte riktigt varför. De slog sig ner mittemot honom i baren, som för övrigt låg alldeles avfolkad; så länge det inte dök upp några kunder gick det väl lika bra att sitta här och prata. Det tyckte i varje fall både Jung och Rooth. Tydligtvis herr Kummer också, för han hade ingenting att invända.

– Du jobbade i tisdags kväll? började Jung.

– Bara fram till nio, sa Kummer.

– Vi koncentrerar oss på den tiden, sa Rooth. Hade ni mycket folk?

Kummer visade tänderna. De såg starka och friska ut och antagligen föreställde de just nu ett ironiskt leende.

– Hur många? sa Jung.

– Ett dussin, kanske, sa Kummer. På sin höjd. Vill ni ha nåt?

Jung skakade på huvudet. Rooth lade upp fotografierna på disken.

– Den här personen? frågade han. Var han här då? Svara inte förrän du är säker.

Bartendern studerade bilderna i tio sekunder och drog i sin öronring.

– Jag tror det, sa han.

– Tror? sa Rooth. Är du religiös?

– Kul, sa Kummer. Jo, han var här. Satt och käkade vid ett av borden därinne, jag tänkte inte så mycket på honom.

– Hur dags? frågade Jung.

– Mellan fem och sex ungefär... ja, han gick härifrån kvart över sex strax innan Helene kom.

– Helene? sa Jung.

– En av tjejerna i köket.

– Har du ihop det med henne? undrade Rooth.

– Vad fan har det med saken att göra? sa Kummer och började se irriterad ut.

61

– Man kan aldrig så noga veta, sa Rooth. Livet är en härva av märkliga samband.

Jung hostade avledande.

– Satt han ensam eller hade han sällskap? frågade han.

– Ensam, svarade Kummer utan att tveka.

– Hela tiden? frågade Rooth.

– Hela tiden.

– Hur många var det som satt och käkade överhuvudtaget? Då mellan fem och sex, alltså.

Kummer tänkte efter.

– Inte många, sa han. Fyra-fem stycken, kanske.

– Verkar inte vara högsäsong precis, sa Rooth.

– Skulle ni vilja spela golf i det här vädret? undrade Kummer.

– Golf? sa Rooth. Är det sån där äggrullning över en gräsmatta?

Kummer svarade inte, men tatueringen på hans underarm rörde på sig.

– Han kom aldrig och satt här? försökte Jung återknyta. Och tog en drink eller så?

Kummer skakade på huvudet.

– Hur många var det som hängde i baren?

– Två-tre, kanske... jag minns inte riktigt. Det kom en och annan som bara stannade några minuter, tror jag. Som det brukar vara.

– Hm, sa Jung. När han gick ut, då, den här ensamme matgästen... du lade inte märke till om det var någon som följde efter honom? Alldeles kort efteråt, vill säga?

– Nej, sa Kummer. Hur fan skulle jag kunna komma ihåg det?

– Inte vet jag, sa Jung. Men nu är det så att han blev ihjälslagen härute på parkeringen, antagligen bara några minuter efter att han gått härifrån, så det vore bra om du försökte erinra dig.

62

– Jag gör så gott jag kan, förklarade Kummer.

– Utmärkt, sa Rooth. Vi vill inte begära det orimliga av dig. Var det på det hela taget nånting den här kvällen som du kommer att tänka på... nånting som var annorlunda på något sätt? Eller anmärkningsvärt?

Kummer funderade igen.

– Jag tror inte det, sa han. Nej, det var som vanligt, bara... rätt lugnt.

– Hade han varit här tidigare, den här personen? frågade Jung och knackade med pennan på fotografierna.

– Nej, sa Kummer. Inte när jag har jobbat i alla fall.

– Du verkar ha ett bra minne för ansikten?

– Ja, jag brukar komma ihåg folk jag träffat.

– Hur länge har du varit anställd?

– Tre månader, sa Kummer.

Rooth upptäckte en skål jordnötter lite längre bort utefter bardisken. Han gled ner från stolen, gick bort och tog en handfull. Bartendern betraktade honom med en skeptisk rynka i pannan. Jung harklade sig.

– Den där bilen, sa han. Peugeoten ute på parkeringen... den har alltså stått här sedan i tisdags?

– Dom säger det, sa Kummer. Jag tänkte inte på det förrän idag.

– Du är bättre på ansikten än på bilar?

– Stämmer, sa Kummer.

– Vad var det för väder i tisdags kväll?

Kummer ryckte på axlarna.

– Grått, antar jag. Och blåsigt. Fast baren ligger inomhus, som ni kanske lagt märke till?

– Säger du det, sa Rooth och tog resten av jordnötterna.

– Hur tar du dig själv hit? frågade Jung. Använder du också parkeringen? För du bor väl inte i Dikken?

Kummer skakade på huvudet och visade tänderna igen.

– Spårvagnen oftast, sa han. Ibland åker jag med Helene

63

eller nån av dom andra. Fast det är ingen av oss anställda som använder parkeringen. Det finns några privata platser på baksidan.

– Hur många anställda är det frågan om? undrade Rooth.

– Ett dussin ungefär, förklarade Kummer. Men vi är inte mer än tre-fyra stycken åt gången som jobbar. Det är som sagt lågsäsong den här årstiden.

– Som sagt, ja, sa Rooth och såg sig om i den ödsliga lokalen. Så du vet inte vem den här mördaren är, då?

Kummer ryckte till.

– Vad fan? sa han. Det är klart att jag inte vet. Vi kan väl inte rå för att någon råkar ut för det här just på våran parkering?

– Naturligtvis inte, sa Rooth. Nej, jag tror vi får tacka så mycket för oss för den här gången. Vi kanske återkommer.

– Varför då? sa Kummer.

– Därför att vi arbetar på det viset, sa Jung.

– Därför att vi tycker om jordnötter, sa Rooth.

Moreno och Reinhart följdes åt till Ockfener Plejn på söndagskvällen. Det var bara några kvarter från polishuset och trots vinden och det drivande regnet gick de till fots.

– Behöver blåsa rent skallen, förklarade Reinhart. Kan vara bra om yttre och inre landskap stämmer överens också.

– Hur tog han det? frågade Moreno.

Reinhart gick tyst en stund innan han svarade.

– Jag vet inte, sa han. Förbanne mig om jag vet. Blev inte pratsammare i varje fall. Münster hade svårt att klara av det, faktiskt. Det är för jävligt.

– Var han ensam?

– Nej. Tack och lov hade han sin nya kvinna hos sig.

– Tack och lov, instämde Moreno. Är hon bra?

– Jag tror det, sa Reinhart.

De kom fram till det gamla torget och lokaliserade fastigheten. En i raden av trånga hus med höga, smala gavlar; rätt så medfaren, sotsmutsad fasad och dåligt underhållna fönsterbågar. En halvtrappa ledde upp till ytterdörren och Moreno tryckte på knappen invid den handtextade namnskylten.

Efter en halv minut och ytterligare en signal kom Marlene Frey och öppnade. Hennes ansikte verkade en aning uppsvällt, och ögonen såg ungefär tre gånger så rödgråtna ut som de gjort när Moreno intervjuat henne på sitt rum i polishuset under förmiddagen. Ändå fanns där ett drag av viljekraft och styrka hos den späda kvinnan.

Moreno noterade att hon bytt kläder också; bara ett par andra jeans och en gul tröja istället för en röd, visserligen, men kanske vittnade det om att hon redan börjat acceptera faktum. Förstod att livet måste gå vidare. Hon gav heller inte intryck av att ha tagit några lugnande tabletter. Fast sådant var förstås svårt att bedöma.

– Hej, sa Moreno. Har du sovit nånting?

Marlene Frey skakade på huvudet.

Moreno presenterade Reinhart och de tog sig uppför den trånga trappan till tredje våningen.

Två små rum och ett smalt och utkylt kök, det var det hela. Vinröda väggar och ett minimum av möbler, mest stora kuddar och färggranna dynor att sitta eller ligga på. Några stora gröna växter och ett par affischer. Framför gasolkaminen i det större rummet stod två korgstolar och en låg pall. Marlene Frey satte sig på pallen och tecknade åt Moreno och Reinhart att ta plats i stolarna.

– Vill ni ha nånting?

Moreno skakade på huvudet. Reinhart harklade sig.

– Vi vet att det här är för jävligt för dig, sa han. Men vi måste förstås fråga ut dig i alla fall. Säg till om du inte orkar, så tar vi det imorgon istället.

– Vi tar det nu, sa Marlene Frey.

– Har du ingen hos dig? undrade Moreno. En väninna el-
ler så?

– Det kommer en senare ikväll. Jag klarar mig, ni behöver
inte oroa er.

– Ni bodde här tillsammans, alltså? frågade Reinhart och
flyttade sig närmare kaminen. Uppenbarligen var det lägen-
hetens enda värmekälla och det gällde att inte vistas alltför
långt bort ifrån den.

– Jo, sa Marlene Frey. Vi bor här. Eller bodde...

– Hur länge hade ni varit tillsammans? frågade Moreno.

– Två år i stort sett.

– Du vet vem hans far är? sa Reinhart. Det har förstås
inte med saken att göra, men det gör det lite extra otrevligt
från vår synpunkt sett. Även om...

– Jag vet, avbröt Marlene Frey. Dom hade inte så mycket
kontakt.

– Vi har förstått det, nickade Reinhart. Fanns det någon
överhuvudtaget? Kontakt, alltså?

Marlene Frey dröjde lite med svaret.

– Jag har aldrig träffat honom, sa hon, men jag tror... jag
tror det höll på att bli en smula bättre.

Reinhart nickade.

– Umgicks dom nånting? undrade Moreno.

– Erich hälsade på honom ett par gånger under hösten.
Fast det spelar ju ingen roll nu.

Hennes röst darrade till och hon strök hastigt med hand-
flatorna över ansiktet, som för att nollställa det. Hennes
röda hår såg färgat och lite ovårdat ut, konstaterade Moreno,
men det fanns i alla fall inga synliga tecken på missbruk.

– Om vi skulle koncentrera oss på tisdagen, föreslog Rein-
hart, samtidigt som han plockade fram pipa och tobak och
fick en godkännande nick från Marlene Frey.

– Erich åkte alltså ut till den här restaurangen i Dikken, sa
Moreno. Har du någon aning om varför?

66

– Nej, sa Marlene Frey. Inte den minsta. Som jag sa imorse.

– Jobbade han med nånting? frågade Reinhart.

– Lite av varje, sa Marlene Frey. Ryckte in som snickare och målare och hantverkare... på olika byggen och sånt. Mest svart, är jag rädd, men det är ju som det är. Han var duktig med händerna.

– Och du själv? sa Moreno.

– Går en kurs för arbetslösa. Ekonomi och data och sånt skit, men man får bidrag. Jobbar i ett par butiker när dom behöver folk. Vi klarar oss faktiskt... klarade oss. Ekonomiskt, alltså. Erich jobbade lite på ett tryckeri också. Stemminger's.

– Jag förstår, sa Reinhart. Han hade ju en del bakom sig, om man säger...

– Vem har inte det? sa Marlene Frey. Men vi var på rätt väg, jag vill att ni ska ha det klart för er.

För ett ögonblick såg det ut som om hon skulle falla i gråt, men hon drog ett djupt andetag och snöt sig istället.

– Berätta om i tisdags, uppmanade Reinhart.

– Det är inte mycket att berätta, sa Marlene Frey. Jag hade min kurs på förmiddagen, sedan jobbade jag i butiken på Kellnerstraat ett par timmar på eftermiddagen. Jag träffade Erich här hemma mellan ett och två, bara, han skulle hjälpa till med nån båt och sedan hade han en grej att göra på kvällen.

– Båt? sa Reinhart. Vad då för båt?

– En god vän, sa Marlene Frey. Inredning antagligen.

Moreno bad henne skriva upp namn och adress och hon gjorde så efter att ha konsulterat en adressbok som hon hämtade ute i köket.

– Den här grejen på kvällen? frågade Reinhart när det var överstökat. Vad var det frågan om?

Marlene Frey ryckte på axlarna.

– Jag vet inte.

– Var det ett jobb?

– Antagligen.

– Eller nånting annat?

– Vad menar ni med det?

– Tja… nånting som inte var ett jobb, alltså…

Marlene Frey tog upp näsduken och snöt sig igen. Hennes ögon smalnade.

– Jag förstår, sa hon. Jag förstår precis. Det är bara för hans berömda farsas skull som ni sitter och är så förbannat artiga. I vanliga fall skulle ni väl behandla honom som vilken lodis som helst. Och mig som en nerknarkad hora.

– Nej nu…, började Moreno.

– Ni behöver inte göra er till, fortsatte Marlene Frey. Jag vet villkoren. Erich hade en del på sitt samvete, men de sista åren har det faktiskt varit slut med sånt. Ingen av oss missbrukar ett skit längre och vi är inte mer kriminella än vem som helst. Fast det är väl ingen idé att försöka få snuten att begripa?

Varken Moreno eller Reinhart svarade. Marlene Freys utbrott blev hängande en stund i den varma tystnaden ovanför kaminen. Skingrades när en spårvagn skramlade förbi ute på gatan.

– Okej, sa Reinhart. Jag förstår vad du säger och kanske har du rätt. Men nu är läget som det är, och det är ju jävligt underligt om vi får skäll för att vi behandlar folk anständigt för en gångs skull… jag tror vi har det här klart för oss utan att behöva orda om det. Ska vi gå vidare?

Marlene Frey tvekade en stund. Sedan nickade hon.

– Dikken? sa Reinhart. Vad hade han där att göra? Du måste väl ha ett litet hum åtminstone?

– Det kan ha varit vad som helst, sa Marlene Frey. Det är möjligt att ni sitter och fikar efter nånting i narkotikaköret, men jag kan svära på att det inte rörde sig om det. Erich slutade med allt sånt redan innan vi blev ihop.

Reinhart betraktade henne en lång sekund.

– Allright, då litar vi på det, sa han. Skulle det ge nånting? Pengar, menar jag… eller var det bara fråga om att träffa en kompis därute, till exempel? Göra nån en tjänst?

Marlene Frey funderade.

– Jag tror det var ett jobb, sa hon. Något slags jobb.

– Sa han att han skulle just ut till Dikken?

– Nej.

– Och inte vad det var fråga om?

– Nej.

– Ingen antydan, ens?

– Nej.

– Och du frågade inte?

Marlene Frey skakade på huvudet och suckade.

– Nej, sa hon. Erich kunde ha sju-åtta olika arbeten i veckan, det var bara ibland vi pratade om det.

– Sa han när han skulle vara tillbaka? frågade Moreno.

Marlene Frey tänkte efter igen.

– Jag har funderat på det, men jag är inte säker. Jag fick för mig att han skulle vara hemma vid åtta-niotiden i alla fall, men det är inte säkert att han verkligen sa det. Skit också.

Hon bet sig i läppen och Moreno såg att hon plötsligt hade ögonen fulla av tårar.

– Gråt, sa hon. Det går faktiskt att gråta och tala på samma gång.

Marlene Frey lydde omedelbart detta råd. Moreno böjde sig fram och strök henne lite valhänt över armarna, medan Reinhart skruvade på sig i korgstolen. Fumlade med pipan och fick fyr i den.

– Namn? sa Moreno när utbrottet börjat gå över. Han nämnde inga namn i samband med det här han skulle göra i tisdags kväll?

Marlene Frey skakade på huvudet.

– Vet du om han varit där tidigare? Om han brukade åka dit?

– Till Dikken? Hon skrattade till. Nej, det är knappast våran miljö därute, eller vad säger ni?

Moreno log hastigt.

– Och han har inte varit orolig för nånting den sista tiden? Har det hänt något särskilt som du kan sätta i samband med olyckan?

Marlene Frey torkade sig under ögonen med tröjärmen och funderade igen.

– Nej, sa hon. Jag kan inte komma på nånting.

– Inga nya bekantskaper på sistone?

– Nej. Erich kände rätt många människor... av alla sorter, kan man väl säga.

– Jag förstår, sa Reinhart. Den här Elmer Kodowsky, till exempel... som han lånade bilen av?

– Till exempel, ja, sa Marlene Frey.

– Ni har inte haft någon kontakt med honom den senaste tiden?

Hon skakade på huvudet.

– Han sitter inne. Vet inte var, det var en gammal kompis till Erich... jag känner honom inte. Har bara sett honom ett par gånger.

– Och du har inte själv känt dig hotad på något sätt? frågade Moreno.

– Jag? sa Marlene Frey och såg uppriktigt förvånad ut. Nej, sannerligen inte.

Det blev tyst några ögonblick. Marlene Frey lutade sig ännu närmre kaminen, medan hon gnuggade handflatorna i de uppåtflytande värmevågorna.

– Ni dröjde rätt länge med att kontakta polisen, sa Reinhart.

– Jag vet.

– Varför då?

70

Hon ryckte på axlarna.

– Kanske ligger i sakens natur. Eller vad tror ni?

Reinhart svarade inte.

– Hade ni någon kontakt med Erichs mor? frågade Moreno.

– Nej, konstaterade Marlene Frey. Ingen alls egentligen. Men jag skulle vilja tala med hans far, om det är så att ni stöter på honom. Jag har en sak att säga honom.

– Jaså? sa Reinhart. Vad då för sak?

– Det säger jag till honom, förklarade Marlene Frey.

Efteråt satt de en stund på Café Gambrinus och försökte summera intrycken.

– Inte mycket till linjer än så länge, konstaterade Reinhart. Eller vad säger du? Helvete också.

– Nej, inte mycket, instämde Moreno. Fast det verkar ju nästan som om han haft en date med sin mördare därute. Även om han förmodligen inte hade utgången riktigt klar för sig. Det konstiga är väl att han satt ensam och väntade på restaurangen. Om vi nu kan lita på Jung och Rooth, alltså... det kan ju tyda på att den här personen aldrig dök upp som det var avtalat.

– Möjligt, sa Reinhart. Fast det kan ha gått till på betydligt enklare sätt, vi ska inte glömma det.

– Vad menar du? sa Moreno och drack en klunk av sitt glühwein.

– Ett vanligt rån, sa Reinhart. En pundare med en hammare som tyckte han behövde lite kontanter. Han var muddrad, till och med på cigarretter och nycklar, det borde säga oss nånting.

Moreno nickade.

– Tror du det gick till så? frågade hon.

– Kanske, kanske inte, sa Reinhart. Det behöver inte vara samma person heller... den som dödade honom och den

71

som vittjade fickorna, vill säga. Den här typen som ringde och rapporterade verkar ju knappast ha haft rent mjöl i påsen, eller hur?

– Förmodligen inte, sa Moreno. Hursomhelst lutar jag åt att det inte bara är fråga om ett simpelt överfall. Det är nånting mer, men om jag tycker så bara för att det var just han som blev offret eller inte, det vet jag inte... visst är det skevt att man resonerar på det sättet.

– Finns mycket skevt i tankevärlden, sa Reinhart. Intuitioner och fördomar luktar rätt lika när allt kommer omkring. Vi får väl börja med den här i alla händelser.

Han tog fram det tummade svarta vaxdukshäftet som Marlene Frey lånat åt dem – mot löfte om att få det tillbaka så snart de kopierat det.

– Måste vara ett bevis på att dom gick den smala vägen numera i alla händelser, sa Moreno. Vem överlämnar frivilligt en hel adressbok till polisen om man har nåt på sitt samvete?

Reinhart bläddrade i häftet och såg bekymrad ut.

– En helvetes massa folk, suckade han. Tror vi får prata med henne igen och be henne gallra lite.

– Jag gör det imorgon, lovade Moreno. Nej, nu vill jag inte sitta här längre. Jag tror inte vi lägger några guldägg ikväll.

Reinhart tittade på klockan.

– Har nog inspektören rätt i, sa han. En sak är i alla fall säker.

– Vad då? sa Moreno.

– Vi måste lösa det här. Om vi inte löser ett enda jävla fall till före sekelskiftet, så måste vi åtminstone se till att fixa det här. Det är det minsta vi är skyldiga honom.

Moreno lutade huvudet i händerna och funderade.

– Om det rörde sig om någon annan, skulle jag tycka att du snackar överspänd pojkscoutsmoral, sa hon. Men jag er-

72

känner att jag håller med dig. Det är illa som det är och det blir ännu värre om vi låter mördaren gå fri. Kontaktar du honom imorgon igen? Han kanske vill veta hur det går?

– Jag har lovat att hålla honom underrättad, sa Reinhart. Och det kommer jag att göra. Vare sig jag vill eller inte.

Moreno nickade dystert. Sedan drack de ur och lämnade caféet och staden och världen åt sitt öde.

Åtminstone för några timmar.

9

Han vaknade och såg på klockan.

Kvart i fem. Han hade sovit i tjugo minuter.

Erich är död, tänkte han. Det är ingen dröm. Han är död, det är verklighet.

Han kände att ögonen brände i sina hålor. Som ville de tränga ut ur huvudet på honom. Oidipus, slog det honom. Oidipus Rex... irra omkring blind resten av livet och söka nåd, kanske det vore nånting. Vore kanske en mening. Erich. Erich är död. Min son.

Det var märkligt hur samma tanke kunde fylla upp hela hans medvetande timme efter timme. Samma tre ord – inte en tanke ens, egentligen; bara denna ordkonstellation, ogenomtränglig som ett mantra på ett främmande språk: Erich är död, Erich är död, Erich är död. Minut efter minut, sekund efter sekund; varje bråkdel av varje ögonblick av varje sekund. Erich är död.

Eller inte märkligt alls. Antagligen var det just så det måste vara. Så som det skulle vara allt framgent. Detta var grundstenen i fortsättningen av hans liv. Erich var död. Hans son hade slutgiltigt tagit honom i besittning; genom sin död hade han till sist erövrat sin faders fulla uppmärksamhet och kärlek. Erich. Just på så vis. Helt enkelt.

Jag kommer att brista, tänkte Van Veeteren. Kommer att falla sönder och gå till botten och jag bryr mig inte om det. Skulle ha passat på att dö medan tid var.

Kvinnan vid hans sida rörde på sig och vaknade. Ulrike.

74

Ulrike Fremdli. Hon som blivit hans kvinna trots alla tve-
hågsenheter och kramper i själen. Hans kramper, inte hen-
nes.

– Har du sovit något?

Han skakade på huvudet.

– Ingenting?

– En halvtimme.

Hon strök med sin varma hand över hans bröst och mage.

– Vill du ha en kopp te? Jag kan gå och göra i ordning en.

– Nej tack.

– Vill du prata?

– Nej.

Hon vände på sig. Kröp närmare intill honom och efter
en stund hörde han på hennes andning att hon somnat igen.
Han väntade ytterligare några minuter, så steg han försiktigt
upp, stoppade täcket om henne och gick ut i köket.

De röda digitalsiffrorna på transistorradion i fönstret vi-
sade på 04.56. Det var fortfarande nattsvart därute; bara
några skeva ljusstrålar från en gatlykta föll över ett hörn av
den mörklagda fastigheten på andra sidan gatan. Guijder-
mann's, det nedlagda bageriet. De föremål han kunde ur-
skilja i köket låg inbäddade i samma döda svepning. Bordet,
stolarna. Spisen, diskbänken, hyllan över skafferiet, högen
med Allgemejne i korgen i hörnet. Han öppnade kylskåps-
dörren och stängde den igen. Tog ett glas ur diskskåpet och
drack vanligt kranvatten istället. Erich är död, tänkte han.
Död.

Han återvände till sovrummet och klädde på sig. Ulrike
rörde sig oroligt ett par gånger i sängen medan han höll på,
men hon vaknade inte. Han smög ut i tamburen och sköt
igen dörren efter sig. Satte på sig skor, halsduk och rock.
Lämnade lägenheten och gick på tysta fötter nerför trappan
och ut på gatan.

Ett lätt regn föll – eller drev omkring, snarare, som en

mjuk ridå av svävande, fjäderlätta droppar. Temperaturen låg säkert sju-åtta grader över noll. Ingen vind att tala om heller, och gatorna öde som inför ett länge förväntat bombanfall. Mörka och inneslutna i sig själva – och i de omgivande fastigheternas hemlighetslösa sömn.

Erich är död, tänkte han och började gå.

Han återvände halvannan timme senare. Ulrike satt i skumrasket i köket och väntade med händerna om en tekopp. Han anade hennes aura av förebrående oro och medkänsla, men det träffade honom inte mer än en felringning eller en formell kondoleans.

Hoppas hon står ut, tänkte han. Hoppas jag inte drar henne med mig.

– Du är våt, sa hon. Har du gått långt?

Han ryckte på axlarna och slog sig ner mittemot henne.

– Utåt Löhr, sa han. Det regnar inte så farligt.

– Jag somnade. Jag är ledsen.

– Jag behövde komma ut.

Hon nickade. Det gick en halv minut; sedan sträckte hon sina händer tvärs över bordet. Lät dem ligga halvöppna en decimeter ifrån honom och efter en stund tog han fatt i dem. Omslöt dem med sina egna och kramade dem tvehågset. Förstod att hon väntade på någonting. Att han måste säga något.

– Det fanns ett gammalt par i min barndom, började han. De hette Bloeme.

Hon nickade vagt och såg frågande ut. Han vandrade en stund med blicken över hennes ansikte innan han fortsatte.

– Kanske inte så gamla egentligen, men de gav intrycket av att vara äldst i hela världen. De bodde i vårt kvarter, några hus ifrån vårt, och de gick nästan aldrig ut. Bara ibland om söndagseftermiddagarna kunde man få se dem och då... då avstannade alla lekar och allt liv på gatan. De gick alltid

76

arm i arm på den skuggiga sidan av gatan, mannen bar alltid hatt och det fanns en stark sorg omkring dem. Ett moln. Min mor berättade deras historia, jag var inte mer än sju-åtta år, skulle jag tro. Bloemes hade haft två döttrar en gång; två vackra unga döttrar som reste till Paris tillsammans en sommar. Där blev bägge två mördade under en bro och se-dan dess umgicks inte föräldrarna med andra människor. Flickorna kom hem i var sin fransk kista. Ja, det var deras historia... vi barn iakttog dem alltid med största möjliga vördnad. En helvetes respekt, helt enkelt.

Han tystnade och släppte Ulrikes händer.

– Barn ska inte dö före sina föräldrar.

Hon nickade.

– Vill du ha en kopp te?

– Tack. Om du slår i några droppar rom.

Hon reste sig. Gick över till arbetsbänken och satte på den elektriska vattenkokaren. Letade en stund bland flas-korna i skåpet. Van Veeteren satt kvar vid bordet. Knäppte händerna och lutade hakan mot knogarna. Blundade och kände på nytt ögonen värka i sina hålor. En brännande sveda därinnanför och uppe i tinningarna.

– Jag har upplevt det förr.

Ulrike vände sig om och såg på honom.

– Nej, jag menar inte i jobbet. Det är bara så att jag har föreställt mig Erichs död många gånger... att det skulle bli jag som måste begrava honom istället för tvärtom. Inte på senare tid, men längre tillbaka. Åtta-tio år sedan. Föreställt mig det ganska påtagligt... fadern som begraver sin son, jag vet inte, kanske är det sådant som alla föräldrar ägnar sig åt.

Hon ställde ner två ångande koppar på bordet och satte sig mittemot honom igen.

– Inte jag, sa hon. Inte så ingående i alla fall. Varför plåga-de du dig med sådant? Måste ha funnits skäl.

77

Van Veeteren nickade och smakade försiktigt på den starka, söta drycken.

– Jo. Han tvekade ett ögonblick. Jo, det fanns skäl. Ett åtminstone... när Erich var arton år försökte han ta livet av sig. Stoppade i sig tabletter som skulle ha räckt åt fem-sex fullvuxna människor. En flickvän hittade honom och fick honom till sjukhuset i tid. Utan henne skulle han ha dött. Det är mer än tio år sedan, jag drömde om det varenda natt under en period. Inte bara hans tomma, förtvivlade, skuldmedvetna blick i sängen däruppe på Gemejnte... jag drömde att han hade lyckats också, att jag gick och bytte blommor på hans grav. Och så vidare. Det känns nästan som... som om jag skulle ha tränat inför det här. Nu är det en realitet och de där åren visste jag att det förr eller senare skulle bli det också... eller trodde. Jag hade nästan hunnit glömma, men nu är vi där. Erich är död.

Han tystnade igen. Tidningsbudet eller någon granne passerade ute i trapphuset. Ulrike gjorde en ansats för att säga något, men ångrade sig.

– Jag försökte komma in i Keymerkyrkan när jag var ute och gick, fortsatte Van Veeteren, men det var stängt. Kan du tala om för mig varför vi måste hålla våra kyrkor låsta?

Hon strök sakta över hans händer. Det gick en minut. Det gick två. Hon satt och sållade bland orden, han förstod det.

– Erich dog inte för att han ville dö, sa hon till slut. Det är en viktig skillnad.

Han svarade inte. Gjorde högerhanden fri och drack en klunk.

– Kanske, sa han. Kanske är det en viktig skillnad. Jag har svårt att avgöra det just nu.

Sedan tystnad igen. Ett grått gryningsljus hade börjat leta sig in genom fönstret. Klockan var några minuter över sju. Utanför hade gatan och staden vaknat. Till ännu en novemberdag. Livet tog sats igen.

– Jag orkar inte tala mer om det, sa Van Veeteren. Förstår inte vad det skulle tjäna till att linda in det i en massa ord. Ursäkta att jag är så tyst, jag är tacksam för att du är här. Oändligt tacksam.

– Jag vet, sa Ulrike Fremdli. Nej, det är inte orden det handlar om. Det är överhuvudtaget inte oss det handlar om. Ska vi gå och lägga oss en stund till?

– Jag önskar att det vore jag istället.

– Det är fåfängt.

– Jag vet. Fåfängan är önskningars spelplan.

Han tömde sin kopp och följde efter henne in i sovrummet.

Vid lunchtid ringde Renate; hans före detta hustru, hans döde sons mor. Hon talade med honom i tjugo minuter: ömsom talade, ömsom grät. När han lagt på luren tänkte han på vad Ulrike sagt.

Det är överhuvudtaget inte oss det handlar om.

Han bestämde sig för att försöka bära just detta med sig. Ulrike hade mist sin make under omständigheter som påminde om de här; det var snart tre år sedan och det var så de hade träffats. Van Veeteren och Ulrike Fremdli. Det fanns en del som talade för att hon visste vad det var frågan om.

I den mån det gick att veta. Klockan två satte han sig i bilen och körde ut till Maardams flygplats för att hämta Jess. Hon var upplöst av förtvivlan redan när hon kom emot honom i ankomsthallen; de föll i varandras armar och blev stående mitt på golvet... i timtal, kändes det som. Stod där bara, i det vanliga vimlet och tumultet som alltid rådde på Sechshafen, och vaggade fram och tillbaka i ordlös, tidlös, gemensam sorg.

Han och hans dotter Jess. Jess med sjuåriga tvillingar och make i Rouen. Erichs syster. Hans kvarvarande barn.

– Jag vill inte träffa mamma än, erkände hon när de kommit ner till parkeringsgaraget och bilen. Kan vi inte bara åka och sitta någonstans?

Han körde ända till Zeeport, den lilla krogen ute vid Egerstadt. Ringde till Renate och förklarade att de skulle bli lite försenade, och sedan tillbringade de återstoden av eftermiddagen genom att sitta mittemot varandra vid ett av borden med utsikt mot regnet och dynerna. Och mot den blygrå havshimlen som välvde sig som en tung kupol över den vindpinade, karga kustremsan. Hon envisades med att hålla ena handens fingrar inflätade i hans, till och med medan de åt, och liksom Ulrike Fremdli verkade hon ha förstått att det inte var ord som behövdes.

Att det inte var dem själva det gällde. Att det var Erich och att det var en fråga om att hålla honom kvar.

– Har du sett honom? ville hon så småningom veta.

Jo, han hade varit uppe på Rättsmedicinska en stund under söndagen. Han tyckte att Jess också skulle göra ett besök. Om hon kände att hon ville det. Kanske under morgondagen, han skulle gärna följa med henne.

Hon frågade honom också vem det var som hade gjort det, och han förklarade att han inte visste.

Varför?

Han visste inte det heller.

Klockan halv sex gav de sig av från Egerstadt och fyrtifem minuter senare lämnade han av Jess utanför Renates hus på Maalerweg, där hon skulle husera tills vidare. Renate kom ut på trappan och tog hulkande emot sin dotter, men Van Veeteren nöjde sig med att langa ut väskorna ur baksätet och göra upp om ett möte på tre man hand påföljande dag. På förmiddagen, kanske för att gå upp och titta på Erich, som sagt, Renate hade heller inte hunnit med detta ännu. Eller orkat.

När han kom hem låg ett meddelande från Ulrike på köksbordet. Det stod att hon älskade honom och att hon skulle vara tillbaka vid niotiden. Han gjorde i ordning en vintoddy och slog sig ner i mörkret i vardagsrummet. Satte på Penderecki på CD:n, men stängde av efter en kort stund. Inte ord, tänkte han, och inte musik heller. Erich är död. Tystnad.

Efter trekvart ringde Reinhart.

– Hur har du det? undrade han.

– Vad tror du? sa Van Veeteren.

– Är du ensam?

– Bara för tillfället.

Det blev ett par ögonblicks tystnad medan Reinhart letade efter en fortsättning.

– Vill du tala om det? Vi kunde träffas en stund imorgon.

– Kanske det, sa Van Veeteren. Jag ringer i så fall. Vet ni vem som gjorde det?

– Vi har ingen aning, sa Reinhart.

– Jag vill att ni hittar honom, sa Van Veeteren.

– Vi kommer att hitta honom... det var en annan sak också.

– En annan sak? sa Van Veeteren.

– Marlene Frey. Hans flickvän. Har du träffat henne?

– Har talat med henne i telefon.

– Hon vill att du kontaktar henne, sa Reinhart.

– Jag kommer att göra det, sa Van Veeteren. Naturligtvis. Får jag be om en tjänst?

– Varsågod, sa Reinhart.

Van Veeteren tvekade ett par sekunder.

– När ni får tag på honom... när ni hittat gärningsmannen, alltså... jag skulle vilja träffa honom också.

– Varför då? sa Reinhart.

– Därför att det är på det sättet det fungerar. Om jag ändrar mig meddelar jag dig.

– Allright, sa Reinhart. Självfallet. Du ska få sätta dig öga mot öga med honom, jag lovar dig.

– Ju förr desto bättre, sa Van Veeteren.

– Jag ska göra vad jag kan.

– Tack, jag litar på dig, sa Van Veeteren.

10

– Jag skiter i vad ni är upptagna av för övrigt, sa Reinhart. Jag skiter i om ni måste jobba trehundra timmar övertid i veckan. Ger fullständigt fan i vad ni säger och tycker och tänker, det här har högsta prioritet! *Kommissariens* son är mördad, om dom skjuter inrikesministern och våldtar påven, så lägger vi det i malpåse tills vi har löst det här. Är det klart? Har ni förstått? Är det någon som har något att invända? I så fall går det bra att ansöka om förflyttning med en gång! Fan också... off the record, nå?

– Jag instämmer, sa Rooth.

Det gjorde antagligen de andra också. Åtminstone var det ingen som opponerade sig. Det var redan kvavt runt skrivbordet. Reinhart hade lyckats klämma in fyra extra stolar i sitt tjänsterum; det fanns förstås gott om större lokaler i polishuset, men ingen där han kunde röka lika obehindrat och sedan deras dotter föddes hade han ingått en pakt med sin hustru om att förlägga hela konsumtionen utanför hemmet.

Sju stycken i spaningsledningen, således. Inspektörerna Moreno, Rooth och Jung. Aspirant Krause, lika ung och lika lovande som vanligt. Intendent deBries och en nyanskaffad kriminalassistent Bollmert, inlånad från Aarlach i väntan på att intendent Münster skulle återkomma från sitt utredningsuppdrag åt departementet – föranlett av en kniv i njuren och i tjänsten för tio månader sedan. Och av lite för många arbetstimmar.

Och så han själv; *kommissarie* Reinhart numera. Fast när

83

man talade om *kommissarien* var det aldrig honom man av-
såg – om det inte var polischef Hiller som försökte vara iro-
nisk eller bara lustig. *Kommissarien* betydde alltid kommis-
sarie Van Veeteren, chef för Maardams kriminalrotel under
halvtannat decennium och dess egentliga nav dubbelt så
länge; sedan dryga två år dock nedstigen från den justitiella
parnassen för att tillbringa utförsbacken fram till pensions-
dagen som delägare och biträde i Krantzes antikvariat borta
i Kupinskis gränd.

Med all rätt, förvisso; det fanns ingen som missunnade
honom lugnet och böckerna och ingen som inte saknade ho-
nom med blandning av bävan, respekt och förundran.

Och nu ytterligare en gång inblandad i ett fall, således.
Kommissarien. På värsta tänkbara sätt... inte som offer,
men bra nära. En mördad son. Satan, tänkte kommissarie
Reinhart. Satans helvete! Många gånger under sin så kalla-
de karriär hade han tänkt att nu kunde det inte bli värre,
nu kunde det inte överträffas. Men det här var värre. Mer
utstuderat djävulskt än han kunnat göra sig en föreställning
om.

Måste försöka strypa min personliga vrede, tänkte han.
Måste hålla det på nåt slags jävla avstånd, annars kommer
det bara att ligga i vägen.

– Vi måste ändå försöka bortse från själva *kommissarien,*
sa han. Vårt rent personliga engagemang, alltså. Måste
handlägga alltihop precis som vilket annat fall som helst...
fast med högsta prioritet. Vi måste lösa det. Annars jävlar,
som sagt. Vetenskapen först som vanligt.

Han bläddrade fram rätt papper ur drivorna på bordet
och harklade sig.

– Erich Van Veeteren dödades genom två slag med ett
trubbigt föremål mot huvudet, förklarade han. Vart och ett
av slagen var i sig dödande. Åtminstone det andra som träf-
fade över nacken, säger Meusse... han tillskriver det ett drag

84

av professionalitet. Vapnet bör ha varit ganska tungt... av metall och utan utstående kanter, kanske ett rör eller nånting liknande. Vi har inte tillvaratagit det.

– Synd, sa deBries. Skulle ha underlättat.

Reinhart blängde på honom en sekund innan han fortsatte.

– Tidpunkt: tisdag kväll. Med tanke på observationerna inne på Trattoria Commedia sannolikt någon gång strax efter klockan 18.15. Gissningsvis har gärningsmannen slagit till ute på parkeringsplatsen och sedan släpat in sitt offer i buskarna, där han sedan blev liggande fram till i lördags, då vi fick ett telefontips. Beträffande vem som lagt beslag på de tillhörigheter han hade i fickorna, kan vi bara spekulera. Antingen är det mördaren själv eller också är det någon annan. Någon annan kan i så fall vara identisk med vår anonyme herr Tipsare. Spår? Ledtrådar? Motiv? Nada! Kommentarer, tack!

– Fanns det några spår av narkotika i hans kläder? undrade assistent Bollmert. Förmodligen i ett försök att göra intryck, trodde Reinhart. Den rödlätte assistenten hade inte varit på plats i huset mer än några veckor och var säkert angelägen om att visa framfötterna en smula. Det var ingenting som nödvändigtvis behövde ligga honom i fatet.

Att han aldrig träffat *kommissarien* kunde kanske också räknas som en fördel. I just det här läget.

– Inte i hans kläder, svarade Reinhart. Inte i hans blod, och inte i hans hår eller naglar. Vi kan nog konstatera att flickvännen talat sanning härvidlag. Synd att han inte berättade för henne vad han skulle ha för sig ute i Dikken, så hade vi haft hennes ord på det också.

– Att han inte gjorde det tyder väl på att det inte var alldeles rumsrent, påpekade Rooth. Han nämnde det inte för tjejen och inte för Otto Meyer som han hjälpte med båten tidigare på eftermiddagen.

– Sa han inte ens att han skulle ut till Dikken? frågade Moreno. Till den här Meyer, alltså.

– Nix, sa Jung. Bara att han var tvungen att sticka vid halv fem eftersom han hade ett litet jobb på gång.

– Jobb? sa Reinhart. Han använde det uttrycket?

Jung nickade.

– Vi klämde Meyer rätt hårt på den punkten. Jo, han kallade det "jobb". Ingen tvekan. Hursomhelst lämnade han båthuset nere vid Greitzengraacht några minuter efter halv fem, de hade hållit på med något slags inredningsarbete i kajutan, skulle fortsätta den här veckan, var det tänkt. Ganska så präktig båt, onekligen... arton meter, sex kojplatser... teakpaneler och barskåp och hela köret. Meyer är förstås en jävla skurk, men av det godkända slaget, ingenting för oss.

– Och han hade inte mer att komma med? frågade Reinhart.

– Inte ett junk, sa Rooth.

Jung ryckte på axlarna och såg beklagande ut. Reinhart suckade.

– Utmärkt, sa han. Magrare än en laxerad vegan. Vad har vi mera?

Han visste redan svaret, men gick ändå runt med blicken och försökte se optimistisk ut.

– Adressboken, sa deBries till slut.

– Exakt, sa Reinhart. Huvudet på skaft, som vanligt. Hur går det?

DeBries slog ut med händerna och undgick med en hårsmån att träffa Rooths hakspets.

– Se dig för, jävla semafor, sa Rooth.

Bollmert skrattade nervöst.

– Det går på räls, förklarade deBries oberört. Det finns etthundrafyrtisex privatpersoner antecknade i boken och runt femti institutioner och liknande. Plus ett dussin obegripligheter i runda tal... överstrykningar, allmänt klotter och sånt. Han har antagligen haft boken i sex-sju år, flickvännen gissar det i varje fall, även om hon bara känt honom i tre. Hittills har hon identifierat trettifem personer, vi kör igång med kontrollerna imorgon.

– Finns det några gemensamma bekanta som inte står med i boken? undrade Jung.

DeBries skakade på huvudet.

– I stort sett inte. Han har varit noggrann, tydligen. En kille som dom träffade på en fest för bara några veckor sedan finns antecknad, till exempel.

– Hm, sa Reinhart. Så du menar att mördaren finns med någonstans bland alla dessa namn?

– Om det är nån han kände så är det rätt stor chans, sa deBries.

– Bra, sa Reinhart. Du har Moreno, Krause och assistent Bollmert till hjälp, och se för fan till att ni är noggranna och inte missar nånting. Kör öga mot öga och spela in vartenda samtal, det duger inte med nåt löst skitprat på telefon, kom ihåg det. Lägg upp ett frågebatteri också... jag vill titta på det först. Vad dom har för alibi för i tisdags och så vidare... inga silkesvantar. Klart? Det här är ju för tusan det enda vi har än så länge.

– Glasklart, sa deBries. Jag är ingen idiot.

– Kan vara en fördel ibland, muttrade Reinhart. Han tände pipan och blåste ut ett par tunga rökmoln över församlingen.

– Den här flickvännen? sa Jung. Vi måste väl köra en omgång till med henne. Om de senaste dagarna, vad de haft för sig och så vidare?

– Självfallet, sa Reinhart. Jag tar det på min lott. Rooth och Jung får gå på restaurang igen, det borde tilltala Rooth åtminstone. Vi har ett pressmeddelande imorgon där vi efterlyser varenda jävel som satte sin fot därute i tisdags. Alltid ger det väl nåt... om man inte kan fiska på djupet, får man lov att fiska på bredden.

– Kloka ord, sa Rooth. Fast fula fiskar går rätt djupt, om jag inte tar fel? Torskar, till exempel.

– Stämmer, sa Bollmert, som nästan var född på en trålare men inte tyckte att det var någonting att ta upp just nu.

– Vad fan har torskar med det här att göra? undrade Reinhart.

Det blev tyst några sekunder medan spaningsledaren utsöndrade ytterligare rök och de övriga tittade på.

– Vad tror ni? sa deBries sedan. Vi måste väl ha lite teori också? Varför blev han dödad?

Reinhart harklade sig.

– Jag ska berätta det när jag kartlagt den senaste veckan lite bättre, lovade han. Unge Van Veeteren skulle träffa en person därute i Dikken, han skulle förmodligen tjäna en hacka på det och det var förmodligen inte fråga om att sälja jultidningar. Det är vad vi har att rätta oss efter för stunden.

– Och så blev han blåst, sa Rooth.

– Av den han skulle träffa eller av någon annan, sa Jung.

– Den här figuren som han lånade bilen av...? undrade Bollmert.

– Vi kan nog avföra honom, sa Reinhart efter att ha funderat i två sekunder. Han sitter i Holtefängelset och såvitt vi vet har dom inte haft någon kontakt på flera månader. Ingen permission på länge heller.

– Vad sitter han för? frågade Rooth.

– En hel del, konstaterade Reinhart. Rån och människosmuggling, bland annat. Olaga vapeninnehav. Fyra år. Två och ett halvt kvar, ungefär.

– Okej, sa deBries. Vi avför honom. Nånting annat? Jag är hungrig, har inte käkat sedan förra veckan.

– Samma här, sa Rooth.

Reinhart la ifrån sig pipan i askkoppen.

– Bara en sak till, förklarade han allvarligt. Jag talade med kommissarien igår kväll och jag lovade honom att vi ska lösa det här. Jag hoppas alla begriper hur extraordinärt det här är? Jag menade vad jag sa i början. Vi måste klara upp det. Måste! Begrips?

Han såg sig omkring.

– Vi är inga idioter, påpekade deBries. Som sagt.

– Det löser sig, sa Rooth.

Bra med ett manskap som har självförtroende, tänkte Reinhart, men han sa ingenting.

Van Veeteren stannade upp i det sydvästra hörnet av det långsmala torget. Ockfener Plejn. Huttrade till och körde händerna djupare ner i rockfickorna. Såg sig om. Fram till i lördags hade han inte vetat om att Erich bodde här – eller kanske hade han känt till det på något omedvetet vis? De hade ändå träffats två gånger under hösten; en gång i början av september, en gång till för lite mer än tre veckor sedan. Trots allt..., tänkte han och trevade efter cigarrettmaskinen, trots allt hade han umgåtts med sin son en del. På senare tid. Hade tagit emot honom i sitt hem och de hade talat med varandra som civiliserade människor. Visst var det så. Någonting hade varit på väg; oklart vad, grumligt och dant, naturligtvis, men ändå någonting... Erich hade berättat om Marlene Frey också, fast bara som en namnlös ung kvinna, såvitt han kunde erinra sig, och naturligtvis hade han väl nämnt var de bodde också, varför skulle han inte ha gjort det? Det var bara det att han inte kom ihåg.

Bodde här, således... eller hade bott. Nästan mitt i gamla stadens hjärta; i denna nedslitna artonhundratalsfastighet, vars sotsmutsiga fasad han nu stod och glodde på. Tredje våningen, näst högst upp; det lyste svagt i fönstret innanför den diminutiva balkongen med rostangripet järnräcke. Han visste att hon var hemma och att hon väntade på honom;

hans döde sons levande fästmö som han aldrig sett, och han visste också – med en plötslig och överväldigande styrka – att han inte skulle förmå sig. Att han inte skulle orka ringa på den där flagnande porten idag.

Istället såg han på klockan. Den var inemot sex, mörkret som hade börjat lägga sig över staden föreföll honom fruset och fientligt. En främmande lukt av svavel eller fosfor i luften. Han kände inte igen den, på något sätt hörde den inte hemma här. Det rådde tillfällig andhämtning i nederbörden, men regnet var förstås aldrig långt borta den här årstiden. Han tände en cigarrett. Sänkte blicken, om av skam eller av annat må vara osagt... fick härigenom syn på ett café i det motsatta hörnet av torget och när han rökt färdigt var det hit han styrde sina steg. Tog plats med en mörk öl vid ett av fönstren, där man ändå inte kunde se vare sig ut eller in. Lutade huvudet i händerna och tänkte tillbaka på dagen.

Denna dag. Den tredje han vaknat upp till med vetskapen om att hans son var död.

Först en timme på antikvariatet, där han förklarat läget för Krantze och man omfördelat veckans arbetspass. Han tyckte inte illa om gamle Krantze, men mer än strikt affärsmässiga kompanjoner skulle de aldrig komma att bli. Förvisso inte, det var som det var.

Därefter ännu ett besök på Rättsmedicinska, nu i sällskap med Renate och Jess. Han hade stannat kvar utanför dörrarna medan de gick in i kylrummet. Man behöver bara titta på en död son en gång, hade han tänkt. Det tänkte han fortfarande, medan han satt här och smakade av ölen... bara en gång, det fanns bilder som tiden och glömskan aldrig retuscherade. Som aldrig behövde återuppväckas eftersom de aldrig vilade. Jess hade varit samlad när de kom ut igen; med en ihopkramad näsduk i varje hand men ändå samlad.

Renate lika avtrubbad som när hon gått in; han undrade vilken sorts tabletter hon gick på och hur många.

Ett par minuters samtal med Meusse också. Ingen av dem hade klarat det särskilt väl. Meusse hade sett gråtfärdig ut och det brukade han inte göra.

Lite senare hade han sammanfört Jess och Ulrike. Det var en ljuspunkt i mörkret; ett möte som förlöpt osannolikt väl. Bara en halvtimme i vardagsrummet på Klagenburg med ett glas vin och en sallad, det var nog. Inte orden och inte de själva, som sagt... det var någonting mellan kvinnor som han aldrig skulle förstå. Mellan vissa kvinnor. När de tog farväl ute i tamburen hade han nästan känt sig som en främling, det var så han kunnat le mitt i bedrövelsen.

Sedan hade han ringt till Marlene Frey och avtalat möte. Hon hade låtit förhållandevis redig och han var välkommen när som helst efter klockan fem. Hon skulle vara hemma och hon såg fram emot att få tala med honom. Det var en sak, sa hon.

Såg fram emot? En sak?

Och nu satt han här med fötter som var kallare än ölen. Varför?

Han visste inte. Visste bara att det inte skulle fungera idag, och efter att ha druckit ur bad han att få låna telefonen. Stod sedan där i den svaga urinlukten mellan herr- och damtoaletten och ringde upp sin döde sons levande fästmö för att förklara att det kommit saker emellan.

Gick det bra om han kom följande dag istället? Eller nästföljande?

Det gjorde det. Men hon hade svårt att dölja sin besvikelse.

Det hade han själv också när han lämnade Ockfener Plejn och började vandra hemåt i regnet. Besvikelse och skam.

Jag förstår mig inte på mig själv längre, tänkte han. Det är ju inte mig det handlar om. Vad är jag rädd för, vad fan håller jag på med?

Men han gick raka vägen hem.

Reinhart vaknade av att Winnifred viskade hans namn. Och av att hon lade en kall hand på hans mage.

– Du ska söva din dotter, sa hon. Inte dig själv.

Han gäspade och försökte sträcka på sig i två minuter. Sedan tog han sig varligt upp ur Joannas trånga säng och ut ur barnkammaren. Sjönk ner i vardagsrummets soffa istället, där hans hustru redan halvlåg under en filt i ena änden.

– Berätta, sa hon.

Han funderade.

– Trehövdat sataniskt, sa han. Ja, det är just vad det är. Vill du ha ett glas vin?

– Jag tror det, sa Winnifred. Satan är som bekant trehövdad redan hos Dante, så det är i så fall helt i sin ordning.

– På Dantes tid brände man kvinnor som visste för mycket på bål. Rött eller vitt?

– Rött. Nej, det var senare än Dante. Nå?

Reinhart reste sig och gick ut i köket. Hällde upp två glas och återvände. Tog plats i soffan igen och berättade. Det tog en stund och hon avbröt honom inte en enda gång.

– Och tretalet? frågade hon när han var klar.

Reinhart drack ur sitt glas innan han svarade.

– För det första, sa han, så har vi inte skuggan av en aning om vem som gjort det. Det är illa nog i vanliga fall.

– Det känner jag till, sa Winnifred.

– För det andra är det *kommissariens* son som är offret.

– Vidrigt, sa Winnifred. För det tredje?

Reinhart gjorde en ny paus och tänkte efter.

– För det tredje har han antagligen varit inblandad i nånting. Om vi nu hittar en gärningsman, hittar vi förmodligen samtidigt en kriminell belastning hos Erich Van Veeteren. Ännu en. Trots vad flickvännen påstår... det är förmodligen ingenting som värmer ett fadershjärta, eller vad tror du?

– Jag förstår, nickade Winnifred och snurrade vinglaset i sin hand. Jo, det är treeggat. Men hur pass säkert är det här med det kriminella? Det måste väl inte nödvändigtvis...?

– Säkert och säkert, avbröt Reinhart och knackade sig med ett långfinger i pannan. Det finns signaler härinne som inte är att blunda för. Dessutom... dessutom har han begärt att få ta itu med mördaren på egen hand om vi nu hittar honom. *Kommissarien*, alltså. Fy fan, fast kanske förstår jag honom.

Winnifred funderade en stund.

– Det är ingen trevlig historia, sa hon. Kan det bli så mycket värre egentligen? Låter nästan regisserat på något vis.

– Det är det han alltid brukar säga, sa Reinhart.

11

Polisens vädjan om hjälp i Dikkenfallet stod införd i alla väsentligare tidningar i Maardam på tisdagen, jämnt en vecka efter mordet, och vid femtiden på eftermiddagen hade tio personer ringt och anmält att de besökt Trattoria Commedia den aktuella dagen. Jung och Rooth var avdelade för att ta hand om tipsen och avförde omgående sex av dem som "sekundärt intressanta" (Rooths term), eftersom tidpunkterna stämde illa. De återstående fyra hade dock enligt uppgift befunnit sig på restaurangen inom intervallet 17.00–18.30 och hela kvartetten hade också vänligheten att infinna sig på polishuset under kvällen för att bli förhörda.

Den förste var Rupert Pilzen, en 58-årig bankdirektör som bodde på Weimaar Allé ute i Dikken och som på tisdagen slunkit in på Commedia och suttit en stund i baren. En liten whisky och en öl bara. Kvart över fem till kvart i sex ungefär. I väntan på att hustrun skulle få maten i ordning; han brukade unna sig den här stunden ibland efter en hård arbetsdag, förklarade han. När tiden så medgav.

Han sköt upp glasögonen i pannan och studerade fotografierna av Erich Van Veeteren noggrant. Konstaterade att han aldrig sett honom förr, vare sig på Commedia eller någon annanstans, och kastade en menande blick på sitt gnistrande armbandsur. Hade antagligen planerat in ett nytt välförtjänt barbesök som nu höll på att gå i stöpet, gissade Jung.

Någonting annat han lagt märke till som han trodde de kunde ha nytta av?

Nej.

Några ansikten han mindes?

Nej.

Hade det suttit några andra människor i baren?

Pilzen lade pannan i grunda och dubbelhakorna i djupa veck. Nej, han hade nog suttit ensam hela tiden. Jo, förresten, det hade kommit en kvinna mot slutet. Kortklippt typ runt fyrti med anstrykning av feminist. Hade satt sig i baren och beställt en drink. Rätt så långt bort ifrån honom. Med en tidning, hade han för sig. Det var allt.

– Hade det funnits en bar till, hade hon säkert satt sig där, kommenterade Rooth när direktör Pilzen vaggat ut på krumma ben. Din feta bracka.

– Hm, sa Jung. Man blir sån där när man har mycket pengar och inga ädla intressen. Det skulle du också bli. Om du hade pengar, alltså...

– Gå och hämta nästa, sa Rooth.

Nästa visade sig vara ett par. Herr och fru Schwarz, som inte bodde i Dikken men som hade varit på besök därute hos en bekant för att diskutera affärer. Exakt vilka förmälde inte historien. På vägen tillbaka in till stan hade de stannat på Commedia för att äta, en liten lyx de brukade tillåta sig då och då. Att gå på lokal, vill säga. Inte just Trattoria Commedia, utan restauranger i största allmänhet... i synnerhet numera sedan de dragit sig tillbaka från arbetslivet. Så det så. Fast bara någon gång i veckan.

Båda var i sextifemårsåldern och båda kände omedelbart igen Erich Van Veeteren när Jung tog fram fotografiet. Han hade suttit och ätit – en enkel pasarätt, om fru Schwarz erinrade sig rätt – vid ett bord några meter från deras eget. Själva hade de ätit fisk. Piggvar, om man ville vara noggrann. Jo, den unge mannen hade varit ensam. Hade betalat och lämnat restaurangen ungefär samtidigt som de själva fick in desserten. Strax efter sex någon gång.

Några andra gäster medan de satt där?

Ett ungt par lite längre in i lokalen, bara. Kom lite före sex och beställde antagligen också den billiga pastarätten. Bägge två. Satt kvar när herr och fru Schwarz var färdiga. Halv sju eller däromkring.

Någonting annat anmärkningsvärt?

Nej, vad skulle det ha varit?

Hade de lagt märke till om det satt några gäster i baren?

Nej, det gick inte att se baren från deras bord.

Satt det några människor i den när de passerade förbi på väg ut?

Kanske, kanske inte. Jo, en liten herre i kostym, bestämt. Lite mörkhyad, faktiskt... arab, kanske. Eller indian eller nånting?

Rooth gnisslade tänder. Jung tackade och lovade – på fru Schwarz enträgna begäran – att de skulle se till att få mördaren bakom lås och bom fortare än kvickt.

För det var ju förskräckligt. I Dikken och allt. Mindes de den där uppspikade horan för några år sedan?

Jo, det gjorde de, men tack så mycket, nu var det dags för nästa representant för Detektiven Allmänheten.

Hennes namn var Liesen Berke. Hon var i fyrtiårsåldern och hade suttit i baren på Commedia Trattoria mellan kvart i sex och halvsju, ungefär. Varför hon suttit där gick hon inte in på, hon hade väl för fan rätt att ta sig en drink var som helst om det var så att hon hade lust till det.

– Självklart, sa Jung.

– Två också, sa Rooth. För den delen.

– Känner ni igen den här personen? frågade Jung och visade henne fotografiet.

Hon betraktade det i tre sekunder och skakade på huvudet i fyra.

96

– Han satt vid ett av borden inne på restaurangen, mellan klockan...

– Är det han som blivit dödad? avbröt hon.

– Exakt, sa Rooth. Såg ni honom?

– Nej. Jag satt och läste tidningen.

– Aha, sa Rooth.

– Aha? sa Liesen Berke och betraktade Rooth över kanten på sina oktagonala glasögon. Den översta kanten.

– Hrrm, sa Jung. Var det fler gäster i baren?

Hon släppte Rooth med blicken och funderade.

– Två, tror jag... ja, först satt det en fet direktörstyp där och hängde, men han försvann. Sedan kom det en annan sort. Långt hår och skägg. Mörka glasögon också, har jag för mig... såg ut som nåt slags rockartist. Macho, överhuvudtaget. Depraverad.

– Pratade ni med honom? frågade Jung.

Liesen Berke fnös föraktfullt.

– Nej, sa hon. Det gjorde jag naturligtvis inte.

– Och han försökte inte prata med er? sa Rooth.

– Jag läste tidningen.

– Det gjorde ni rätt i, sa Rooth. Man ska inte slå sig i slang med främmande karlar på krogar.

Jung gav honom en blick så han tystnade. Fan också, tänkte han. Varför skickar dom honom inte på en kurs i diplomati?

Liesen Berke bet ihop munnen till ett streck och blängde på Rooth, hon också; som om han varit en ovanligt lömsk hundskit hon råkat trampa i och som det var svårt att skrapa bort från sulan. Hanhund utan tvivel. Rooth tittade upp i taket.

– Hur länge satt han kvar? undrade Jung. Den här depraverade rockmusikern.

– Jag minns inte. Inte så länge, tror jag.

– Vad drack han?

97

– Inte en aning.

– Han lämnade baren tidigare än ni i alla fall?

– Ja.

Jung funderade.

– Skulle ni känna igen honom?

– Nej. Han hade inget utseende. Bara en massa hår och glasögon.

– Jag förstår, sa Jung. Tack, fröken Berke, jag skall be att få återkomma till er. Ni har varit till utomordentligt stor hjälp.

– Vad menade du med det där sista? ville Rooth veta när de stängt dörren efter Liesen Berke. Utomordentligt stor hjälp, vad är det för skitsnack?

Jung suckade.

– Försökte bara lägga lite balsam efter din charmoffensiv, förklarade han. Dessutom kan ju den här barbesökaren vara av ett visst intresse. Vi måste höra efter om bartendern också minns honom.

– En chans på tio, sa Rooth. Fast det kanske inte går att få bättre odds i den här matchen.

– Har du nånting annat att föreslå? undrade Jung.

Rooth tänkte efter.

– Vi kan passa på och käka middag om vi ändå åker ditut, sa han. För att få lite nya infallsvinklar och så.

– Depraverad? sa Jung. Var det depraverad hon sa?

Ewa Moreno sjönk ner i den ordinarie besöksstolen i Reinharts rum.

– Du jobbar fortfarande?

Reinhart såg på klockan. Den var halv sju. Han önskade att den varit lite mindre.

– Måste summera en del. Fick inte tag på fröken Frey förrän rätt sent. Hur går det för er?

98

– Inget vidare, sa Moreno och suckade. Ärligt talat är det ingen höjdarstrategi, det här...

– Jag vet, sa Reinhart. Men om du haft en bättre skulle du ha kläckt ur dig den redan på tröskeln. Rätta mig om jag har fel.

– Jo, sa Moreno. Det skulle jag förmodligen. I alla händelser går det ganska trögt. Vi har snackat med sammanlagt sexton bekanta till Erich Van Veeteren... enligt prioriteringslistan från fästmön. Alla här i stan... vi har skickat Bollmert utsocknes, förresten, han återkommer på fredag. Ingen har kommit med ett skit så här långt och ingen verkar dölja nånting. Inte som har med det här att göra i alla fall.

– Alibin? sa Reinhart.

– Tackar som frågar, sa Moreno. Man blir inte precis populär när man ber folk lämna alibi, men det är kanske inte vår uppgift att bli populära, som kommissarien brukade säga. Hittills verkar allting okej, hursomhelst. Vi har förstås inte hunnit kontrollera några, men det är väl inte meningen heller?

– Inte så länge vi inte anar ugglor, sa Reinhart. Rätt sorts ugglor... det finns en del tvivelaktiga typer bland dom här namnen, antar jag?

– Finns alla sorter, konstaterade Moreno. Några som säkert inte är speciellt förtjusta i att Marlene Frey lämnade ifrån sig adressboken så lättvindigt till fienden. Men vi struntar i allt som inte rör fallet, således. Enligt order.

– Enligt order, bekräftade Reinhart. Han lutade sig tillbaka i skrivbordsstolen och funderade en stund med händerna knäppta bakom nacken.

– Om du vill gå en rond till med fröken Frey istället, så inte mig emot, sa han. Det finns två saker som har bränt henne en smula i livet... poliser och män. Du är åtminstone bara hälften.

Moreno nickade och satt tyst en stund.

– Vad tror du? sa hon sedan. Vad var det Erich råkade ut för?

Reinhart bet i pipskaftet och kliade sig i tinningarna.

– Jag vet inte, sa han. Har inte den blekaste, det är det som är det jävliga. Man brukar åtminstone ha något slags aning om vad det rör sig om... en riktning, så att säga.

– Men det har du inte nu?

– Nej, sa Reinhart. Har du?

Moreno skakade på huvudet.

– Vet Marlene Frey nånting som hon håller inne med? frågade hon.

Reinhart funderade igen. Försökte veva upp eftermiddagens samtal för sitt inre öra.

– Nej, sa han. Jag tror faktiskt inte det. Fast du kanske skulle få en annan uppfattning, det är så mycket med den kvinnliga mystiken.

– Den känner jag utan och innan, sa Moreno. Har du talat nånting mer med *kommissarien*, då?

– Inte sedan igår, erkände Reinhart. Jag kanske ringer ikväll. Det känns rätt obehagligt, det här med att hålla på och rota i hans sons handel och vandel också. För det har ju inte varit fläckfritt precis. Ingen trevlig byk och knappast så kul för honom att sitta hemma och sörja och veta vad vi sysslar med. Fan också, vilken soppa!

– Är den verkligen så smutsig numera? frågade Moreno. Byken, menar jag.

– Kanske inte, sa Reinhart och reste sig upp. Den var bra mycket skitigare för några år sedan i alla händelser. Det är möjligt att det är precis som hon säger, fröken Frey... att dom börjat gå den smala vägen. Synd att han inte kom lite längre, bara. Fast det ska visst vara synd om människorna, har jag hört.

Han gick fram till fönstret. Petade isär ett par av persiennribborna och kisade ut mot staden och den mörka himlen.

– Hur många av dom som han träffade sista veckan... som vi *vet* att han träffade sista veckan... har ni varit i kontakt med?

– Sju, sa Moreno utan att tveka. Lika många till imorgon om det går enligt ritningarna.

– Allright, sa Reinhart och släppte persiennen. Det vi väntar på är bara en liten trådända att nysta i. Förr eller senare hittar vi den, det är bara att ha tålamod... det är knappast särskilt ovanligt, eller hur?

– Inte ovanligt alls, instämde Moreno. Fast det gör ingenting om det börjar röra på sig ganska snart. Så att vi får en riktning, som sagt.

– From förhoppning, sa Reinhart. Nej, nu sätter vi punkt för idag. Jag har visst en familj, vill jag minnas. Åtminstone hade jag en imorse. Hur är det med dig nu för tiden?

– Gift med yrket, sa Moreno.

Reinhart betraktade henne med höjda ögonbryn.

– Du måste begära skilsmässa, förklarade han allvarligt. Förstår du inte att han bara utnyttjar dig?

På torsdagens kväll gjordes det första lite mer formella försöket till en sammanfattning av spaningsläget. Fem och ett halvt dygn hade gått sedan Erich Van Veeterens kropp hittades i buskaget vid parkeringsplatsen ute i Dikken. Nio sedan den placerades där – om man nu inte kalkylerat alldeles fel. Så det kunde vara hög tid. Även om det inte var mycket man fått fram så här långt.

Man började med offrets fästmö.

Marlene Frey hade ansatts flera gånger av både Reinhart och Moreno – under iakttagande av största möjliga hänsyn och respekt, naturligtvis – och hon hade, såvitt bägge två kunde bedöma, gjort allt vad som stod i hennes makt för att bistå dem med upplysningar och vara polisen behjälplig i största allmänhet. Det fanns ingen anledning att klaga på

101

bristande samarbetsvilja. I synnerhet inte om man beaktade omständigheterna, och det gjorde man.

Antalet genomförda förhör med vänner och bekanta till den döde hade vuxit till ansenliga sjuttitvå stycken – en tämligen brokig samling intervjuer, om man skulle vara ärlig, och det skulle man, men med två påfallande gemensamma inslag: ingen hade kommit med några idéer om vem som kunde tänkas ha önskat livet ur Erich Van Veeteren och ingen hade minsta aning om vad han haft för ärende ut till Dikken den ödesdigra tisdagen.

Beträffande vittnesmålen från själva Trattoria Commedia, redovisade av inspektörerna Jung och Rooth, så hade även dessa vuxit en smula – men högst obetydligt – i antal, och här utkristalliserades också så småningom en – säger en – liten ledtråd, den första och dittills enda i hela utredningen. Den mansperson med långt mörkt hår och skägg, som iakttagits av Liesen Berke i baren strax före klockan arton den aktuella tisdagen, fick sin existens bekräftad genom ytterligare två sagesmän: bartendern Alois Kummer och kocken Lars Nielsen, vilka båda var hundraprocentigt övertygade (sammantaget tvåhundra procent, noterade Rooth optimistiskt) om att just en sådan figur suttit och hängt över en öl i baren en kort stund vid ungefär sagda tidpunkt.

Säkert som amen i kyrkan och hororna på Zwille, som det brukade heta i staden.

Signalementet lämnade heller inte mycket övrigt att önska – åtminstone inte vad gällde samstämmigheten. Mörkt hår, mörkt skägg, mörka kläder och glasögon. Kocken Nielsen ville också minnas att vederbörande haft en plastkasse stående vid foten av barstolen, men inhöstade härvidlag endast neutrala axelryckningar från Kummers och Berkes håll. Inget medhåll, men i och för sig heller inget mothåll.

När Jung och Rooth redogjort färdigt för dessa vitala fakta – denna enda ljusglimt, således, efter fem dagars mödo-

102

samt utredningsarbete – kände sig Rooth mogen att sticka ut hakan.

– Det var mördaren som satt där, det ger jag mig fan på. Kom ihåg att jag visste det redan nu!

Ingen var på rak arm villig att uttala något stöd för denna prognos, men man beslöt i varje fall att snarast möjligt skicka ut ett signalement och en efterlysning.

För sakens skull, om inte annat.

Och för att åtminstone ha fattat ett beslut under genomgången.

12

Han vaknade i vargtimmen.

Det drabbade honom då och då. Numera.

Aldrig när han hade Vera Miller hos sig eller när hon var nära inpå i tiden. Aldrig då. Som det kommit att utveckla sig träffades de en gång i veckan, lördag till söndag, och det var just i den djupaste svackan av saknad efter henne som det brukade hända. Att han vaknade i kallsvett. I vargtimmen.

Och det var i dessa vakna stunder, mellan tre och fyra på natten, under dessa obarmhärtiga, evighetslånga minuter medan hela världen sov, som han såg igenom hinnan. Såg det fruktansvärda han gjort sig skyldig till i kallt retrospektivt ljus och förstod att detta sammanhållande sköra membran närsomhelst kunde brista. Närsomhelst. Om där också funnits drömmar visste han inte. Var i alla händelser oförmögen att återkalla några bilder ur dem. Försökte inte ens, naturligt nog, inte den här natten och inte några andra nätter heller. Klev upp i mörkret istället, tassade över till skrivbordet och tände lampan. Sjönk tungt ner i stolen och började räkna dagar i almanackan; fann att det hade gått tjugofem sedan han körde ihjäl pojken. Tio sedan han dödade utpressaren. Snart var det ny månad. Snart skulle allt vara glömt.

Förgätet och ur världen. Tidningarna skrev inte längre. De hade hållit på de första dagarna i veckan. Polisen hade hittat den unge mannen i lördags, men nu hade media redan tappat intresset. Ingenting vare sig på torsdagen eller på fredagen.

Det var som det var. Människan i det tjugoförsta århundradet kommer att vara en dagslända, tänkte han. Dra ett streck, räkna ut en summa om där finns någon. Glöm, gå vidare. Tidens lösen. Egentligen var han likadan själv, insåg han. En god representant för framtiden, förvisso; det var bara de här sömnlösa stunderna som knöt honom fast i gårdagen och kontinuiteten. Egentligen.

Ändå var ingenting som förr. Det var paradoxalt hur den där kvällen med den lätta dunsen och pojken i det leriga diket kunnat förändra allting. Kunnat förskjuta perspektivet så till den grad. Öppnat dörrar. Kapat förtöjningar. Släppt in Vera Miller, släppt in hans nya liv. Ja, paradoxalt var ordet och Kaos var granne med Gud.

Mordet ute i Dikken hade inte samma tyngd. Inte alls, det var bara en följd. Någonting han varit tvingad att utföra, en obönhörlig konsekvens av att han råkat bli iakttagen den där första kvällen. Biljardbollar som satts i rullning och som bara hade att följa en obönhörligt given riktning; han hade läst om sådana teorier i några facktidningar för inte så länge sedan. Ett slags ny-mekanistisk världsuppfattning, om han förstått det rätt... eller psykologi; samtidigt en plikt mot hans eget liv, förstås; efter bara någon dag hade Dikkenhändelsen upphört att beröra honom. Mannen han dödat därute hade försökt sko sig på andras olycka, hans egen och pojkens... man kunde till och med påstå att han förtjänat att dö. Tit for Tat som det hette. En simpel utpressare, som vuxit till ett fruktansvärt hot under en vecka, men som han sedan mött på dennes egen spelplan och likviderat. Enkelt och smärtfritt. Utvecklingen låg öppen igen.

Utvecklingen med Vera Miller. Han tvivlade inte längre en sekund på att det skulle komma att bli så. Inte bråkdelen av en sekund, ens under dessa vargtimmarsvakor. Ännu

105

hade hon inte talat om för sin man att hon hade en annan och att de måste skiljas, men det var bara en tidsfråga. En fråga om några veckor och några hänsynstaganden. Andreas Miller var ingen stark människa, hon ville inte krossa honom. Inte än. Men snart.

I väntan på detta höll de också inne med att göra upp planer. Ändå fanns de där; de låg i luften hela tiden medan de var tillsammans. Medan de älskade, medan han var inuti henne, medan han sög hennes bröstvårtor hårda och styva och ömma. Medan de satt mittemot varandra och åt och drack vin eller bara låg tillsammans i hans stora säng och andades och lyssnade på musik i mörkret. Hela tiden. Planer – ännu så länge outtalade förhoppningar om framtiden och ett nytt liv. Någon annanstans. Han och Vera Miller. Han älskade henne. Hon älskade honom. De var båda vuxna människor och ingenting kunde vara enklare. De skulle leva tillsammans. Om ett halvår. En månad. Snart.

I hemlighet försökte han göra sig bilder av det. Starka bilder, varma och mättade. Bilder ur en framtid då han aldrig skulle behöva vakna i vargtimmen.

Aldrig se igenom den bristfärdiga hinnan.

Aldrig torka illaluktande kallsvett från sin kropp.

Vera, tänkte han. För din skull kunde jag döda igen.

I lördagens Neuwe Blatt var han efterlyst. Han läste om det över frukostbordet och efter ett ögonblicks initial förfäran brast han ut i skratt. Det var inget hot. Tvärtom. Egentligen hade han väntat på det. Det hade ju varit orimligt om ingen lagt märke till honom de där minuterna inne i baren, alldeles orimligt – och han insåg snart att tidningsuppgifterna, istället för att utgöra något slags fara för honom, närmast innebar en försäkran. En försäkran om att polisen kört fast i utredningsarbetet och att han inte hade anledning att frukta någonting från deras sida. Inte den minsta.

Varför skulle de annars komma med sådana skrattretande uppgifter?

En man av obestämd ålder. Klädd i mörka, sannolikt svarta, kläder. Långt mörkt, sannolikt svart, hår. Skägg och glasögon. Möjligen förklädd.

Möjligen! Han log. Förväntade de sig att han skulle sätta på sig alltihop igen och gå ut bland folk? Återvända till brottsplatsen och besöka Trattoria Commedia på nytt, kanske? Eller vad? Han hade aldrig umgåtts med särskilt höga tankar om polisens kompetensnivå och de blev inte högre denna lördagsmorgon.

Kriminalare? tänkte han. Fattiga kusiner från landet.

På eftermiddagen kom Vera. Han hade inhandlat både viner och mat från Saluhallen på Keymer Plejn, men de hade inte sett varandra på sex dagar och var tvungna att börja älska redan ute i hallen. Att det kunde finnas så mycket passion. Att det kunde finnas en sådan kvinna.

Så småningom tog de sig dock an maten och vinet. Hon stannade hela natten, de älskade ytterligare några gånger, både här och var, och istället för att vakna upp under vargtimmen somnade han in ungefär mitt i den.

Tung och tillfredsställd; fylld av kärlek och vin och med Vera Miller oerhört nära inpå sig.

Hon stannade till söndag eftermiddag. Under en allvarlig timme talade de om sin kärlek; om vad de borde göra med den och om sin framtid.

Det var första gången.

– Ingen vet att du existerar, sa hon. Inte Andreas. Inte min syster. Inte mina arbetskamrater och vänner. Du är min hemlighet, men jag vill inte ha det på det viset längre.

Han log men svarade inte.

– Jag vill ha dig hela tiden.

– Din man? frågade han. Vad tänker du göra?

107

Hon såg på honom länge innan hon svarade.

– Jag ska ta itu med det, förklarade hon. Nu i veckan. Jag har tänkt färdigt, det finns inga genvägar. Jag älskar dig.

– Jag älskar dig, svarade han.

På måndagen arbetade han över. På väg hem i bilen – just när han passerade cementröret i diket – upptäckte han att han satt och sjöng ikapp med bilradion, och han insåg att det ännu inte gått en månad sedan den där kvällen. Det var fortfarande november och allting hade förändrats i en utsträckning som han aldrig trott vara möjlig.

Det var osannolikt. Fullkomligt osannolikt. Men det var livet.

Han log och smånynnade fortfarande medan han plockade dagens post ur brevlådan, men han upphörde med det när han bara en kort stund senare satt vid köksbordet och läste brevet. Såvitt han kunde bedöma – om han mindes rätt, han hade gjort sig av med de gamla – var det avfattat på precis samma sorts brevpapper och lagt i precis samma sorts kuvert som de bägge tidigare. Det var handskrivet och inte mer än en halv sida långt.

Två liv,
Ni har nu två liv på Ert samvete. Jag har givit Er gott om tid att träda fram, men Ni har gömt Er likt en feg byracka. Priset för min tystnad är nu ett annat. En vecka (sju dagar exakt) står Er till buds för att skaffa fram 200.000 gulden. Använda sedlar. Låga valörer.

Jag återkommer med instruktioner. Gör inte samma misstag en gång till, Ni kommer inte att få en chans till att köpa Er fri. Jag vet vem Ni är, jag har ovedersägliga bevis mot Er och mitt tålamod har en gräns.

En vän

Han läste meddelandet två gånger. Sedan stirrade han ut genom fönstret. Det regnade, och plötsligt stack honom en lukt av kallsvett i näsborrarna.

III

13

Erich Van Veeteren jordfästes vid en enkel ceremoni måndagen den 30 november. Akten ägde rum i ett av Keymerkyrkans sidokor och i enlighet med de närmastes – i synnerhet moderns – önskemål närvarade endast en liten krets av sörjande.

Renate hade också valt både officiant och psalmer; enligt någon sorts dunkla riktlinjer som hon påstod varit viktiga för Erich, men som Van Veeteren hade svårt att sätta någon större tilltro till. För övrigt var det honom likgiltigt; om Erich haft något behov av andlighet, så hade det knappast funnit sin hamn i hägnet av dessa högkyrkliga valv och under dessa hotfullt himlasträvande spiror, det var han övertygad om.

Prästen såg förhållandevis ung och förhållandevis levande ut, och medan han talade och gick igenom ritualet på sin breda dialekt utifrån öarna, satt Van Veeteren mestadels med slutna ögon och händerna knäppta i knät. Till höger om sig hade han sin före detta hustru, vars närvaro han till och med i en sådan här situation hade svårt att fördra; till vänster satt hans dotter, som han älskade över allt annat på jorden.

Rakt fram stod kistan med stoftet av hans son.

Det var svårt att se på den, kanske var det därför han blundade.

Blundade och tänkte på en levande Erich istället. Eller lät tankarna komma och strömma fritt; minnet gjorde nedslag efter ett alldeles godtyckligt system, föreföll det. Ömsom bilder och hågkomster från småbarnsåren; med sagoläsning på en blåsig badstrand, oklart vilken; besök hos tandläkaren, besök på skridskobanan och på Wegelens zoo. Ömsom från den svåra perioden långt högre upp. Missbruksåren och fängelseåren. Självmordsförsöket, de långa vakande nätterna på sjukhuset.

Ömsom från deras sista sammanträffande. Kanske framförallt detta. När dessa sentida bilder rullade fram blev han också plågsamt medveten om sitt eget egoistiska motiv – sitt behov av att suga ljus ur detta möte – men om nu varje ny dag bär med sig summan av de föregående, tänkte han, så kunde det kanske förlåtas honom.

Åtminstone idag. Åtminstone här framför kistan. Han hade suttit en halvtimme med Erich över köksbordet på Klagenburg den sista gången. Erich hade kommit för att lämna tillbaka en borrmaskin som han lånat, och de hade slagit sig ner där och druckit kaffe och talat om saker i största allmänhet. Han kunde inte riktigt erinra sig vilka; men det var inte fråga om missbruk av det ena eller andra, inte om förmågan eller oförmågan att ta ansvar för sitt liv och inte om samhällsmoral kontra privatmoral. Ingenting alls av detta tunga, detta i oändlighet genomgångna och förbrukade.

Det var bara prat, tänkte han. Inga skuldfrågor. Ett samtal mellan två människor, vilka som helst, och det var just detta – detta enkla och prestigefria – som var ljuset.

I mörkret. En ynka ljuslåga i ett ofantligt mörker; han erinrade sig Gortjakovs vattenvandring från *Nostalghia* igen. Det gjorde han ofta. Tarkovskijs *Nostalghia*... och när han nu satt här i denna månghundraåriga katedral och blundade framför sin sons kista och med prästens långsamma litania stigande upp mot de gotiska valvbågarna, var det som om... som om han känt en sorts samhörighet. Mycket sagt, kan-

114

ske, och en samhörighet med många storheter, förvisso. Med Erich, med sin egen obegriplige far som gått bort långt innan han fick minsta chans att förstå och försonas med honom, med lidandet och med konsten och med skapandet – alla upptänkliga sorters skapande – så småningom också med tron på något hinsides och på kyrkobyggarens visioner och ambitioner... med livet och döden och den ständigt flyende tiden. Med sin dotter Jess, som lutade sig tungt emot honom och då och då tycktes genomfaras av en darrning. Samhörighet.

Det fungerar, tänkte han. Ritualet fungerar. Formerna besegrar tvivlet; vi har lärt oss genom århundradena att väva mening runt tomheten och smärtan. Mening och mönster. Så har vi också övat oss länge.

Förtrollningen bröts inte förrän han defilerat förbi kistan med Jess hängande vid armen; inte förrän han vänt alltihop ryggen och börjat gå ut ur koret. Då kom en iskall stöt av förtvivlan istället; han kände hur han nästan vacklade till och hur han måste ta fatt i sin dotter och stödja sig på henne. Han på henne, hon på honom. Det var oändligt långt bort till Renate på Jess andra sida, och han undrade varför han måste hysa ett sådant avstånd. Varför?

Och väl ute i duggregnet utanför den tunga kyrkporten tänkte han bara: Vem har dödat honom? Jag vill veta vem den människa är som har dödat min son.

Som blåste ut lågan.

– Jag har inte sorterat än, sa Marlene Frey. Hans saker från mina, alltså. Jag vet inte hur man brukar göra... om ni vill ha nånting.

Van Veeteren skakade på huvudet.

– Naturligtvis inte. Ni levde ju tillsammans. Erichs saker är förstås dina.

De satt vid ett bord inne på Adenaar's. Marlene Frey

115

drack te, han själv ett glas vin. Hon rökte inte ens. Han visste inte varför det förvånade honom, men det gjorde det. Erich hade börjat röka när han var femton... tidigare ändå, förmodligen, men det var på femtonårsdagen han ertappat honom.

– Du får komma upp och se efter nån dag i alla fall, sa hon. Kanske är det nånting ni vill ha som minne.

– Fotografier? kom han på. Om du har några foton? Jag tror inte jag har ett enda av Erich från de sista tio åren.

Hon log hastigt.

– Självklart. Det finns en del. Några stycken åtminstone.

Han nickade och betraktade henne skuldmedvetet.

– Jag ber om ursäkt för att jag inte kommit och hälsat på dig än. Jag har... det har varit så mycket.

– Det är aldrig för sent, sa hon. Kom upp när du har tid så får du några bilder. Jag är hemma om kvällarna. Oftast i varje fall, det är kanske bäst att du ringer först. Det behöver inte vara så märkvärdigt.

– Nej, sa han. Det behöver väl inte det.

Hon drack av teet och han smuttade på vinet i en sorts halvhjärtad samförståndsgest. Betraktade henne förstulet också och upptäckte att hon såg bra ut. Blek och trött, förstås, men med rena drag och en blick som mötte hans egen utan att vika undan en centimeter. Han undrade vad hon varit med om i sitt liv. Hade hon gått igenom samma saker som Erich? Det verkade inte så; spåren brukade alltid vara djupare hos kvinnor. Naturligtvis hade hon en del bakom sig, det såg han, men det fanns ingenting i hennes varelse som skvallrade om brist på styrka.

Styrka att ta sig igenom livet. Jo, han märkte att hon hade den.

Skamligt, tänkte han. Det är skamligt att jag träffar henne först nu. Under sådana här omständigheter. Jag borde förstås...

116

Men sedan kom *Erich-är-död*-konstellationen över honom med en sådan kraft att det nästan svartnade för hans ögon. Han stjälpte i sig vinet och tog fram cigarrettmaskinen.

– Gör det nåt om jag röker?

Hon log en sekund igen.

– Erich rökte.

De satt tysta medan han rullade och tände.

– Borde sluta, sa han. Blir lite mindre med en sån här apparat i alla fall.

Vad fan sitter jag och pratar om rökning för? tänkte han. Vad spelar det för roll om fadern till en död son röker för mycket?

Plötsligt la hon handen på hans arm. Han kände hur hans hjärta hoppade över ett slag och han höll på att sätta röken i halsen. Hon såg hans reaktion, antagligen, men gjorde ingenting för att låtsas att hon inte gjort det. Ingenting för att skyla över den. Lät handen ligga på hans underarm, bara, medan hon betraktade honom med forskande, lätt oscillerande ögon.

– Jag skulle nog tycka om dig, sa hon. Synd att det blev som det blev.

Blev som det blev? tänkte han. Synd? Tala om understatements.

– Jo, sa han. Jag är ledsen över att jag inte hade mer kontakt med Erich. Det borde naturligtvis...

– Det är inte ditt fel, avbröt hon. Han var lite... ja, vad ska man säga? Hon ryckte på axlarna. Men jag älskade honom. Vi hade det bra tillsammans, det var som om vi växte av att ha varandra... på något vis. Och så var det alltså en sak.

Det hade alldeles fallit honom ur minnet.

– Javisst ja, sa han. Vad då för sak?

Hon släppte hans arm och såg ner i tekoppen en stund. Rörde sakta om med skeden.

– Jag vet inte hur du kommer att uppfatta det, men det är så att jag väntar barn. Är gravid i tredje månaden... tja, det är som det är, bara.

– Herregud, utbrast han och sedan satte han verkligen röken i halsen.

Tidigt på tisdagsmorgonen körde han Jess ut till Sechshafen. Han hade berättat både för henne och för Renate om samtalet med Marlene Frey; Jess hade också ringt och talat med henne under måndagskvällen och gjort upp om ett möte så snart hon kom till Maardam igen. Förhoppningsvis redan till nyår.

Det hade förstås varit tänkt att Renate skulle följa med ut till flygplatsen också, men hon hade vaknat med feber och halsfluss, enligt uppgift. Van Veeteren välsignade bacillerna och han misstänkte att Jess inte hade så mycket emot dem heller.

Hon höll honom i handen den här morgonen också, medan de krypkörde genom dimbältena ute över Landsmoor och Weill; en varm hand som då och då gav honom en hård tryckning. Han förstod att det var signaler, både av dotterlig kärlek och av den vanliga gamla separationsångesten. Starkare än någonsin en sådan här dag, förstås. Separationen från rötterna i detta flacka, nordeuropeiska landskap. Från Erich. Kanske också från honom.

– Det är svårt att skiljas, sa han.

– Ja, sa hon. Det är svårt.

– Man lär sig det aldrig. Men det är nog en poäng i det också.

Att dö en smula, höll han på att tillägga, men lyckades hålla inne med det.

– Jag tycker inte om flygplatser, sa hon. Jag är alltid lite rädd när jag ska åka någonstans, Erich var likadan.

Han nickade. Det hade han inte vetat. Han undrade hur

118

mycket det var som han inte visste om sina barn. Hur mycket han hade missat under vägen och hur mycket som fortfarande gick att reparera och få reda på.

– Fast jag kände honom så dåligt, la hon till efter en stund. Jag hoppas jag kommer att tycka om Marlene, det känns som om han lämnat ett spår efter sig i alla fall. Ja, jag hoppas verkligen allt går bra. Det vore fruktansvärt om...

Hon fullbordade inte meningen. Efter en stund märkte han att hon börjat gråta och han gav henne en lång handtryckning.

– Det känns bättre nu i alla fall, fortsatte hon när det gått över. Bättre än när jag kom. Jag kommer aldrig till rätta med det, men då och då känner jag mig nästan lugn. Eller också blir man bara avtrubbad av allt gråtande, vad tror du?

Han hummade någonting till svar. Nej, tänkte han. Ingenting går över och summan växer hela tiden. Dag för dag ju äldre man blir.

När de började närma sig flygplatsen, släppte hon hans hand. Tog upp en pappersnäsduk ur fickan och torkade sig under ögonen.

– Varför slutade du egentligen vid kriminalen?

Frågan kom överraskande och under ett ögonblick kände han sig nästan ställd mot väggen.

– Jag vet inte riktigt, svarade han. Fick nog, helt enkelt... det är väl den enklaste förklaringen. Det kändes tydligt, jag behövde aldrig analysera det närmare.

– Jag förstår, sa hon. Ja, det är nog mycket som egentligen kan vara utan analyser.

Hon tystnade, men han hörde att hon hade mer på hjärtat. Anade vad det var också, och efter en halv minut tog hon vid igen.

– Det är konstigt, men jag har börjat tänka på en sak som jag inte trodde jag skulle bry mig om alls i början... då, när jag fick veta att Erich var död, alltså.

119

– Vad då? frågade han.

Hon tvekade igen.

– Mördaren, sa hon. Han som gjorde det. Jag vill veta vem det var och varför det hände. Alltmer vill jag veta det. Är det underligt, tycker du? Jag menar, Erich är ju borta i alla händelser...

Han vred på huvudet och betraktade henne.

– Nej, sa han. Det är inte underligt alls. Jag tror det är en av de normalaste reaktioner man kan tänka sig. Det finns ett skäl till att jag slutade som polis, men det fanns också ett till att jag började.

Hon såg på honom från sidan och nickade långsamt.

– Jag tror jag förstår. Och du tänker likadant nu?

– Jag tänker likadant nu.

Hon dröjde en stund med nästa fråga.

– Och hur går det? För polisen, menar jag. Vet du nånting... håller dom kontakt med dig?

Han ryckte på axlarna.

– Inte så mycket. Jag har bett om det, men vill inte lägga mig i för mycket. När dom kommit någonvart, låter dom mig förstås veta. Kanske tar jag ett samtal med Reinhart och hör efter lite.

Så var de framme. Han svängde in i parkeringshuset, uppför den smala rampen och parkerade framför en grå betongvägg.

– Gör det, sa hon. Hör efter lite. Jag vill veta vem det var som dödade min bror.

Han nickade och de klev ur. Tjugo minuter senare såg han henne försvinna mellan två uniformerade tjänstemän och uppslukas av säkerhetskontrollen.

Jo, tänkte han. När allt annat är över, är det ju den frågan som återstår.

Vem?

14

Till en början var det obegripligt.

Hans första tanke – det första försöket till förklaring – var att han överlevt. Att mannen därborta på parkeringen på något orimligt sätt vaknat till liv efter slagen. Tagit sig ur buskaget, kravlat in på restaurangen och kommit under vård. Klarat sig.

Med krossat hjässben och brutna halskotor?

Sedan erinrade han sig fakta. Att det stått om det i alla tidningar. Att radio och teve redogjort för fallet; det fanns naturligtvis inga tvivel. Den där gänglige unge mannen som han slagit ihjäl ute vid golfbanan var död. Slutgiltigt och oåterkalleligt död.

Ergo? tänkte han. Ergo har jag dödat fel människa. Så måste det vara. Fanns det några andra alternativ?

Inte som han kunde se. Det måste vara så att han… att han ännu en gång råkat döda en människa av misstag.

Det var inte mindre obegripligt.

Det hade varit mycket begärt, alltför mycket, att han skulle kunna somna denna måndagskväll, och efter ett par fruktlösa timmar steg han upp. Klockan var två; han drack en kopp te med en gnutta rom ute i köket, sedan tog han bilen och körde ut till havet. Satt halvannan timme ensam i en parkeringsficka på vägen mellan Behrensee och Lejnice och försökte föra något slags resonemang med sig själv, medan han

121

lyssnade till havets mäktiga ackord genom det nervevade sidofönstret. Vinden var kraftig sydvästlig och vågorna som rullade in var mångmeterhöga, det hördes.

Fel människa? Han hade dödat fel man. Det var inte utpressaren som kommit ut från Trattoria Commedia med Boodwickkassen nonchalant dinglande i handen den där kvällen. Det var någon annan.

Någon som gått på toaletten och råkat hitta kassen i papperskorgen? Kunde det vara så enkelt?

En slump? Någon som av rena turen – eller oturen, om man betänkte själva utgången – kommit före utpressaren? Kunde det vara så?

Han uteslöt möjligheten tämligen omgående. Det var för osannolikt. För långsökt. Saken var en annan, helt annan. Det tog inte lång stund att komma fram till lösningen.

Det fanns en medhjälpare. Hade funnits. Det var honom han dödat. Den anonyme brevskrivaren hade valt att skicka ett ombud för att kassera in sina svarta pengar, istället för att göra det själv. För att inte utsätta sig för onödiga risker; det var välbetänkt, utan tvivel, och inte alls underligt i sammanhanget. Han borde han tänkt på det. Borde ha tagit med det i beräkningen.

I själva verket var det en oförlåtlig blunder, ju mer han tänkte på det desto tydligare framstod det. En fruktansvärd blunder. Medan han suttit och ironiserat över sin motståndares amatörmässighet därute i Dikken, hade det tvärtom visat sig vara fråga om en person med utomordentligt förtänksam natur. En person som gått till verket med betydligt större omsorg och precision än han själv.

Och som nu gjort sitt andra drag. Tvåhundratusen gulden. Tvåhundratusen!

Helvete! Han svor högt och dunkade händerna i ratten. Helvetes satan!

I ilskans kölvatten kom rädslan. Rädslan för vad han gjort

122

och för framtiden. Framtiden? tänkte han. Vad då för framtid? I den mån hans liv inte redan avgjorts under de senaste veckorna, skulle det komma att avgöras under de närmaste. *Den* närmaste. Det var solklart. En fråga om dagar, helt enkelt, läget kunde knappast tolkas på annat sätt.

Ännu en gång avgöras.

Han öppnade dörren och klev ur bilen. Lät vinden hugga tag och började gå utefter vägen. Havet dånade.

Är jag fortfarande jag? undrade han plötsligt. Är jag fortfarande samma människa? Är jag fortfarande människa överhuvudtaget?

En biljardboll i långsam rullning mot ett obevekligt öde? Två kollisioner, två riktningsförändringar… och sedan?

Bilderna av pojken i diket och av den unge mannen när han förvånat höjde ögonbrynen sekunden före det första slaget återkom med allt tätare mellanrum för hans inre syn. Interfolierades, skar in i varandra, dessa bilder, och lämnade snart inte plats för mycket annat. Han försökte rikta tankarna mot Vera Miller istället, mot den skrattande, levnadsglada, rödhåriga Vera, men det lyckades inte.

Där han gick, tungt framåtlutad i mörkret – och i vargtimmen! insåg han med trött resignation – ihopkurad mot kylan och den saltstänkta vinden, kom då och då impulser om att helt enkelt ge upp. Starka impulser om att bara överlämna sig i havets famn eller polisens händer och få ett slut på alltihop.

Följa det där svaga viskandet som naturligtvis ändå måste vara samvetets röst – och som på något märkligt sätt både tycktes harmoniera med och överrösta vågornas dån. Märkligt, tänkte han. Det passar ihop som om det vore en film. Förbannat märkligt. Dånet och viskandet.

Till slut vägde ändå Vera Miller över. Till slut var det hennes skrattande ansikte med glittrande gröna ögon och hennes varma våta sköte som slöt sig om hans penis, som sköt undan skräcken och hopplösheten och kvävde viskningen. Hennes obevekliga kärlekskraft. *Deras* kärlekskraft.

Och framtiden.

Jag kan inte ge upp, tänkte han. Inte nu. Jag måste ta hänsyn till Vera också.

Klockan var fem minuter i fem på morgonen när han var hemma igen. Under återfärden hade ett visst lugn infunnit sig, kanske bara en följd av tröttheten. Det som var gjort, var gjort, tänkte han. Ingen idé att gråta över spilld mjölk. Det var framtiden det gällde. Först den närmaste, sedan den andra – livet med Vera.

Fast om han inte lyckades komma till rätta med "En vän", skulle det förstås inte bli någon andra framtid. Då skulle det bli en vecka och inte mer, detta var höjt utom allt tvivel. Han måste hitta en strategi. Ett försvar, ett motdrag. Vad göra?

Ja, vad? Om han helt sonika tänkte sig att betala de begärda 200.000 skulle det innebära att alla hans tillgångar försvann. Såväl besparingar som huset – det skulle ändå inte räcka. Han skulle bli tvungen att ta lån på åtminstone 50.000 också. Och sedan?

Sedan? Även om han blottade ut sig på detta sätt, vad fanns det för garantier? Utpressaren visste vad han visste; skulle förmodligen inte glömma bort det, och fanns det någonting som talade för att han skulle vara nöjd med det han fått?

Nej, ingenting, var svaret på hans retoriska fråga. Inte det minsta.

Och hur skulle han förklara saken för Vera, om han plötsligt stod alldeles barskrapad? Hur?

Ergo?

Det fanns förstås bara ett alternativ.

Döda honom.

Döda rätt person den här gången. Fast under några ögonblick, medan han snirklade sig fram genom de sista trånga förortsgatorna i Boorkhejm, kom det för honom att han kanske ändå dödat rätt person när allt kom omkring. Trots allt.

På sätt och vis rätt. För de kunde vara två. *Kunde ha varit.* Det rådde knappast någon tvekan om att de brev han fått hittills måste vara skrivna av samma person, men visst kunde det vara fråga om... om en hustrus hand, till exempel. Det kunde inte uteslutas, tänkte han. Hustrun till en död utpressare som nu tagit över verksamheten för egen del.

Tagit över och höjt budet.

Förvisso kunde den inte bortses ifrån, denna möjlighet. Han bestämde sig för att ta reda på vad mannen ute vid Trattoria Commedia egentligen hetat, och att börja uppspårningsarbetet just utifrån den punkten. I alla händelser måste det ju finnas en länk – något slags länk – mellan honom och den andre.

Den andre? tänkte han.

Motståndaren.

Skulle ge min högra hand för hans identitet.

Tiden verkade på gott och ont.

Visst behövde han tid för att hinna förbereda sig och planera. Även om han inte hade någon avsikt att skaffa fram pengarna, som "En vän" hade tänkt sig. Nej, en annan sorts tid. Tid för att handla. Tid för att ta reda på saker och ting, för att preparera sig.

Det dröjde dock inte särskilt länge förrän den utmätta respiten ("Sju dagar exakt" – en formulering som funnits med i bägge de senaste breven, man kunde undra varför) tycktes få omvända förtecken. Den kändes lång. Exakt vad var det han skulle göra? *Vad?* Ta itu med vilka planer? Vilka förberedelser?

Det enda han så småningom lyckades åstadkomma var att ta reda på vad hans andra offer hetat. Erich Van Veeteren. Han lade namnet på minnet – stoppade honom i samma fack som Wim Felders. De dödades fack. Men att verkligen ge sig i kast med fortsättningen; att börja undersöka och rota i denna okända människas privatliv, det blev för mycket. Han orkade inte. Fick visserligen fram adressen via en vanlig telefonkatalog, och på onsdagskvällen stod han en stund nere på Ockfener Plejn och blickade upp mot en nedsotad fasad och undrade vilken våning det kunde vara fråga om. Stod där och huttrade i blåsten, men utan att ens förmå sig att korsa spårvagnsspåret, gå uppför sex trappsteg och läsa på namnlistan bredvid ringklockan.

Det räcker med att jag har dödat honom, tänkte han. Det är illa nog, behöver inte hemsöka hans bostad också.

Samma kväll övergav han alla tankar på att leka detektiv överhuvudtaget. Hade börjat inse att det kunde vara farligt också; polisen kunde få ögonen på honom, det måste ju vara så att de arbetade hårt med att försöka komma till rätta med mordet på den unge mannen. Bättre att inrikta sig på att vänta istället, beslöt han. Vänta på de ytterligare instruktioner som med hundraprocentig säkerhet skulle komma med måndagens post.

Vänta på detta blekblå brev och sedan se till att lösa problemet utifrån hur överlämnadet skulle ske den här gången.

På något sätt måste det ju ändå äga rum, tänkte han. Vid en viss tidpunkt på en viss plats måste det uppstå en fysisk kontakt mellan honom själv och utpressaren.

Eller mellan honom själv, pengarna och utpressaren, snarare – det fanns tre länkar i kedjan och det var förstås troligt att motståndaren den här gången bevakade sin egen säkerhet ännu mer än han gjort vid det förra tillfället. Högst troligt; det var inte fråga om någon amatör, det hade framgått med all önskvärd tydlighet. Men på något sätt måste han ändå komma i besittning av pengarna, och på något sätt måste han överlistas.

Exakt hur fick tiden utvisa. Tiden och nästa brev.

Efter besöket på Ockfener Plejn tillbringade han hela kvällen framför teven i sällskap med en ny flaska whisky, och när han gick och lade sig framemot midnatt roterade både sängen och sovrummet.

Det var meningen också. Han måste få sova sig igenom vargtimmen den här natten åtminstone. Torsdagen var ledig dag.

Torsdagen var den dag då Vera Miller skulle ringa.

Tre dagar utan kontakt, det var så de hade överenskommit. En kort tid som hon skulle utnyttja för att tala med sin man. Berätta om deras förhållande. Göra sig fri.

När samtalet kom var klockan sju på kvällen och han kunde fortfarande känna tydliga spår av gårdagens måttlösa drickande.

Hon lät sorgsen. Det brukade hon inte göra.

– Det är så svårt, sa hon.

Det brukade hon inte säga. Han svarade inte.

– Han kommer att ta det så fruktansvärt hårt, jag ser det på honom.

– Har du inte berättat än?

Hon blev tyst några sekunder.

– Jag har börjat, sa hon. Antytt... han vet vad som skall komma. Han håller sig undan. Åkte bort ikväll, jag känner på mig att han gjorde det bara för det här... han flyr ifrån det.

– Kom hit.

– Det går inte, sa hon. Andreas är tillbaka om ett par timmar. Jag måste behandla honom korrekt från och med nu. Vi ses på lördag, som vi sa.

– Jag älskar dig, sa han.

127

– Och jag dig, sa hon.

– Du håller väl inte på att ändra dig? frågade han.

– Du måste ge mig tid, svarade hon. Nej, jag ändrar mig inte, men det går inte att forcera sådant här.

Tid? tänkte han. Tre dagar. Sedan var det måndag. Tänk om hon vetat.

– Jag förstår, sa han. Huvudsaken är att det blir som vi har sagt. Och att jag får träffa dig på lördag.

– Jag åker på min kurs på lördag.

– Vad?

Hon skrattade.

– Min kurs. Det vet du väl. Det är fjärde veckoslutet i rad... jag älskar den kursen.

Han tänkte på vad hon sagt om att handla korrekt, men tog inte upp det.

– Det gör jag också, mumlade han istället. Jag behöver dig.

– Du har mig, sa hon.

När de avslutat samtalet började han gråta. Han satt kvar en god stund i fåtöljen, medan han lät det gå över och medan han funderade på hur länge sedan det var han gråtit senast.

Något svar kom han inte fram till.

Tog två Sobrantabletter istället.

15

– Man kan inte påstå att det går framåt precis, sa Reinhart och räknade över spaningsledningen. Återstod fem av sju; Krause var underställd Hiller, Bollmert höll fortfarande på och jagade obskyra intervjuobjekt i provinserna.

– Å andra sidan inte heller bakåt, påpekade Rooth. Det vi visste för en vecka sen, det vet vi idag också.

Reinhart ignorerade inpasset.

– Moreno, sa han. Skulle inspektör Moreno vilja vara så vänlig och sammanfatta läget, så kan vi andra luta oss tillbaka och njuta av en vacker röst åtminstone.

– Tack, sa Moreno. Mannens förmåga att uppfinna ständigt nya komplimanger upphör aldrig att förvåna oss honor. Men till saken, kanske.

Reinhart drog på munnen men sa ingenting. Hon bläddrade framåt några sidor i blocket och plockade fram en sammanställning. Noterade att Jung bar slips av någon outgrundlig anledning och att deBries hade ett plåster tvärs över näsroten. Av någon annan outgrundlig anledning. Hon drog ett djupt andetag och satte igång.

– Vad vi känner till med någorlunda säkerhet är följande: Erich Van Veeteren dödades genom två kraftiga slag med ett trubbigt föremål mot huvud och nacke strax efter klockan arton tisdagen den 10 november. Vapnet ger jag mig inte in på, det kan vara ett rör av något slag, men eftersom vi inte hittat det, är det knappast av någon större betydelse än så länge. Inga vittnen finns till själva dådet;

129

parkeringsplatsen låg öde, det var halvmörkt och mördaren hade också tid att släpa in sitt offer i det omgivande buskaget. Vi har intervjuat samtliga som befunnit sig inne på Trattoria Commedia vid tiden för – och före – mordet. Alla utom två, vill säga... offret och gärningsmannen, om vi nu antar att han också satt där. Tio gäster och fyra stycken ur personalen, hursomhelst... med alla dom har vi talat. Ingen har haft något direkt vitalt att komma med, förutom att tre av dom har berättat om den här figuren som skall ha suttit en stund i baren. Mellan sex och kvart över, ungefär. Vi har en ganska noggrann beskrivning av honom och mycket tyder på att han varit maskerad med peruk, skägg och glasögon... rätt mycket tyder också på att han är identisk med mördaren.

– Som jag vill minnas att någon konstaterade redan för en vecka sedan, sa Rooth.

– Ja, erkände Moreno. Han har varit efterlyst i flera dagar utan att höra av sig, så vi får nog ge en poäng till Rooth. Om vi går vidare kan det noteras att inget av vittnena lagt märke till någon sorts kontakt mellan denne Mr X och Erich Van Veeteren – som alltså satt inne i restaurangen och som lämnade lokalen strax efter att Mr X gjort det. Dom kan i och för sig ha haft ögonkontakt, Erich satt vid ett bord med ganska god uppsikt över baren.

– Hm, sa Reinhart. Han sitter en timme och väntar. När killen kommer gör han ingenting, men han följer efter honom ut på parkeringen, där han blir ihjälslagen av honom. Där har vi det i ett nötskal. Kan ni säga vad i helvete det är frågan om?

– Knark, sa deBries efter en stund.

– Några andra förslag? sa Reinhart.

– Jag är inte säker på att deBries har rätt, sa Jung. Men om vi antar att det ändå rörde sig om en leverans av något slag, så är det två saker jag undrar. För det första: kände de igen

130

varandra? Visste båda två vem som var kontaktpersonen på restaurangen? Eller var det bara en av dom som kände till den andres identitet?

– Var det en eller två undringar? frågade Rooth.

– En, sa Jung. Den andra är vem av dom som skulle leverera och vem av dom som skulle ta emot.

Det blev tyst några sekunder.

– En fråga till i så fall, sa deBries. Om det nu var en leverans, var ägde den rum?

– Det blev nog ingen leverans, sa Rooth. Han mördade honom istället.

– Var *skulle* den ha ägt rum? korrigerade deBries och fingrade irriterat på sitt plåster.

– Parkeringen i vilket fall som helst, sa Moreno. Det är väl också uppenbart att Erich måste ha identifierat Mr X. Han kände igen honom när han kom och satte sig i baren, och sedan följde han efter honom ut enligt avtal.

– Möjligt, sa Reinhart och tände pipan. Mycket möjligt. Påminner i så fall mer om ett agentmöte än en narkotikatransaktion. Men jag håller med deBries i princip, och jag utgår också ifrån att det måste ha varit Mr X som skulle stå för leveransen...

– ... och att han inte hade något att leverera, sköt Moreno in, utan slog ihjäl sin kontaktman istället.

Det uppstod ytterligare några tysta sekunder. Reinhart blundade och spydde ut rök på högsta frekvens.

– Vart kommer vi med det här egentligen? undrade Rooth. Och vad fan skulle det röra sig om, om det nu inte var knark? Är det någon mer än jag som röstar på ett frimärke? Nåt sånt där jävla feltryck som kostar arton miljoner...

– Frimärke? sa deBries. Du är inte klok.

Reinhart ryckte på axlarna.

– Vad som helst, sa han. Det kan ha varit stöldgods... nå-

131

gonting som var farligt men användbart i rätta händer... eller pengar, kanske, det är ju den allra enklaste lösningen. Att en av dom skulle betala den andre för nånting. Med krav på viss diskretion, så att säga. Men jag tror inte heller vi kommer så mycket längre för tillfället. Kanske dags att byta perspektiv en smula. Så länge vi inte lyckas lista ut vad han hade därute att göra, står vi likförbannat och stampar, det håller jag med Rooth om.

– Det gör jag också, sa Rooth.

– Då sammanfattar jag hjärnornas kamp så här långt, sa Moreno. Erich visste att Mr X var kontaktpersonen när han kom och satte sig i baren. Han följde efter honom för att få någonting av honom, men fick ett slag i huvudet och ett i nacken istället. Dödande. Rätt uppfattat?

– Skulle tro det, sa Reinhart. Några invändningar? Icke? Men kom för fan ihåg att det här bara är spekulationer. Nå, då övergår vi till västfronten. Där har vi hur mycket uppgifter som helst. Marlene Frey och adressboken. Vem vill börja? DeBries är frivillig.

Det tog en timme och tio minuter att klara av västfronten. Etthundratvå intervjuer var genomförda med människor som känt Erich Van Veeteren i egenskap av det ena eller det andra. Enligt förteckningen i den svarta adressboken.

Allt fanns vederbörligen inspelat på band; deBries och Krause hade tillbringat onsdagens eftermiddag och en del av natten med att lyssna igenom hela materialet. Man hade också åstadkommit en förteckning över de personer som varit i kontakt med Erich Van Veeteren under veckorna närmast före hans död, en lista som till dags dato omfattade tjugosex namn. Ytterligare intervjuer återstod dock att genomföra, så några till var nog att räkna med innan man var framme vid vägs ände.

Resultatet av allt detta var i och för sig inte dåligt, kvanti-

132

tativt sett, men eftersom man nu inte var ute efter att göra en makrosociologisk undersökning, kommenterade deBries, så var det ändå förinihelvete magert.

Noga taget hade man ännu så länge – sexton dagar efter mordet och tolv efter att kroppen hittats – inte fiskat upp det allra minsta som kunde betecknas som en ledtråd eller en misstanke. Inte med bästa vilja i världen, det var som förgjort. Med hjälp av intervjuerna och framförallt av Marlene Frey hade man i alla fall börjat kartlägga vad hennes pojkvän haft för sig de sista dagarna i livet; det var ett ganska mödosamt pusslande och hade ännu så länge inte burit så mycket som ett krusbär till frukt. Som kriminalinspektör Rooth föredrog att uttrycka det.

Ingen tycktes ha någon aning om varför Erich Van Veeteren begivit sig ut till Dikken den ödesdigra tisdagen.

Inte hans fästmö. Inte polisen. Inte någon annan heller.

– Hur är det med Marlene Freys trovärdighet? undrade Jung. Med tanke på knark och annat.

– Jag tror på henne, sa Reinhart efter att ha funderat en stund. Det kan förstås vara en missbedömning, men jag får intrycket av att hon står på vår sida helt och hållet.

– Det är i och för sig inte konstigt om vi inte hittar någonting med en gång, påpekade Moreno. Om vi trots allt snubblat över gärningsmannen någonstans bland alla dessa intervjuer, så vore det ju lite mycket begärt att vederbörande skulle bryta ihop och erkänna bara för att vi sätter igång en bandspelare. Eller hur?

– Vad tjänar det då till? ville Rooth veta. Är det inte lag på att man måste tala sanning för polisen?

– Hrrm, sa Reinhart. Du har inte förstått poängen med att sitta en mörk natt framför en bandspelare och lyssna på mördarens avslöjande lilla felsägning... men det kan man kanske heller inte begära? Nå, vidare! Vad tror ni? Det måste väl vara någon av oss... och jag räknar nu tillfälligtvis bort

133

Rooths frimärksteori... någon av oss som har någon idé? Vi har ju för fan betalt. Eller är det lika mörkt i era fiskhjärnor som i min egen?

Han såg sig om runt bordet.

– Kolsvart, sa deBries till slut. Men bandinspelningarna står till vars och ens förfogande. Det tar bara arton timmar att lyssna igenom dom. Finns säkert en tiondels ledtråd någonstans, men Krause och jag har gett upp.

– Jag står över så länge, sa Rooth.

– Man kan ju tänka sig att prata lite mer med någon av de närmaste också, föreslog deBries. Med Erichs bästa vänner, alltså, det finns tre-fyra stycken som kände honom rätt bra. Be dom spekulera lite, kanske?

– Kanske det, nickade Reinhart dystert. Varför inte? Är det någon som vill ta upp någonting annat?

Det var det inte. Rooth suckade och Jung försökte dölja en gäspning.

– Varför har du slips? frågade Rooth. Har du inga knappar i skjortan?

– Opera, sa Jung. Maureen har vunnit två biljetter på sitt jobb. Hinner inte hem och byta om, måste åka direkt härifrån ikväll.

– Se till att inte smutsa ner dig idag, då, sa Rooth.

Jung hade ingen kommentar. Reinhart tände pipan igen.

– Nej, sa han. Framåt går det inte, som sagt. Men vi är ju ena jävlar på att ha tålamod, så vi får väl se tiden an med en viss tillförsikt.

– Kommer tid, kommer råd, sa Rooth.

– Har du talat med *kommissarien* på sistone? frågade Moreno.

– Inte på ett par dagar, sa Reinhart.

Van Veeteren tog spårvagnen ut till Dikken. Det var något med den där parkeringsplatsen som förbjöd bilåkande.

Kanske helt enkelt risken att han skulle råka ställa sig just på den plats där hans son blivit dödad.

Annars låg den lika tom och ödslig som den brukade så här års, tydligen. Fyra fordon bara, samt ett avhakat, uppallat långtradarsläp. Han visste inte exakt var kroppen hade hittats; det fanns flera hundra meter buskplantering att välja mellan. Ville inte veta det heller. Vad skulle det ha tjänat till?

Han sneddade raskt över planen och klev in på Trattoria Commedia. Baren låg rakt fram innanför entrédörrarna, för tillfället satt där två äldre män i skrynkliga kavajer och drack öl. Bartendern var en ung man i gul skjorta och hästsvans och han nickade lite förstrött åt honom.

Van Veeteren nickade tillbaka och fortsatte in till restaurangen. Tre bord av arton var upptagna; han valde ett där han hade uppsikt över baren och slog sig ner.

Kanske var det just här Erich satt, tänkte han.

Han beställde dagens rätt av en servitris i blonda flätor: lammkotletter med potatisgratäng. Ett glas rött vin.

Det tog en halvtimme; att få in maten och att äta upp den. Smakade inte så dumt, kunde han konstatera. Han hade aldrig satt sin fot här tidigare och skulle av naturliga skäl aldrig göra det igen, men man hade ett hyfsat kök av allt att döma. Golfspelare i gemen var väl heller inte nöjda med vad som helst, antog han.

Han hoppade över desserten. Tog en kopp kaffe och en liten konjak i baren istället.

Kanske var det just här mördaren satt, tänkte han. Kanske sitter jag just nu på min sons banemans stol.

När den gule bartendern kom för att fylla på hans kopp, passade han på att fråga om han varit i tjänst den där kvällen.

Jo, erkände den unge mannen. Det hade han. Varför frågade han?

Van Veeteren överlade en stund med sig själv innan han svarade.

– Polis, förklarade han.

– En till? sa bartendern och såg måttligt road ut.

– Hm, sa Van Veeteren. Förstår att dom varit som flugor. Jag hör till en helt annan avdelning.

– Vad då för avdelning? undrade bartendern.

– Specialavdelningen, sa Van Veeteren. Vi kanske kunde samtala lite i all vänskaplighet?

Bartendern tvekade ett ögonblick.

– Har inte så mycket att stå i för tillfället, erkände han.

– Den här korven är gudarnas gåva till mänskligheten, sa Rooth.

– Jag ser att du tycker det, sa Jung och betraktade kollegan, som tuggade med halvslutna ögon och ett ansiktsuttryck av överjordisk frid. Roligt att du har en andlig sida också.

– Det är vitlöken som gör det, sa Rooth och öppnade ögonen. Gammal fin medicinalväxt. Jag har en teori.

– Jaså? sa Jung. Är det frimärken igen?

– Bättre, sa Rooth och lassade in potatissallad i kindpåsarna.

Jung väntade.

– Kan du bestämma dig för om du tänker äta eller prata? sa han. Det skulle underlätta min måltid.

Rooth nickade och tuggade ur.

– Allright, sa han. Jo, jag kom på en sak när vi satt och resonerade däruppe.

– Jaha? sa Jung.

– Utpressning, sa Rooth.

– Utpressning? sa Jung.

– Exakt. Det skulle stämma bra in, nämligen. Hör här. Erich Van Veeteren är alltså utpressaren. Han har någon

136

sorts hake på en viss person, han har satt ett pris på sin tyst-
nad och han åker ut till Dikken för att få betalt för den. Ut-
pressningsoffret vill inte punga ut och slår ihjäl honom istäl-
let. Klart som korvspad, rätta mig om jag har fel.

Jung funderade.

– Inte omöjligt, sa han. Det är en hållbar teori. Varför sa
du ingenting på genomgången?

Rooth såg plötsligt lite generad ut.

– Kom på det alldeles mot slutet, förklarade han. Ni ver-
kade inte så mottagliga. Ville inte dra ut på det längre.

– Du var hungrig? sa Jung.

– Det där är din egen tolkning, sa Rooth.

16

– Om man ser på det som en cancer, sa Reinhart. Då blir det ganska tydligt.

– Vit man talar med kluven tunga, sa Winnifred, som var fjärdedels aborigin.

– Vad menar du med det?

– Utveckla, tack.

De låg i badkaret. Att Winnifred Lynch, född i Australien men uppväxt och doktorerad i England, flyttat ihop och skaffat barn med Reinhart berodde till stor del på detta badkar. Åtminstone brukade hon påstå det när han frågade om hon verkligen älskade honom.

Det var stort och djupt. Och inbyggt. Satt med ett oregelbundet mosaikmönster av små gröna och blå kakelplattor på utsidan och försett med ett ståtligt kranaggremang av koppar i mitten. Rymligt nog för två vuxna människor att halvligga i. En i vardera ändan. Som nu. Med ben och kroppar lite lagom omslingrade. Det hade kostat Reinhart två månadslöner att inreda sitt badrum för tolv år sedan.

Men det hade betalat sig, således.

– Cancer, upprepade han. En cancersvulst bildar metastaser, om den inte gör det så upptäcks den ofta inte. Det är likadant med en del fall, det är det jag menar. Det här med kommissariens son, till exempel… är du med?

– Jag är med, bekräftade Winnifred.

– Bra. Vi har tagit reda på allt som rimligen går att få reda på om vad som hände. Ändå kommer vi ingenstans, och det

138

lär vara rätt dålig prognos för att vi löser det... om det nu inte knoppar av sig.

– Knoppar av sig?

– Metastaserar, sa Reinhart. Det måste hända någonting mer. Det är det jag försöker förklara. Om du bara begår ett isolerat brott – slår ihjäl någon, rånar en bank eller vad som helst – och det stannar vid det, ja, då har du ganska god chans att klara dig undan rättvisan. I synnerhet om du är en någotsånär rättskaffens medborgare för övrigt. Fast vanligtvis stannar det inte på det här modersvulststadiet... brottet föder metastaser, vi upptäcker metastaserna och var de kommer ifrån, och så löser vi hela skiten. Är du med?

Winnifred Lynch suckade.

– Lysande metaforik, konstaterade hon och började vicka med tårna i hans armhålor. Kriminaliteten som cancer i samhällskroppen... originellt, det medges. Har nog inte hört någonting lika träffande på flera timmar.

– Hrrm, sa Reinhart. Det var mest det här med metastaserna jag var ute efter.

– Allright, sa Winnifred. Det måste knoppa av sig, annars hittar ni inte Erichs mördare, det är det som är poängen?

– Ungefär, sa Reinhart. Vi står och stampar för tillfället... eller trampar vatten, om du vill ha en mer träffande...

Han avbröt sig eftersom Winnifred bet honom i vaden.

– Aj, sa Reinhart.

– Finns det någonting som talar för en knoppning?

Reinhart funderade.

– Hur fan ska jag veta det? Cancern är en gåta, eller hur?

– Förvisso, sa Winnifred. Men om du masserar mina fötter och ger mig fakta i fallet, ska jag se vad jag kan göra.

– Fair deal, sa Reinhart. Ta ut dom ur armhålorna.

Det hade kommit ett nytt drag hos Ulrike Fremdli som han inte sett tidigare. Ett slags försiktighet. Han hade tänkt på

det några dagar, och när hon hämtade honom på antikvaria-
tet vid stängningsdags på torsdagskvällen, sa han det också.
– Försiktighet? svarade hon. Vad menar du?
– Du ser på mig som på en patient, sa Van Veeteren. Sluta
upp med det. Min son är mördad, om jag blir vansinnig av
det, kommer jag att få nog av den där jävla terapeutblicken
på hospitalet.
– Vad i helvete…? sa hon. Sedan gick de tysta arm i arm
förbi Yorricks Café innan hon stannade upp.
– Allright, du har kanske rätt. Slut med falska hänsyn,
men då får du faktiskt öppna munnen emellanåt också.
– Hm, sa Van Veeteren.
Ulrike betraktade honom med en lodrät rynka mellan
ögonbrynen.
– Jag håller med dig om att sorgen mycket väl kan få vara
ordlös, sa hon, men jag vägrar tro att vi hedrar de döda bäst
på det viset. Vi borde fira dom istället för att sörja dom…
som i Mexico, eller var det är. De dödas dag och sådant.
Stum sorg är bara till för den som odlar den.
Van Veeteren funderade en stund.
– Kanske det, sa han. Jo, ska man ändå leva vidare, måste
man antagligen öppna käften då och då.
Plötsligt gapskrattade hon. Slog armarna om honom och
gav honom en tryckare, så att han undrade om han egentli-
gen kunde vara helt säker på att klara henne i en hederlig
armbrytning. Om det nu skulle behöva komma så långt.
– Jag ger mig, sa han. Tror du…
– Vad då? sa hon och släppte greppet.
– Tror du vi kan hitta ett kompromissläge… någonstans
mittemellan patient och sparringpartner, alltså? Jag tror vårt
förhållande skulle vinna på det.
Hon log. Tog honom under armen igen och började gå.
– Det du försöker beskriva är den idealiske mannen, för-
klarade hon. Han finns inte. Jag får nog dras med dig som du

140

är. Ömsom patient, ömsom sparringpartner... fast det gör ingenting. Jag har aldrig väntat mig någonting annat. Nu går vi upp till Marlene och ser om hon har några foton.

Det var äntligen första gången och det blev ett kort besök. Marlene Frey hade fått något mankemang med kaminen; temperaturen i lägenheten låg och pendlade mellan tio och tolv grader och hon var just på väg för att flytta in och sova över hos en väninna.

Hon hade dock letat fram ett dussin fotografier av Erich – ett par stycken föreställde både Erich och henne själv, för övrigt. Det fanns lite fler också, förklarade hon, men inte så många. Hon ville förstås ha kvar några för egen del, kanske kunde de träffas en annan gång och komma överens? När det inte var så jäkla kallt. Det gick ju bra att ta kopior om man hade negativen kvar, och det hade hon. De flesta åtminstone.

– Hur går det med...? undrade han och kastade en tjugondels blick på hennes mage.

– Det går bra, lovade hon. Han hänger nog kvar.

Det märktes att hon var stressad och han tyckte inte hon var sig riktigt lik, jämfört med när de suttit på Adenaar's. Med Ulrike utbytte hon bara ett handslag och ett hastigt leende, och eftersmaken av den korta visiten kändes lite fadd.

– Du får inte övertolka, sa Ulrike när de hittat ett bord på Kraus en halvtimme senare. Det är lätt att göra det när man själv inte är riktigt i balans.

– Balans? sa Van Veeteren. Jag har inte varit i balans sedan jag började skolan.

I väntan på Reinhart rullade han fyra cigarretter och rökte två. Vox var inget ställe han brukade frekventera; det var Reinhart som hade valt det och han befarade att det skulle bli jazzmusik om de stannade för länge. Det hade stått nå-

141

gonting på en affisch i entrén och det fanns en liten scen längst in i den smutsbruna, rökiga lokalen.

Inte så att han hade särskilt mycket emot jazzmusik som sådan. Reinhart brukade påstå att när man lyssnade till – och framförallt om man kunde utöva, förstås – modern, improviserad jazz, så växte ens intelligens rekordartat. Som en exponentiell funktion av tiden, koncentrationen och alkoholintaget... eller någonting åt det hållet; det var inte alltid han brydde sig om att höra Reinhart till punkt. Men inte ikväll, tack, tänkte han. Det är för tidigt. Han hade knappast haft lust att lyssna på sin egen musik efter Erichs död, inte ens William Byrd och Monteverdi kunde han smälta, så några taggtrådiga saxofoner verkade inte speciellt gångbara för tillfället.

Han drack av den mörka ölen och funderade medan han väntade. Funderade över vad det egentligen var som skedde med hans tankar och med hans medvetande dessa dagar. Över svängningarna. Det var olustigt. Kasten mellan tillstånden. Mellan det invanda: hans luttrade – inte särskilt optimistiska men ändå uthärdliga – tro på någonting lagbundet i mörkret. Vissa mönster. Den positiva resignationen, för att låna ett uttryck från gamle Borkmann. Å andra sidan det här nya: den alldeles svarta uppgivenheten. Som han visserligen nosat på åtskilliga gånger tidigare – i synnerhet i yrkeslivet – men som aldrig tidigare kunnat behålla sitt grepp om honom.

Inte på det här viset. Timtal. Ibland halva dagar.

Handlingsförlamad. Tankeförlamad.

Livsförlamad?

Måste få ett slut på det, tänkte han. Måste få en riktning. Det är Erich som är död och jag som lever vidare. Alla liv tar slut, vissa för tidigt, vissa för sent. Ingenting kan ändra på den saken... och jag vill inte förlora Ulrike också.

Reinhart dök upp halv tio, en halvtimme försenad.

142

– Ber om ursäkt, sa han. Joanna har öroninflammation. Fruktansvärt plågsamt, tydligen. Hade dom det på din tid också?

Van Veeteren nickade. Reinhart betraktade hans halvtomma ölglas och vinkade efter två nya.

– Hur går det? frågade Van Veeteren när de fått in dem och druckit var sin klunk. Reinhart tände pipan och kliade sig i sitt korta, gråsprängda hår.

– Sådär.

– Sådär? sa Van Veeteren. Vad fan betyder det? Har du fått afasi?

– Det har inte gått så mycket framåt, modulerade Reinhart. Vad är det du vill egentligen? Ha reda på varenda förbannad detalj?

Van Veeteren knackade till en cigarrett mot bordet och tände den.

– Ja, sa han. Varenda förbannad detalj, tack.

Det tog sin tid och när Reinhart var klar hade musiken börjat borta på scenen. Bara en pianist och en mörkhyad, lågmäld sångerska, så det var inte svårt att göra sig hörd. Van Veeteren märkte att han varit orättvis i sina tidigare förutfattade meningar; kvinnan som sjöng hade en behagligt låg röst som påminde honom om sjudande sammet (hur nu sammet kunde tänkas sjuda och dessutom låta?), och medan Reinhart berättade skapade detta ett slags angenäm distans till hans ord. Bäddade in Erichs död och alla omständigheterna omkring den i en sorts varsam, nästan sensuell svepning. Han insåg plötsligt att Erich skulle ha tyckt om det.

Sorg och lidande, tänkte han. Vi kommer inte undan det. Det enda vi kan göra är att ta emot det med öppna armar och vända det rätt. Bädda in det, som sagt. I konst eller riter eller vilka former som råkar stå oss till buds... bara inte låta det bli liggande som dammråttor i hörnen.

– Så ligger det till på det hela taget, avrundade Reinhart.

143

Vi har alltså gärningsmannen inringad, det är den här killen på baren. Det måste vara han, allting pekar på det, men vi har inga hållbara hypoteser om vad Erich gjorde därute. Eller tänkte göra. Man kan ju spekulera hit och dit, men jag skulle lura dig om jag påstod att det fanns någonting mer.

– Jag förstår, sa Van Veeteren.

Reinhart plockade en stund med pipa och tobak och såg tvekande ut.

– Du är fortfarande rätt angelägen om att vi hittar honom, eller hur?

Van Veeteren betraktade sångerskan ett ögonblick innan han svarade. Hon tackade just för de spridda applåderna och förklarade att det skulle bli en kort paus.

– Ja, sa han. Angelägnare för varje dag som går. Jag förstod det inte från början, men det verkar nästan rotat i generna... man måste hitta sin sons mördare.

– Rotat i kulturen, åtminstone, sa Reinhart. Och i mytologin.

– Skitsamma om det är myt eller inte, sa Van Veeteren. Jag vill att ni får tag på honom. Kommer ni att göra det?

– Det har jag redan lovat dig, sa Reinhart.

Van Veeteren funderade en stund.

– Tar du illa upp för att jag lägger mig i? frågade han. Säg för fan till i så fall.

Reinhart höjde sitt glas.

– Skulle tycka det vore förbannat konstigt om du inte gjorde det. Skål.

– Skål, sa Van Veeteren och drack ur. Nej, gå hem och ta hand om din dotter nu. Jag tror faktiskt jag sitter kvar och lyssnar på den där sångerskan en omgång till.

– Det gör du rätt i, sa Reinhart och reste sig.

17

Efter arbetet på fredagen åkte han och hälsade på sin far. Det var mer än två månader sedan sist och det var ett sätt att få tiden att gå. Oesterlehemmet låg i Bredenbuijk ett stycke utanför Loewingen; han tog vägen över Borsens för att undvika den värsta trafiken och var framme just som middagsmålet var överståndet.

Hans far satt som vanligt i sin säng och betraktade sina händer. Det brukade ta en god stund att få honom att lyfta blicken, men den här gången gjorde han det nästan omedelbart. Han hade knappt hunnit dra fram stolen till sängkanten och sätta sig på den, förrän fadern långsamt höjde huvudet och såg på honom med sina rödsprängda rinniga ögon. Möjligen fanns där också en sekund av igenkännande, men kanske var det bara inbillning.

Varför skulle han ha känt igen honom just idag, när han inte gjort det på sex år?

Efter en halv minut sjönk hakan sakta ner mot bröstet igen och han övergick till att studera sina händer, som låg ovanpå den blå filten och vred sig om varandra i långsamma, återkommande rörelser.

Han satt kvar i tio minuter. Längre stod han inte ut. Han såg inte till någon sköterska eller något biträde som verkade bekant och han brydde sig inte om att fråga om tillståndet.

Hur är det med honom? Mår han bra?

Frågorna var meningslösa. Hade varit meningslösa i flera år, det kändes skönt att slippa ställa dem. Han hade många

145

gånger funderat på vad det egentligen tjänade till att hålla honom vid liv, men ingen från sjukhusets sida hade så mycket som andats om eutanasifrågan och han ville inte vara den förste. Hans syster i Amerika skulle också vara emot det, det visste han utan att behöva höra efter.

Så hans far satt där han satt. Talade aldrig med någon, läste aldrig en bok eller en tidning. Tittade aldrig på teve eller lyssnade på radio. Steg numera inte ur sängen ens för att gå på toaletten; det enda tecknet på att han var vid något slags medvetande var att han öppnade munnen när en sked mat närmade sig.

Min far, tänkte han. Såsom du är kommer jag en gång att vara. Tack för besöket.

Och han bestämde sig för att leva medan tid var.

Natten mot lördagen blev svår. Med tanke på att Vera skulle komma lät han whiskyn stå. Det fick inte bli en vana. Ville inte överanvända Sobranet heller. Tog en svag sömntablett istället, men den gjorde honom bara tung i kroppen och lätt illamående.

Beslutet att invänta måndagens brev innan han bestämde sig för fortsättningen var givetvis riktigt; det enda tänkbara, men det innebar ingalunda att han slapp undan tankarna.

De envisa svarta tankarna och bilderna av vad som skulle komma att hända med honom. Spekulationerna över vad "En vän" skulle presentera för scenario för penningtransaktionen den här gången. Och över vad han själv skulle bli tvungen att utföra. Ännu en gång.

Om det nu överhuvudtaget skulle finnas utrymme för sådant.

Döda.

Döda en sista gång och slutgiltigt dra ett streck under sitt gamla liv. Utan att behöva summera eller se tillbaka. Bara vakna upp till en blank morgondag.

146

Han önskade att han redan vore där.
Önskade att allt vore över. Leva medan tid var?
När han sista gången tittade på klockan var den tio minuter i sex.

Det regnade när han vaknade några timmar senare. Ett ihärdigt regn och en stark blåst som piskade det mot fönstren. Han låg kvar och lyssnade till det en stund. Steg sedan upp och duschade.

Förmiddagen och de tidiga eftermiddagstimmarna tillbringade han med att preparera kvällens måltid. Städade och ställde vinflaskor på luftning. Sorterade tvätt dessutom. Strax efter två ringde Smaage och påminde om att det var dags för Bröderna att träffas igen kommande fredag; de samtalade en stund och han förvånades efteråt över hur lätt han klarat av det. Hur obehindrat. Det var ändå efter den förra sammankomsten som det hade börjat... efter det förra förbannade mötet med Bröderna som hans gamla trygga liv hade klippts av och allting kastats in i nya vansinniga banor. Han lovade Smaage att komma försåvitt inget oförutsett dök upp, och när han sa ordet "oförutsett" kände han hur en hastigt svindel drog förbi i hans medvetande. Smaage önskade god helg och lade på.

Sedan blev det ändå en timme över när han inte hade annat att göra än att sitta och vänta på henne. Mellan fyra och fem, medan skymningen föll och vinden verkade mojna en smula. Regnbyarna fortsatte dock att komma och gå; en god stund stod han i sovrumsfönstret och tittade upp mot den låga, oroliga himlen över den glesa skogsremsan som var planterad på baksidan av radhuslängan.

Stod där i mörkret och brottades med en alldeles ny tanke.

Jag vill berätta för henne, tänkte han. Hon skulle förstå. Vi skulle vara i det tillsammans och kunna skänka styrka åt

147

varandra. Visst vore det någonting?

Precis klockan fem ringde hon på dörren. När han gick för att öppna kände han sig plötsligt knäsvag.

Det blev deras allvarligaste kväll. Det fanns, åtminstone till en början, något reserverat över hennes uppträdande, och även om hon inte sa det rakt ut, så märktes det att hon plågades av detta med Andreas.

Plågades av att behöva berätta för sin make att hon stod i begrepp att lämna honom för en annan. Han förstod hennes svårigheter. Förstod också att hon ännu inte ställt honom mot väggen, trots att hon lovat att göra det. Men han pressade henne inte. Lät ingen otålighet eller besvikelse komma upp till ytan. Ändå fanns där ett stråk och en stämning över deras samvaro som aldrig funnits där tidigare, och det var inte förrän de druckit nästan tre flaskor vin som de började älska.

Det var lika skönt som vanligt. Kanske ännu skönare; under ett kort ögonblick fick han för sig att det var det bittra stänket av undergångsstämning som gjorde det, men tanken försvann lika hastigt som den dykt upp. Han lyckades ge henne fyra eller fem orgasmer, och efteråt låg hon med huvudet på hans bröstkorg och grät. Hans eget huvud var tomt som efter ett atomkrig.

Så småningom delade de på ytterligare en flaska vin; det kändes som om blodet äntligen började flyta i hans ådror igen. Lite senare tog han henne en gång till – lite brutalare som hon brukade vilja – på köksbordet, och sedan drack de var sitt glas *Glenlivet* som avrundning.

Under återstoden av sitt liv skulle han komma att ångra detta glas whisky, för det var just det som fick honom att tappa omdömet och störta sig i fördärvet. Någon annan förklaring sökte han aldrig efter.

Det kunde inte finnas någon annan förklaring.

När han stod ute i badrummet och tvättade av sig, märkte han att han var ordentligt berusad – mer berusad än han varit den där kvällen, till exempel – men också att det var någonting som krävdes. Han behövde det; de tvehågsna funderingarna som plågat honom tidigare under veckan kändes som bortblåsta, och när han betraktade sitt ansikte i spegeln såg han enbart styrka.

Styrka och handlingskraft.

Han grinade mot sin bild och återvände till sovrummet. Satte sig på sängkanten och lekte en stund med hennes ena bröstvårta mellan tumme och pekfinger. Hon log mot honom.

Nu berättar jag för henne, tänkte han.

Han förstod att det varit ett fruktansvärt misstag att göra det i samma stund som han såg hennes blick.

Vera Miller förstod att det varit ett fruktansvärt misstag att ge honom denna blick i samma stund som hon såg honom resa sig för att gå ut i hallen och hämta något.

IV

18

Jochen Vlaarmeier hade kört bussen mellan Maardam och Kaustin i mer än elva år.

Sex turer i vardera riktningen. Varje dag. Frånsett lediga dagar enligt ett rullande schema – och en och annan semestervecka, förstås.

Den första och den sista turen var på sätt och vis meningslös. Fast bara på sätt och vis. Det fanns ingen rimlig anledning att bege sig ut till Kaustin klockan halv sju på morgonen och ingen rimlig anledning att lämna byn tolv timmar senare. Men bussen hade sitt nattkvarter i garaget på Leimaar Allé och Vlaarmeier hade ingenting emot att köra tomme då och då. Absolut ingenting. Med åren hade han alltmer börjat uppfatta passagerarna som ett störande inslag i sitt arbete, och framförallt kvällsturen in till stan igen räknade han till de goda stunderna i livet. Ingen trafik på vägarna. Tom buss och ännu ett dagsverke till handlingarna. Vad mer kunde man egentligen begära?

Om söndagarna var antalet turer nedskuret till fyra. Två åt varje håll. Han åkte ut klockan nio på morgonen – alltid garanterat passagerarfritt – och vände tillbaka klockan tio med en last bestående av fyra bondkärringar som skulle in till högmässan i Keymerkyrkan. Eftersom deras egen kyrka inte dög, av någon anledning. Eller kanske var den inte igång; Vlaarmeier hade inte mycket till övers för det sakrala, sedan han förlorat en flicka till en fjunig teologistudent för tretti år sedan.

Klockan två körde han hem bondkärringarna igen. Då hade de också hunnit med kaffe och bakelse på Heimers café vid Rozenplejn.

Alltid samma fyra. Två små rultiga, två kutiga utmärglade. Han hade många gånger undrat över varför bolaget inte satte in en taxi istället. Det skulle ha blivit åtskilligt billigare.

Denna kalla söndag – den 29 november – var de bara tre, eftersom fröken Willmot, en av rultorna, låg i influensan. Detta meddelades fermt av vindpinade fru Glock när hon klev på utanför skolhuset.

Trettiåtta och två och svullna halsmandlar, fick han reda på. Rinnande snuva och värk i kroppen. Bara så han visste.

Det var också fru Glock som skrek så att han höll på att köra i diket. Det inträffade strax före den långa kurvan in till byn Korrim och det lät ungefär som om en fiskmås råkat flyga in i örat på Vlaarmeier.

Han rätade upp bussen och kastade en blick i den inre backspegeln. Såg att den gamla kvinnan rest sig upp till hälften från sin plats och att hon bankade med ena handen på sidofönstret.

– Stoppa bussen! skrek hon. Herregud, stanna för guds skull!

Jochen Vlaarmeier bromsade in och stannade vid vägkanten. Helvete, tänkte han. Nu har nån av dom fått slag.

Fast när han blickade bakåt i bussen såg han att alla tre verkade vara vid god vigör. Åtminstone inte värre däran än vanligt. De två som satt längre bak stirrade med gapande käftar på fru Glock som fortsatte att bulta på fönstret och häva ur sig obegripligheter. Han suckade, tog sig ut ur förarbåset och gick bort till henne.

– Lugn i stormen, sa han. Nu tar vi det lite fint. Vad i hela friden går det åt er?

Hon tystnade. Svalde två gånger så att löständerna klicka-

154

de och stirrade på honom.

– Kropp, sa hon. Kvinna... död.

– Va? sa Jochen Vlaarmeier.

Hon pekade bakåt, ut mot den svartblänkande åkern.

– Därborta. I vägkanten... kropp.

Sedan sjönk hon ner på sätet med huvudet i händerna. De bägge andra damerna kom stolpande längs mittgången och började behjärta sig med viss tveksamhet.

– En kropp? frågade Vlaarmeier.

Hon knackade på rutan igen och pekade. Vlaarmeier funderade i två sekunder. Sedan tryckte han upp den pneumatiska dörren, begav sig ut ur bussen och började vandra tillbaka utefter vägkanten.

Han upptäckte henne efter ungefär tjugofem meter. Diagonalt över det grunda diket som separerade vägen från den nyplöjda åkern låg en kvinnokropp. Den var invirad i något slags tygsjok som nästan såg ut som ett lakan... ett mycket smutsigt och lite fladdrande lakan som lämnade ena benet och delar av överkroppen bar; bland annat två stora vita bröst och armar som spretade i onaturliga vinklar. Hon låg på rygg, och ansiktet var vänt rakt upp mot himlen, men skymdes till största delen av det våta rödaktiga håret som verkade ha klibbat fast på något sätt.

Fan, tänkte Vlaarmeier. Fan och hans mormor. Sedan spydde han upp hela sin bastanta frukost – både gröten och korvarna och äggen – innan han vacklade tillbaka till bussen för att telefonera.

När kommissarie Reinhart och inspektör Moreno kom fram till byn Korrim hade det börjat snöa. Stora vita flingor singlade snett ner över det öppna landskapet och löstes upp i den våtblänkande, svarta jorden.

En patrullbil med två konstaplar, Joensuu och Kellerman, fanns redan på plats. Joensuu hade parkerat sig på vägen intill den döda kvinnan, med ryggen åt henne och armarna i kors över bröstet. Bredbent och omutlig. Kellerman befann sig utanför bussen med anteckningsblock och penna, inbegripen i samtal med chauffören och passagerarna. Tre gamla kvinnor stod tätt sammantryckta mot den gula bussens långsida, som om de sökte värme från varandra, alla tre i mörka kappor och hattskrållor; Reinhart kom att tänka på ruggande kråkor som hade hoppat upp på vägen för att leta efter matrester. Chauffören Vlaarmeier trampade nervöst omkring och rökte.

Varför sitter dom inte inne i bussen istället? tänkte Reinhart. Har dom inte märkt att det snöar?

Han gav Moreno order om att bistå Kellerman. Gick bort till Jouensuu och tittade på det han måste titta på.

Först i två sekunder. Sedan blundade han i fem. Därefter tittade han igen.

Det var så han brukade göra. Han visste inte om det egentligen innebar någon lindring, men det hade blivit till ett slags ritual genom åren.

En död kvinna, således. Naken med största sannolikhet, men nödtorftigt invirad i något lakansaktigt, precis som Vlaarmeier uppgivit i telefon. Hon låg nästan platt på rygg, huvudet vilade mot en koka våt åkerjord, fötterna nådde precis upp till den smala strimma av gräs som löpte alldeles utefter vägkanten. Röda tånaglar mitt i bedrövelsen, noterade han; det såg nästan surrealistiskt ut, åtminstone förstärkte det intrycket av overklighet. En ganska välbyggd kropp, såvitt han kunde bedöma. Någonstans mellan tretti och fyrti, antagligen, men det var förstås bara en gissning. Ansiktet skymdes av det halvlånga, mörkröda håret. Snöflingorna föll över kvinnan också, förstås – som om himlen velat åstadkomma någonting för att täcka över vad den inte ville se, for det genom huvudet på honom. En varsam svepning... det var just en sådan tanke som brukade dyka upp i situationer

156

som den här. Ord, fraser och bilder; samma fåfänga försök att skyla över verkligheten som himlen höll på med, ungefär.

– För jävligt, sa Joensuu. Grant fruntimmer. Inte nu, alltså...

– Hur länge har ni varit här? frågade Reinhart.

Joensuu såg på klockan.

– Fjorton minuter, sa han. Fick ropet tio och trettinio. Var här femtiåtta.

Reinhart nickade. Klev ner från vägbanan. Böjde sig över kroppen och studerade den under några sekunder.

– Blod, sa Joensuu utan att vända sig om. Det är blod på lakanen. Och i huvudet. Nån har klippt till henne där.

Reinhart rätade på sig och knöt händerna i fickorna. Det stämde säkert. Lakanen – för det verkade vara två – var fläckade inte bara av jord och smuts; över ena skuldran fanns en rad strimmor och droppar och precis som Kellermann sagt var håret på vänstra sidan av hjässan fastkletat i någonting som inte gärna kunde vara annat än blod.

Det skulle vara hjärnsubstans isåfall.

Ytterligare två bilar anlände. Reinhart hälsade på intendent Schultze, som vägde 120 kilo och var tillförordnad chef för brottsplatsteamet.

– Det snöar, konstaterade han dystert. Det är ju förbannat, vi får fixa en baldakin.

Reinhart stod kvar en stund och såg på medan Schultzes medhjälpare körde ner smala metallstänger i den mjuka jorden och spände en tunn duk en meter ovanför offret. Sedan önskade han dem lycka till och gick bort till bussen. Beordrade Kellermann att ansluta till Joensuu och ordna med en ordentlig avspärrning.

Och att vara Schultze och hans mannar behjälpliga i största allmänhet.

Moreno föreföll ha uttömt det lilla som fanns att få ur

157

resenärerna och bussföraren. De hade åkt förbi i bussen och en av dem hade råkat få syn på kroppen, det var inte mer med det. Efter att ha kontrollerat namn och adresser förklarade Reinhart att de kunde lämna platsen. En kort palaver uppstod härvid, eftersom ingen av de tre kvinnorna längre hade någon lust att bege sig in till Keymerkyrkan – högmässan hade för övrigt redan rullat igång – och så småningom gav Vlaarmeier med sig; gick med på att vända bussen och skjutsa dem tillbaka hem till Kaustin istället.

Tidtabellen hade ju ändå gått åt fanders för länge sedan och några andra passagerare fanns inte att ta hänsyn till. Aldrig på en söndag.

En halvtimme senare lämnade också Reinhart och Moreno fyndplatsen. Med sig hade de en första, muntlig rapport från Schultze: Den döda var en rödhårig kvinna av medellängd i trettifemårsåldern. Hon hade dödats av flera slag i huvud och nacke, troligen någon gång under natten eller de tidiga morgontimmarna. Knappast senare än fyra med tanke Rigor Mortisstatusen. Hon var helt naken, frånsett de två lakan hon virats in i, och det förefoll högst plausibelt att kroppen dumpats i vägkanten från en bil. Ingenting som kunde vara av värde för en kommande utredning hade tagits till vara, men brottsplatsfolket kröp fortfarande omkring och letade, och skulle fortsätta med det ännu några timmar.

Såväl under som i anslutning till den uppspända baldakinen.

Samtidigt som Reinhart och Moreno kröp in i bilen lyftes också den gröna bodybagen med den döda kvinnan in i en annan bil för transport in till Maardam och Rättsmedicinska. Inga obehöriga åskådare hade kommit till platsen, de fåtaliga bilister som passerat förbi under dessa gudsförgätna söndagstimmar hade auktoritativt vinkats vidare av Joensuu eller Kellerman. Eller båda.

Snön fortsatte att falla.

– Första advent, sa Reinhart. Det är första advent idag. Fin inramning. Man borde tända ett ljus på rummet.

Moreno nickade. Tänkte i sitt stilla sinne att domssöndagen varit ett betydligt mer passande alternativ, men den låg alltså en vecka tillbaka i tiden. Hon vred på huvudet och såg ut över det flacka landskapet där de glesa, stora flingorna singlade ner över den mörka jorden. Gråtoner. Bara gråtoner så långt ögat såg. Och nästan inget ljus. Hon hade tänkt sova ut den här morgonen. Ligga i sängen med tidningen och äta frukost i två timmar. Gå och simma om eftermiddagen.

Hade tänkt, således. Det hade inte blivit så. Istället skulle hon tillbringa dagen med arbete. Hela förmodligen; åtminstone om man lyckades få till stånd en tidig identifikation av den döda kvinnan. Förhör och samtal med närstående. Frågor och svar. Tårar och förtvivlan; det var inte särskilt svårt att se det hela framför sig. Medan Reinhart muttrande och småsvärande lotsade dem fram över den smala våta vägbanan, började hon så smått hoppas på att de inte skulle få reda på vem det var... att den anonyma, döda kvinnan kunde få vara anonym ännu några timmar. Någon dag kanske. Det var möjligen en skonsam tanke om man tänkte på dessa närmast sörjande också, vilka de nu kunde vara, men knappast i samklang med hennes egna arbetsuppgifter som kriminalpolis. Rimmade illa med den gamla regeln att de första timmarna i en utredning alltid var de viktigaste – rimmade bättre, betydligt bättre, erkände hon, med en svag förhoppning om att det ändå kanske kunde bli möjligt att bege sig till simhallen ett par timmar under eftermiddagen.

Man skall inte förfalska sina bevekelsegrunder, tänkte Ewa Moreno och suckade. Det hade varit ett av *kommissariens* återkommande uttryck, ett av dem som fastnat hos henne. Vad är det som gör att jag alltid vill duscha när jag tittat på en död kropp? slog det henne sedan. I synnerhet

159

om det varit en död kvinnokropp. Måste vara nånting med empatin...

– Undrar varför han lämnade henne där, avbröt Reinhart hennes funderingar. Mitt ute på slätten, bara. Hade väl varit vettigare att gömma henne uppe i skogen istället.

Moreno funderade.

– Han kanske hade bråttom.

– Möjligt. Borde finnas blod i bilen, hursomhelst. Han måste ju ha haft bil. Hittar vi bara rätt kommer det att finnas bevis. Vad tror du?

– Ingenting för närvarande, sa Moreno och ryckte på axlarna.

– Man kan ju alltid hoppas, fortsatte Reinhart. Hoppas att maken, eller vem det nu är som har gjort det, har ringt och anmält sig själv. Det lutar nog åt det... jo, jag känner på mig att han sitter och väntar hos Krause just nu.

– Tror du? sa Moreno.

– Jovisst, sa Reinhart. Han sitter där och väntar på oss. Bakfull och halvt vansinnig... lördagskväll med lite för mycket att dricka... lite gräl och lite otrohet och så stod han där med strykjärnet i handen. Ja, stackars jävlar. Det är synd om människorna.

– Jo, sa Moreno. Du har rätt, man kanske borde tända ett ljus.

Det satt ingen gärningsman och väntade, vare sig hos Krause eller någon annanstans i polishuset. Inte heller kom det någon anmälan om någon saknad kvinna med röda tånaglar och rött hår under de närmaste timmarna. Vid halvtvåtiden fick Reinhart och Moreno en uppsättning fotografier från brottsplatsen att titta på och lite senare kom en något fylligare rapport från läkare och tekniker.

Den döda kvinnan var 172 centimeter lång och vägde 62 kilo. Hon hade mörkrött hår, både på huvud och sköte, hade aldrig fött barn, men hade haft samlag i nära anslutning till mordet. *Före mordet*, tolkade både Reinhart och Moreno utan att byta ord om saken; det fanns gott om sperma i hennes slida, ännu ett säkert bevis om man nu fick tag på gärningsmannen. Bara att frysa ner och köra DNA-test. Fast det behövde ju inte vara samma, förstås, den som älskat med henne timmarna innan hon dog och den som sedan såg till att hon gjorde det. Dog. Även om en del naturligtvis talade för det. Det var både Reinharts och Morenos åsikt.

Friska tänder och inga speciellt framträdande kännemärken. Hon hade dödats genom tre kraftiga slag i huvudet och ett i nacken. Det relativt stora blodflödet kom framförallt från ett av de främre slagen som slitit av pulsådern i tinningen. Platsen där själva brottet begåtts var inte känd, men var i varje fall inte identisk med den där hon hittats. Tidpunkten hade ännu ej preciserats närmare, men torde ligga någon gång mellan klockan två och klockan fyra natten till söndagen. Inga kläder eller persedlar hade tillvaratagits på fyndplatsen och inga andra föremål heller. Alkoholhalten i det blod som kvinnan hade kvar i kroppen var uppmätt till 1,56 promille.

– Hon var berusad, konstaterade Reinhart. Man kan ju hoppas att det underlättade. Fy fan.

Moreno lade ifrån sig papperen från Rättsmedicinska.

– Vi får lite mer ikväll, sa Reinhart. Meusse håller på för fullt. Ska vi ta ledigt några timmar i alla fall?

När Moreno promenerade bort till simhallen på Birkenweg hade snöandet övergått i regn. Skymningen hade börjat sänka sig över staden, trots att klockan ännu inte var tre, och hon kom återigen att tänka på vad Reinhart sagt om att tända ett ljus.

Fast när hon såg den där namnlösa kvinnokroppen ute i Korrim för sin inre syn, märkte hon att det snarare var

161

mörkret hon kände sig befryndad med.

Det var en sådan dag, konstaterade hon. En dag som inte tålde att öppnas riktigt – eller då man själv inte tålde att öppnas. Som man enklast tog sig igenom med sinnena och medvetandet uppställda bara som smala springor ut mot verkligheten.

En sådan dag. En sådan årstid rentav?

Ostronliv, tänkte hon och sköt upp den tunga porten till simhallen. Jag undrar vad hon hette. Undrar om det kunde ha varit jag.

19

– Jag har honom här, sa Krause. Vi har just kommit tillbaka.
– Vem? sa Reinhart. Varifrån?
– Andreas Wollger, sa Krause. Hennes make. Identifikation positiv.

Reinhart stirrade på telefonen. Stirrade sedan på klockan. Den var två minuter över åtta, det var måndag morgon.

– Har du hittat den som gjorde det och inte meddelat mig?

Krause hostade i luren.

– Inte han som gjorde det. Hennes man. Han sitter inne hos mig nu med aspirant Dobbermann. Mår inte så bra, vi har just varit på Rättsmedicinska och tittat på henne. Ingen tvekan. Hon hette Vera Miller.

– Vera Miller? sa Reinhart. Varför ringer du först nu? Hur kan du veta att det inte var han som höll i strykjärnet?

– Strykjärn? sa Krause.

– Eller vad fan det nu var… hur vet du att det inte är han?

Han kunde höra hur Krause flyttade ett piano över golvet. Eller också var det en suck.

– Klockan är ju bara åtta, sa han. Wollger dök upp kvart i sju och vi åkte direkt och tittade på henne. Tänker kommissarien komma hit och prata med honom eller fortsätta förhöra mig på telefon? För övrigt är jag rätt säker på att det inte är något strykjärn inblandat.

Han börjar bli stursk, tänkte Reinhart när han lagt på luren. Aspiranten.

Att Andreas Wollger inte mådde särskilt bra var en alldeles korrekt iakttagelse av Krause. När Reinhart kom in i rummet satt han rakt uppochner på en stol med händerna hårt knutna i knät. Han stirrade framför sig med ihålig blick, medan aspirant Elise Dobbermann stod bredvid honom och såg villrådig ut. Hon var klädd i den allra senaste – inte särskilt fantasifulla – modellen av tjänstedräkt för kvinnliga poliser. Reinhart hann tänka att han var glad över att han inte var kvinna. Åtminstone inte kvinnlig polis på uniformsnivå.

– Hm, sa han. Herr Wollger, mitt namn är kommissarie Reinhart.

Han sträckte fram handen. Efter en stund reste sig Andreas Wollger och fattade den. Sedan satte han sig ner igen och fortsatte att stirra ut i tomma intet. Reinhart blev stående och betraktade honom, det tycktes inte bekomma honom. En ganska lång, ganska tungt byggd man på knappt fyrti, bedömde Reinhart. Jeans, mörkblå polotröja, skrynklig grå kavaj. Huvudet var stort med begynnande flintskallighet. Ögonen bleka bakom metallbågade glasögon. Ett drag av vekhet över mun och hakparti.

Det är inte han som gjort det, var Reinharts första slutsats.

Man ska inte dra förhastade slutsatser, var hans andra.

– Orkar ni svara på några enkla frågor?

– Frågor? sa Wollger.

– Vill ni ha något att dricka? Kaffe? Te?

Wollger skakade på huvudet.

– Ett ögonblick, sa Reinhart och tog med sig aspirant Dobbermann lite avsides. Sänkte rösten och frågade henne om läget i största allmänhet. Hon förklarade viskande att Wollger fått i sig lite juice och en halv kopp kaffe borta på Rättsmedicinska efter konfrontationen med sin hustrus döda kropp. Fast hon hade inte fått många ord ur honom. Vare sig före eller efter identifikationen. Vare sig hon eller

Krause. Reinhart nickade och bad henne gå och hämta doktor Schenck från hans kontor på första våningen. Sedan vände han sig åter till herr Wollger.

– Jag måste tyvärr ha reda på en del uppgifter. Sedan kommer en läkare och ser till att ni får vila ut. Ert namn är alltså Andreas Wollger?

Wollger nickade.

– Jag är tacksam om ni svarar med ord.

– Jag är Andreas Wollger.

– Er hustru har råkat ut för en hemsk olycka. Ni har just identifierat henne som... han kastade en blick i anteckningsblocket... Vera Miller. Är det korrekt?

– Ja.

– Vad har ni för adress?

– Milkerweg 18.

– Har ni barn?

– Nej.

– Hur länge har ni varit gifta?

– Tre år.

– Vad arbetar ni med?

– Arbetslös.

– Sedan hur länge?

– Sex månader.

– Tidigare då?

– Zinders industrier. Dom har lagt ner.

Reinhart nickade och trevade efter pipa och tobak. Zinders hade tillverkat komponenter till mobiltelefoner, om han mindes rätt. Slagits ut av japaner. Eller möjligen koreaner.

– Och er hustru?

– Hennes jobb?

– Ja.

– Hon är sjuksköterska.

– Vad gjorde ni i lördags kväll?

– Jag åt middag med en god vän.

– Var?

– På restaurang Mefisto.

– På Lofters Plejn?

– Ja.

– Var er hustru tillsammans med er?

– Min hustru var på en kurs.

– Vad för slags kurs?

– För sjuksköterskor. Hon är sjuksköterska.

– Vilket sjukhus?

– Gemejnte.

– Och kursen ägde rum på Gemejnte?

– Nej. Det var i Aarlach.

– Aarlach? sa Reinhart och antecknade. Det är ju långt härifrån.

Wollger svarade inte.

– Det var alltså en kurs för sjuksköterskor i Aarlach. När åkte hon dit?

– I lördags förmiddag.

– När skulle hon vara tillbaka?

– Söndag eftermiddag. Det var som vanligt.

– Som vanligt? Vad menar ni med det?

Wollger drog djupt efter andan.

– Hon har gått på kurs flera lördagar i rad. Det är något slags vidareutbildning.

– Alltid i Aarlach?

– Alltid i Aarlach, bekräftade Andreas Wollger. Hon kom inte hem.

– Jag förstår, sa Reinhart. Och när hon inte kom vände ni er till polisen?

– Hon är död, sa Wollger. Herregud, Vera är död!

Rösten steg en halv oktav mot slutet och Reinhart förstod att sammanbrottet var nära.

– Hur tog hon sig dit? frågade han. Till Aarlach, vill säga.

– Tåg, stönade Andreas Wollger. Hon åkte tåg, naturligt-vis. Herregud, hon är död, varför sitter ni och frågar efter hur hon åkte till Aarlach?

Reinhart väntade några sekunder.

– Er hustru blev mördad, sa han. Någon dödade henne natten mellan lördag och söndag. Har ni någon förklaring till att hon hittades här utanför Maardam, när hon borde ha befunnit sig tvåhundra kilometer härifrån?

Andreas Wollger hade ingen sådan förklaring. Istället sjönk han ihop på stolen. Satte händerna för ansiktet och började jämra sig, samtidigt som han gungade fram och tillbaka med överkroppen. Det knackade försiktigt på dörren och doktor Schenck stack in sitt grålockiga huvud.

– Hur är det?

Reinhart suckade och flyttade sig utom hörhåll för den nyblivne änklingen.

– Som man kan förmoda. Du får ta över, tror jag. Jag vet inte vem som står honom närmast, men vi måste få hit någon anhörig. Vi behöver prata mer med honom, förstås, ju förr desto bättre. Men det går inte som läget är för tillfället.

– Allright, nickade Schenck. Jag ser det. Vi ska se vad vi kan åstadkomma.

– Tack, sa Reinhart och lämnade rummet.

När han steg in på Rättsmedicinska var det i stort sett lunchdags, så han föreslog att de skulle gå över till Fix. Meusse hade inget att invända; han tog av sin solkiga vita rock och krängde på sig kavajen som låg slängd över skrivbordet.

Fix bar låg tvärs över gatan. Det var ganska fullsatt när de kom in, men med hjälp av viss diplomati lyckades Reinhart ordna ett någotsånär avskilt bord. Han frågade Meusse om han ville ha något att äta, men rättsläkaren bara skakade på sitt kala huvud. Det var inte särskilt oväntat. Enligt vad som

sas var det åratal sedan han intog någon fast föda överhu-
vudtaget; Reinhart beställde två mörka öl och satte sig mitt-
emot honom och väntade.

– Jaha? sa han. Det var någonting, alltså?

Meusse drack en djup klunk och torkade sig noggrant
med en servett runt munnen.

– Det är en omständighet.

– En omständighet? sa Reinhart.

– Just, sa Meusse. Jag märker att du hänger med.

Reinhart svarade inte.

– Det rör sig om en högst osäker observation. Jag vill att
du har det i åtanke.

– Jag förstår, sa Reinhart.

– Det gäller de här slagen.

– Slagen?

– Slagen mot huvud och nacke, preciserade Meusse. Det
finns en samstämmighet med kommissariens pojke.

Det gick ett ögonblick innan Reinhart förstod att detta
uttryck avsåg Erich Van Veeteren.

– Vad fan? sa han.

– Så kan man säga, sa Meusse och drack ytterligare av
ölen. Glöm inte att det rör sig om en ytlig observation, bara.

– Naturligtvis inte, sa Reinhart. Jag glömmer inte så lätt.
Är det så att du faktiskt påstår att det skulle vara fråga om
samma person?

– Hm, sa Meusse.

– Samma person som skulle ha slagit ihjäl både Erich Van
Veeteren och den här kvinnan. Är det det du säger?

– Jag utesluter inte möjligheten, sa Meusse efter en tan-
kepaus. *Det* är vad jag säger. Om kommissarien hör på, skall
jag förklara... krrm. Det vi har att göra med är således ett
lite ovanligt slag. Finns ingenting som tyder på att det inte
kan vara samma vapen i bägge fallen, heller. Ett järnrör, till
exempel. Rätt så tungt. Slagen i huvudet har jag ingenting

168

att säga om, mer än att det rör sig om en högerhänt gärningsman, det är det här nackslaget jag baserar samstämmigheten på. Slår av halskotpelaren i bägge fallen. Träffar på i stort sett samma punkt. Dödande på sekunden... kan förstås vara en slump, jag ville bara ni skulle veta om det.

– Tack, sa Reinhart.

Han satt tyst en stund medan han försökte åskådliggöra resonemanget för sig själv genom att rita en radda kotor i anteckningsblocket som låg framför honom på bordet. Det lyckades inte fullt ut.

– Men det var flera slag mot huvudet den här gången? Meusse nickade.

– Tre. Ganska onödigt. Det hade räckt med det här nackslaget, men det förutsätter ju att offret vänder rätt sida till... så att säga.

– Bedömer du det som professionellt? frågade Reinhart. Meusse dröjde en stund med svaret.

– Den som slog hade nog klart för sig var han siktade och vad resultatet borde bli, sa han. Är det det kommissarien avser med begreppet professionalism?

Reinhart ryckte på axlarna.

– Kan mycket väl vara två olika gärningsmän, sa Meusse. Kan mycket väl vara samma. Ville bara ha det sagt. Tack för ölen.

Han tömde i sig den sista skvätten och torkade sig om munnen igen.

– Vänta lite, sa Reinhart. Jag vill ha en värdering också. Ingen kan vara bättre skickad än du att göra den. Har vi att göra med samma en? Det är för fan ingen mening att du kallar hit mig och sedan bara sitter och säger antingen-eller.

Meusse betraktade sitt tomma glas med rynkad panna. Reinhart vinkade på en servitör och beställde två nya öl. När de kommit på bordet strök den lille rättsläkaren med handflatan över sin kala hjässa och såg ut genom fönstret en stund. Han måste ha haft skådespelardrömmar, tänkte Reinhart. När han var ung... två-tre hundra år sedan eller så.

– Jag vill inte uttala mig med säkerhet, förklarade Meusse till slut. Men jag skulle inte sitta här och förklara för dig, om jag inte hade vissa aningar... såvida inte annat talar emot det, förstås.

– Högst troligt, alltså? sa Reinhart. Det är det som är din bedömning?

– Vill bara dra mitt strå till stacken, sa Meusse.

De satt tysta och drack en stund. Reinhart tände pipan.

– Det finns inga samband mellan Vera Miller och Erich Van Veeteren. Inte som vi känner till än åtminstone... fast vi har förstås inte letat.

– Räcker med ett, sa Meusse. Men det är inte mitt jobb.

– Alldeles riktigt, sa Reinhart. Nåja, tack för samtalet, vi får väl se vad vi kan göra av det här.

– Vi får väl det, sa Meusse och reste sig. Tack för ölen.

20

– Det finns ingen kurs i Aarlach, konstaterade Moreno och slog sig ner mittemot Reinhart. I varje fall ingen veckoslutskurs för sjuksköterskor varenda helg. Hur mår han?

– Bräckligt, sa Reinhart. Kunde ge mig fan på att det där med Aarlach var en bluff. Han vill inte åka hem, Wollger. Ligger nere hos Schenck, en god vän har varit och tittat på honom, men då hade Schenck redan drogat ner honom. Stackars sate. Föräldrarna kommer ikväll... två sjuttifemåringar i bil uppifrån Frigge. *Hans* föräldrar, alltså, hennes har vi inte fått tag på än. Vi får väl se hur det går, men vi måste i alla händelser få honom på fötter så att vi kan tala med honom. Dopad eller odopad.

– Hon bedrog honom? sa Moreno. Ska vi ta det för givet?

– Skulle tro det, sa Reinhart. Varför skulle hon annars ljuga sig bort varenda lördag?

– Det kan finnas andra förklaringar.

– Jaså. Säg en.

Moreno funderade ett ögonblick, sköt sedan svaret på framtiden.

– Hur verkar han? sa hon istället. Naiv?

Reinhart drog med handen under hakan och såg tankfull ut.

– Jo, sa han. Naiv är kanske ordet. Van Berle, den här gode vännen, hade inte mycket att säga om hustrun i varje fall. Tydligen har hon kommit in rätt sent i hans liv. Hon bodde i Groenstadt tidigare. Van Berle och Wollger är barn-

171

domsvänner, enligt vad han påstår. Det var honom han brukade gå på krogen med medan hustrun var ute och bolade med andra. Om det nu var det hon gjorde.

– Hm, sa Moreno. Myntet kanske har en annan sida också. Fast vad tusan det här har med Erich Van Veeteren att göra, det begriper jag inte.

– Inte jag heller, sa Reinhart. Men du vet ju vad en gissning från Meusse brukar vara värd?

Moreno nickade.

– Vad gör vi härnäst?

Reinhart reste sig.

– Enligt följande, sa han. Jung och Rooth talar med arbetskamrater och vänner. Och släktingar, om vi hittar några. Du och jag får försöka med Wollger igen. Jag tror vi åker ner nu, det är ingen större poäng med att vänta på mamma och pappa, eller vad tycker du?

– Jag tycker ingenting alls för tillfället, erkände Moreno och följde efter Reinhart bort mot hissen. Ska du eller jag berätta det här om kursen för honom?

– Du, sa Reinhart. Jag böjer mig för din kvinnliga list och empati. Kanske spelar det inte så stor roll när hon ändå är mördad. Kanske tar han det som en man.

– Alldeles säkert, sa Moreno. Jag ser fram emot att få träffa honom.

Jung hade stämt möte med Liljana Milovic i en cafeteria på Gemejnte Hospitaal. Hon hade ingen aning om varför han ville tala med henne, och han fick den föga inspirerande uppgiften att meddela henne att hennes arbetskamrat och väninna olyckligtvis gått och blivit mördad, och att det var därför hon inte kommit till sitt arbete denna dystra måndag.

Liljana Milovic var utan tvivel en skönhet, och under andra omständigheter skulle han inte ha haft någonting emot att hålla henne i sina armar och försöka få hennes gråt-

172

attack att gå över. När han tänkte efter hade han det inte nu heller – för det var faktiskt detta han fick ägna en god stund av deras möte åt. Hon slog armarna om honom och grät, helt enkelt. Sköt sin stol intill hans och hängde sig om hans hals. Han strök henne lite valhänt över ryggen och över det stora mörka håret som luktade kaprifol och rosenvatten och gudvetvad.

– Förlåt, snyftade hon då och då. Förlåt mig, jag kan inte hjälpa det.

Inte jag heller, tänkte Jung och märkte att han hade en stor klump i halsen, han också. Så småningom ebbade hennes gråt ut och hon började hon samla sig, men hon släppte inte kroppskontakten med honom. Inte helt och hållet.

– Jag är ledsen, sa Jung. Jag trodde dom hade talat om det för er.

Hon skakade på huvudet och snöt sig. Han märkte att cafégästerna vid de närmaste borden betraktade dem med förstulna blickar. Han undrade vad de satt och inbillade sig, och frågade om hon hellre ville gå någon annanstans.

– Nejdå, det går bra här.

Hon hade bara en svag brytning, och han gissade att hon flyttat från Balkan medan hon var tonåring och det fortfarande hette Jugoslavien.

– Du kände Vera väl?

– Hon var min bästa arbetskamrat.

– Träffades ni privat också?

Hon drog ett djupt andetag och såg sorgsen ut. Det gjorde henne ännu vackrare. Under de höga kindbenen fanns just sådana där svaga antydningar till skugga, som alltid brukade göra Jung knäsvag av någon anledning. Han bet sig i tungan och försökte bli polis igen.

– Inte så mycket, sa hon. Vi har arbetat på samma avdelning bara några månader. Sedan augusti. Vad var det som hände henne? Exakt, alltså.

Hon kramade hans händer hårt i väntan på svaret. Jung tvekade.

– Någon har slagit ihjäl henne, sa han sedan. Vi vet inte vem.

– Mördat?

– Ja, mördat.

– Jag förstår inte.

– Inte vi heller. Men så är det i alla fall.

Hon såg honom rakt in i ögonen från femton centimeters håll.

– Varför? sa hon. Varför skulle någon vilja döda Vera? Hon var en sådan underbar människa. Hur gick det till?

Jung vek undan med blicken och beslöt att bespara henne detaljerna.

– Det är lite oklart, sa han. Men vi vill gärna tala med alla som kände henne. Har ni märkt om hon varit orolig på något sätt den senaste tiden?

Liljana Milovic tänkte efter.

– Jag vet inte, men de sista dagarna, kanske... i fredags var hon lite... ja, jag vet inte hur jag ska säga. Lite ledsen.

– Du talade med henne då i fredags?

– Inte så mycket. Jag tänkte inte på det då, men när du frågar så minns jag att hon var inte lika glad som vanligt.

– Ni pratade inte om det.

– Nej. Det var mycket arbete, vi hann inte. Tänk om jag hade vetat...

Tårarna började rinna igen och hon snöt sig. Jung betraktade henne och tänkte att om han inte haft sin Maureen, skulle han ha bett att få bjuda Liljana Milovic på middag. Eller bio. Eller vadsomhelst.

– Var finns hon nu? frågade hon.

– Nu? sa Jung. Jaså, du menar... hon är på Rättsmedicinska. Man håller på och undersöker...

– Och hennes man?

174

– Hennes man, ja, sa Jung. Kände ni honom också?

Hon tittade ner i bordet.

– Nej. Inte alls. Jag har aldrig träffat honom.

– Är du själv gift? frågade han och tänkte på vad han läst om freudianska felsägningar i en av Maureens veckotidningar häromdagen.

– Nej. Hon log hastigt. Fast jag har en pojkvän.

Han är säkert inte värdig dig, tänkte Jung.

– Brukade hon tala om sin man? Hur de hade det och sådär?

Hon tvekade ett ögonblick.

– Nej, sa hon. Inte ofta. Jag tror de hade det inte så bra.

Det var första gången han märkte att hon kastade om orden och han undrade om det var ett tecken på någonting.

– Jaså? sa han och väntade.

– Men hon berättade inte för mig. Hon sa bara att det inte fungerade alla gånger. Om du förstår?

Jung nickade och antog att han förstod.

– Men ni talade inte om... privata saker?

– Ibland.

– Du tror inte hon var intresserad av någon annan man? Att hon kanske hade ett förhållande med någon annan?

Liljana Milovic tänkte länge innan hon svarade.

– Kanske, sa hon. Jo, hon kanske hade det. På den senaste tiden, det var någonting.

– Men hon berättade inget?

– Nej.

– Och du vet inte vem det skulle ha kunnat vara?

Liljana Milovic skakade på huvudet och började gråta igen.

– Begravning, sa hon. När blir hennes begravning?

– Jag vet inte, sa Jung. Det är nog inte bestämt än. Men jag lovar att tala om det för dig, så fort jag får reda på det.

175

– Tack, sa hon och log genom tårarna. Du är en väldigt fin polisman.

Jung svalde två gånger och kom inte på någonting mer att säga.

21

Han sov till klockan åtta på söndagskvällen.

När han vaknade var hans första förnimmelse att någonting gått sönder inuti hans huvud. Brustit i själva varseblivningen av världen. Han hade drömt om biljardbollar i evig rörelse över ett jättelikt bord utan hål. Outgrundliga mönster; kollisioner och riktningsförändringar, ett spel där allting verkade just så osäkert och ändå så förutbestämt som själva livet. Den hastighet och den riktning varje boll bar med sig på sin färd över den mossgröna duken var den hemliga kod, som innefattade alla kommande händelser och möten. Tillsammans med alla de andra bollarnas banor och koder, naturligtvis, fast på något dunkelt vis bar varje enskild boll även de övrigas öden med sig i sin privata möbiusslinga, åtminstone den boll som var han själv... en oändlighet av programmerad framtid, tänkte han medan han ännu låg kvar i sängen och försökte hitta en utsiktspunkt och någonting att hålla fast vid... denna instängda oändlighet. För en tid sedan hade han läst några artiklar om kaosforskning i en av tidskrifterna han prenumererade på, och han visste att det lagbundna och det som inte lät sig beräknas mycket väl kunde rymmas inom en och samma teori. Kompatibla motsatser. Samma liv.

Samma marionett, dinglande i dessa miljontals av trådar. Samma sluttande plan. Detta förbannade liv. Bilderna var legio.

Själva bristningen, för det var den som angav den nya utgångsriktningen, hade uppstått när han slog Vera Miller i huvudet med röret. I samma ögonblick som han gjorde det såg han alldeles tydligt att det varit oundvikligt ända från början, men också att han omöjligen kunde ha vetat om det.

Inte förrän han stod där och redan hade gjort det. Då var det självklart. En följd, helt enkelt, en i efterhand förutsägbar och alldeles logisk händelseutveckling... lika naturlig som natt efter dag, som leda efter glädje och lika aningslös som gryningen måste vara om skymningen; en verkan av orsaker som hela tiden legat utanför hans kontroll, men som icke desto mindre funnits där.

En nödvändighet.

Ännu en infernalisk nödvändighet således, och när han slog dessa förtvivlade slag i hennes nacke och hennes huvud var denna förtvivlan ingenting annat än en fåfäng uppgörelse med själva nödvändigheten. Ingenting annat. De var bägge två offer i denna förbannade, determinerade dödsdans som kallades livet, både han och Vera, men det var han som dessutom varit tvungen att agera bödel. *Dessutom*; en sorts extra påbröd, tack så mycket... regisserat och beställt och utfört enligt alla dessa ohjälpliga koder och spår. Den stora planen. Facit i hand, det hade ankommit på honom och nu var det gjort.

Strax innan han vaknade hade han också drömt om sin mors hand på sin panna, den där gången när han kräktes gul galla... och bilderna av de olikfärgade bollarnas banor... och hinken med en skvätt vatten på botten... och hans mors oändliga ömhet... och kollisionerna... om och om igen ända fram till det ögonblick då allt slutgiltigt sköljdes över med en flod av rött blod som kom ur Vera Millers tinningåder där det första slaget träffat med fruktansvärd kraft, allt enligt ödesbestämmelsen, åter och åter igen, denna makabra melodram, denna uppskruvade vansinnesvirvel... och det var när detta pågått intill leda som han vaknade och visste att någonting hade brustit. Någonting annat.

Hinnan. Slutgiltigt brustit.

När han steg upp såg han att det var gott om blod i verkligheten också. I sängen. På mattan på golvet, på kläderna som låg slängda lite varstans. På hans egna händer och på röret som rullat under sängen och som han först inte kunde hitta.

I bilen ute i garaget också. Baksätet. Fullt av Vera Millers blod.

Han tog två tabletter. Sköljde ner med ett glas vatten och en tumsbredd whisky. Lade sig på rygg i soffan och väntade tills han kände alkoholens första välsignade verkningar.

Så började han ta itu med det.

Efterarbetet. Lugnt och metodiskt så gott det gick. Tvätta bort det som gick att tvätta bort. Gnugga och skrapa och pröva olika medel. Han kände ingen upphetsning, ingen ånger eller rädsla längre... bara ett kallt och klart lugn och han visste att spelet fortfarande pågick enligt de lagar och det mönster som han inte rådde över. Som ingen kunde råda över och som man skulle akta sig för att sätta sig upp emot.

Rörelseriktningen. Koden.

När han gjort vad som kunde göras, tog han bilen och åkte in till stan. Satt två timmar på Lon Pejs restaurang nere på Zwille, åt thailändsk mat och funderade på hur nästa drag skulle se ut i det ofrånkomliga spelet. På hur mycket handlingsutrymme som tillskurits honom inför fortsättningen.

Kom inte fram till något. Åkte hem samma väg som han kommit. Märkte till sin förvåning att han kände sig lugn. Tog ett nytt piller för natten och stupade i säng.

På måndagen gick solen aldrig upp. Han ringde och sjukskrev sig tidigt på morgonen. Läste i Neuwe Blatt om kvin-

179

nan som hittats mördad ute i byn Korrim och hade svårt att förstå att det var hon. Och att det var han. Minnena från lördagsnattens bilfärd över de vidsträckta fälten var dunkla; han visste inte vilka vägar han kört och inte var han slutligen stannat och dragit ut henne ur bilen. Namnet Korrim hade han aldrig hört förr.

Det fanns inga vittnen. Trots det öppna landskapet hade han kunnat lämpa av kroppen i skydd av mörkret och den sena timmen. Polisen var förtegen med uppgifter. Hade nog inga riktiga spår, menade skribenten.

Det är som det är, tänkte han. Inget skäl till oro. Spelet pågår och bollarna rullar vidare.

Brevbäraren kom strax före elva. Han lät honom försvinna bortom daghemmet innan han gick ut och vittjade lådan.

Det fanns där. Samma blekblå kuvert som alltid. Samma prydliga handstil. Han satt och vägde det en stund i händerna över köksbordet innan han öppnade det.

Brevet var lite längre den här gången, men inte mycket. En halv sida allt som allt. Han läste det långsamt och metodiskt. Som om han inte varit riktigt läskunnig – eller rädd för att förbise någonting fördolt eller bara antytt.

Dags att komma till rätta med vårt lilla mellanhavande.

Om Ni inte följer instruktionerna till punkt och pricka den här gången, kommer jag inte att tveka att informera polisen. Jag tror Ni förstår att Ni frestat mitt tålamod lite för mycket.

Gör som följer:

1) Lägg 200.000 gulden i en vit plastkasse som Ni knyter till ordentligt.

2) Exakt klockan 4 natten till tisdagen den 1 december lämnar Ni kassen i papperskorgen bredvid statyn av Hugo Maertens i Randers park

3) Bege Er direkt hem och invänta telefonsamtal. När

*samtalet kommer svarar Ni med Ert namn och följer de
instruktioner Ni får.*

*Ni kommer inte att få en ytterligare chans att slippa
undan rättvisan. Detta är den sista. Jag har lämnat en
redogörelse för alla Era gärningar på en säkert plats.
Skulle något hända mig kommer redogörelsen i polisens
händer.*

Låt oss få detta ur världen utan vidare felsteg.

En vän

Genomtänkt.

Han måste erkänna det. På något sätt kändes det tillfreds-
ställande att ha en riktig motståndare.

På något annat sätt kändes det att han ändå, till syvende
och sist, skulle utmanövrera honom och vinna. Men att det
utan tvivel skulle krävas en del.

För närvarande – medan han ännu satt här över köksbor-
det med brevet i händerna – var det inte möjligt att se hur
en sådan lösning skulle se ut. Ett schackparti, tänkte han, ett
schackparti där ställningen hade en tydlig profil men lika-
fullt var svåranalyserad. Han visste inte varför denna meta-
for dök upp. Han hade aldrig varit mer än en högst medel-
måttig schackspelare, hade spelat en del men aldrig kunnat
skaffa sig det nödvändiga tålamodet.

Hursomhelst hade hans skicklige motståndare nu iscen-
satt ett angrepp som han inte kunde överblicka konsekven-
serna av. Inte ännu. I väntan på ögonblicket av klarsyn hade
han bara att göra ett drag i taget och vänta på en öppning.
En blotta.

Ett slags uppehållande försvar. Fanns det andra lösningar?
Han trodde inte det, inte för tillfället. Men tidsfristen var
kort. Han tittade på klockan och insåg att det var mindre än
sjutton timmar kvar tills han skulle stoppa 200.000 gulden i
en papperskorg i Randers park.

Utpressaren tycktes ha en förkärlek för papperskorgar. Och plastkassar. Vittnade det inte om en viss fantasilöshet? Om en enkelhet och förutsägbarhet i spelföringen som han borde kunna dra nytta av?

Sjutton timmar? Mindre än ett dygn. Vem? tänkte han. Vem?

För en stund sköt frågan om motståndarens identitet undan frågan om vad han skulle företa sig. När han tänkte på det insåg han att han hittills ägnat förvånansvärt lite tid åt denna aspekt av problemet. *Vem?* Vem i helvete var det som sett honom den där kvällen? Gick det att utläsa någonting från hans sätt att agera? Från breven? Borde han inte kunna komma honom lite närmare bara genom att syna de premisser som han faktiskt satt inne med?

Och plötsligt slog det honom.

Någon han kände.

Han höll kvar denna insikt i sitt medvetande som vore den gjord av glas. Rädd för att krossa den, rädd för att sätta alltför stor tillit till den.

Någon han kände. Någon som kände honom.

Det senare framförallt. Motståndaren hade vetat vem han var redan när han såg honom med den döda pojken den där kvällen. Medan han stod där och höll honom i famnen i regnet. Måste det inte vara så?

Jo, intalade han sig. Just så måste det ha gått till.

Det var inte alls fråga om att ha registrerat och memorerat något bilnummer. Utpressaren hade vetat med en gång. Hade kört förbi utan att stanna och när han läst om vad som hänt i tidningen nästa dag hade han dragit sina slutsatser och slagit till. Han eller hon. *Han*, antagligen, bestämde han sig för utan att egentligen förstå varför.

Så, just så, förhöll det sig. När han reflekterade över det såg han med ens hur orimlig den tidigare förklaringen varit. Hur långsökt. Vem tusan hinner registrera och lägga ett bilnummer på minnet när man bara sveper förbi ett fordon? I regn och mörker? Omöjligt. Uteslutet.

Alltså någon som känt igen honom. Någon som visste vem han var.

Han märkte att han log.

Satt med ett blekblått brev som kunde lägga hans liv i ruiner inom mindre än ett dygn. Hade dödat tre människor inom loppet av en månad. Ändå log han.

Men vem, således?

Det tog inte lång tid att gå igenom hans tunna umgängeskrets och att avfärda den.

Eller *dem*: Var och en av dessa som han eventuellt, med lite god vilja, kunde tänka sig att bjuda på sitt bröllop eller sin femtiårsdag. Eller sin begravning. Nej, ingen av dessa, han kunde inte tro det. Visserligen fanns kanske ett par namn som han inte uteslöt lika enkelt som de andra, men inget han intuitivt stannade upp inför. Ingen han misstänkte.

Saken var en annan också. Han var förvisso ingen särskilt känd person i Maardam, ingen notabilitet, men det fanns ändå en skara människor som visste vem han var och som kände honom till utseendet. Det räckte förstås. Han kom dagligen i kontakt med folk som han själv senare inte kunde erinra sig när han mötte dem ute på stan, men som naturligtvis hade hans identitet klar för sig. Som ibland till och med hälsade... ofta lite halvt generat när de förstod att han inte kände igen dem.

En sådan. Det måste vara en sådan, en av dessa, som var motståndaren. Han märkte att han log igen.

Sedan svor han högt, när han förstod att gallringen och slutsatserna knappast var till någon hjälp i den tidsnöd han befann sig.

Ingen hjälp alls. Om han tillät sig anta att utpressaren var bosatt någonstans i Maardam, hade han väl reducerat antalet kandidater från 300.000 till 300, kanske.

Åldringar och barn borträknade: från 200.000 till 200. En betydande reduktion givetvis, men ändå gagnlös. Det blev för många kvar, helt enkelt.

Tvåhundra presumtiva utpressare? Sjutton timmars spelrum. Sexton och en halv, noga räknat. Han suckade och reste sig ur fåtöljen. Gick och kontrollerade medicinförrådet och konstaterade att det nog skulle hålla honom flytande tio-tolv dagar till åtminstone.

Om tio-tolv dagar skulle läget vara ett annat. I alla händelser.

Partiet över. Remi uteslutet.

Sedan ringde han till banken. Det lån han ansökt om på torsdagen var ännu inte beviljat. Skulle ta ett par dagar till, men han behövde inte oroa sig, lovade man. Det var en formalitet. Han var en solid kund och solida kunder värnade man om. Även om det inte var åttital längre.

Han tackade och lade på. Blev stående en stund och såg ut genom fönstret mot den dystra förortsgatan och regnet. Några 200.000 gulden i lösa sedlar skulle han inte ha före kvällen. Inte på några villkor.

Krävdes någonting annat, således.

Krävdes en strategi.

Han läste brevet en gång till och försökte hitta en.

22

Bilden av den mördade Vera Elizabeth Miller klarnade en del under måndagen.

Hon var född i Gellenkirk 1963, men uppväxt i Groenstadt. Hade tre syskon – två bröder och en syster – som alla fortfarande var bosatta nere i den sydliga provinsen. Fadern var död sedan 1982, modern numera omgift och verksam som hushållslärarinna i Karpatz; hon hade underrättats på sin skola om dotterns död och förväntades anlända till Maardam tillsammans med sin nuvarande make under tisdagen.

Vera Miller hade utbildat sig till sjuksköterska i Groenstadt och arbetat där fram till 1991, då hon i samband med sin skilsmässa från en viss Henric Veramten flyttat upp till Maardam. Äktenskapet med Veramten hade inte begåvats med några biologiska barn, men 1989 hade man adopterat en liten flicka från Korea, en flicka som dock omkom i en tragisk bilolycka redan följande år. Enligt modern och två av syskonen var skilsmässan från Veramten en direkt följd av flickans död. Det sades inte rent ut, men mellan raderna framkom att maken mycket väl kunde ha varit den som var vållande till olyckan. Direkt eller indirekt. Någon egentlig utredning hade aldrig gjorts.

I Maardam hade Vera Miller börjat arbeta på Gemejnte Hospitaal våren 1992 och två och ett halvt år senare gifte hon sig med Andreas Wollger. Om detta andra äktenskap visste varken modern eller syskonen ett jota. De hade inte varit på någon bröllopsfest – om det nu förekommit någon – och man hade haft mycket sporadiska kontakter de senaste åren.

När det gällde Andreas Wollger var läget oförändrat. Vid sjutiden på måndagskvällen hade han ännu inte kunnat höras mer ingående om förhållandet till sin hustru, eftersom han fortfarande var alltför chockad av vad som hänt. Både Moreno och Reinhart gjorde dock bedömningen att samlivet mellan makarna sannolikt inte varit det bästa.

Sannolikt inte det näst bästa heller.

Det återstod förstås att få detta lösa antagande bekräftat via samtal och förhör med folk som känt paret i den ena eller den andra bemärkelsen.

Och via herr Wollger själv.

Beträffande Vera Millers allmänna karaktär konstaterades snart att hon varit en mycket uppskattad och omtyckt kvinna, både hos vänner och arbetskamrater. Framför allt hade en viss Irene Vargas – som känt Vera ända sedan stövelskaften nere i Groenstadt, och som också bodde i Maardam numera – uttryckt sin chockartade sorg och saknad över, som hon uttryckte det, "tamejtusan en av dom varmaste och ärligaste människor jag någonsin känt, det är för jävligt". Fru Vargas och Vera Miller hade uppenbarligen stått varandra nära under en lång rad av år, och Reinhart antog att om det fanns någon människa överhuvudtaget som kunde tänkas ha en inblick i några dunklare sidor av Veras liv – eventuella utomäktenskapliga förbindelser, till exempel – så borde det vara hon.

Inget av den varan hade framkommit under det första samtalet med henne, men det fanns naturligtvis anledning att återkomma i ärendet.

Stor anledning. Av allt att döma hade Vera Miller börjat föra sin man bakom ljuset någon gång runt månadsskiftet oktober-november. Enligt vad hon sagt honom skulle hon under ett antal helger, åtminstone åtta stycken, gå en vidare-utbildningskurs för sjuksköterskor i Aarlach.

Var hon i själva verket tillbringat dessa lördagar och sön-dagar – och med vem – var fortfarande obesvarade frågor.

– Jävla fårskalle, sa Reinhart. Släppa iväg henne varenda helg utan att kolla vad hon hade för sig. Hur blåögd får man vara?

– Du menar att du skulle kontrollera Winnifred om hon skulle på kurs? undrade Moreno.

– Naturligtvis inte, sa Reinhart. Det är en helt annan sak.

– Jag ser inte logiken, sa Moreno.

– Intuition, sa Reinhart. Sund, manlig intuition. Är vi överens om att det inte är han som har gjort det i alla fall? Wollger, alltså.

– Jag tror det, sa Moreno. Vi får väl inte släppa möjlighe-ten helt och hållet, men det verkar rätt osannolikt. Fast vad vi ska säga om den här kopplingen till Erich Van Veeteren... ja, där vet jag inte var jag står.

Medan deBries och Rooth talat med bekanta till paret Miller-Wollger, hade Ewa Moreno inriktat sig på Marlene Frey och några av Erich Van Veeterens vänner, men ingen hade haft det minsta att bidra med.

Ingen hade känt igen Vera Miller på fotografiet de lånat av Irene Vargas och ingen kunde komma ihåg att de hört hen-nes namn tidigare.

– Jag vet inte var jag står, jag heller, sa Reinhart och blåste ut ett rökmoln. Måste jag erkänna. Träffar kommissarien imorgon, tror jag tar upp sambandet med honom i alla fall... det eventuella sambandet. Så har vi nånting konkret att prata om åtminstone. Det blir så jävla dystert att bara sitta och filosofera om döden.

Moreno funderade en stund.

187

– Du tycker ju om teorier, sa hon. Går det... jag menar, är det möjligt att hitta ett motiv för att döda både Erich Van Veeteren och Vera Miller utifrån förutsättningen att dom inte kände varandra? Kan du konstruera en historia som hänger ihop, alltså?

– En historia...? sa Reinhart och kliade sig med pipskaftet i pannan. Utan att dom kände varann? Tja, det kan ju vara hur jäkla långsökt som helst, men ändå glasklart när man ser själva tråden... om vi nu förutsätter att vi inte har att göra med rena vettvillingen, för då blir det en annan sorts soppa. Ja, naturligtvis kan jag hitta på en händelsekedja som hänger ihop, jag kan kläcka ur mig tio stycken om du vill. Men vart kommer vi med det?

Moreno log hastigt.

– Gör det, sa hon. Ägna natten åt att hitta tio trådar mellan Erich Van Veeterens död och Vera Millers. Sedan berättar du för mig imorgon och jag lovar att plocka ut den rätta.

– Herregud, sa Reinhart. Jag har en fager hustru att ägna nätterna åt. Och en dotter med öroninflammation när hon inte orkar längre. Är du verkligen fortfarande gift med jobbet?

– Som det ser ut, sa Moreno.

– Ser ut? Vad är det för jävla uttryck? Han lutade sig fram över bordet och betraktade henne med ett vertikalt veck mellan ögonbrynen.

– Det var nånting med Münster. Eller hur?

Inspektör Moreno stirrade på honom i tre sekunder.

– Dra åt helvete, sa hon sedan och lämnade rummet.

– Vet du vad jag är? sa Rooth. Jag är Europas sämsta jägare.

– Har jag ingen anledning att betvivla, sa Jung. Fast jag visste inte att du jagade överhuvudtaget.

– Kvinnor, suckade Rooth. Det är kvinnor jag talar om. Här har man hållit på och jagat dom i tjugo år... tjugofem, förresten... och inte en enda fullträff. Hur fan bär man sig åt?

Jung såg sig omkring i den manligt befolkade baren. De hade just slunkit in på Oldener Maas för att lägga guldkant på dagen (Rooths term), och det verkade inte vara några särskilt goda jaktmarker.

– Du har ju ditt på det torra, utvecklade Rooth. Maureen är en förbannat bra kvinna. Om hon slänger ut dig är jag villig att ta över.

– Jag ska berätta det för henne, sa Jung. Så behåller hon mig garanterat.

– Kyss mig, sa Rooth och drack en försvarlig klunk. Fast det kanske hänger på ammunitionen.

– Ammunitionen? sa Jung.

Rooth nickade självkritiskt.

– Börjar tro att jag kört med lite för grovt hagel under alla dessa år. Funderar på att börja läsa lite poesi, vad tror du om det?

– Bra, sa Jung. Det kommer att klä dig. Kan vi inte tala om nånting annat än kvinnor?

Rooth anlade en min av stor förvåning.

– Vad fasen skulle det vara?

Jung ryckte på axlarna.

– Vet inte. Jobbet, kanske?

– Föredrar fruntimren, sa Rooth och suckade. Men eftersom du ber så vackert...

– Vi kan sitta och hålla käften också, föreslog Jung. Det är kanske den bästa varianten.

Rooth satt verkligen tigande en lång stund, medan han grävde i jordnötsskålen och tuggade eftertänksamt.

– Jag har en hypotes, sa han sedan.

– En hypotes? sa Jung. Inte en teori?

– Kan inte riktigt skilja på dom där, erkände Rooth. Skitsamma, hör här...

189

– Mina öron står på skaft.

– Bra, sa Rooth. Men avbryt mig inte hela tiden. Jo, alltså, den här Vera Miller... om hon nu var ute och prasslade med en annan karl, då vore det ju inte så dumt om vi hittade den karln.

– Genialt, sa Jung. Var får konstapeln allt ifrån?

– Jag är inte klar än. Det skulle utan tvivel underlätta om vi visste var vi skulle leta efter honom.

Jung gäspade.

– Det är här hypotesen slår ut i full blom, förklarade Rooth. Vi har naturligtvis att göra med en läkare.

– En läkare? Varför i helvete då?

– Klart som en sommardag. Hon jobbade på sjukhus. Alla systrar blir förr eller senare betuttade i en vitrock med tingeltangel på bröstet. Stetoskopsyndromet... det drabbar alla kvinnor i branschen. Vi ska leta på doktor X, helt enkelt. På Gemejnte. Man kanske skulle ha läst medicin, trots allt...

Jung lyckades lägga beslag på den sista jordnöten.

– Hur många finns det? Läkare på Gemejnte, alltså.

– Inte fan vet jag, sa Rooth. Ett par hundra, antagligen. Men det borde ju vara nån som hon kom lite i kontakt med... å yrkets vägnar, som det heter. På samma avdelning eller så. Vad säger du?

Jung funderade en stund.

– Om vi nu ska tro på Meusse, sa han, hur hänger det här i så fall ihop med frimärksteorin och utpressarteorin?

Rooth rapade diskret i armvecket.

– Min unge vän, sa han och log faderligt. Man kan inte mixtra ihop teorier med hypoteser hursomhelst, det trodde jag du hade klart för dig. Har du gått polisskolan eller bara hundskolan?

– Gå och köp två öl, sa Jung. Men blanda inte ihop dom.

– Ska göra mitt bästa, sa Rooth och reste sig.

190

Han är inte så dum som han ser ut, tänkte Jung när han blivit ensam vid bordet.

Men tacka fan för det.

Varför gör jag så där? tänkte Moreno när hon kommit hem.

Hon sparkade irriterat av sig skorna och kastade jackan i korgstolen.

Varför säger jag åt Reinhart att dra åt helvete och smäller igen dörren? Håller jag på att bli karlhatare? En bitch?

Han hade ju rätt, när allt kom omkring. Alldeles rätt. Det hade varit någonting med Münster – även om hon inte kunde precisera det mycket bättre än vad Reinhart gjort.

Bara *någonting*. Det hade tagit slut i och med att Münster blev knivhuggen uppe i Frigge i januari och sånär fått sätta livet till. Sedan dess hade han legat på sjukhus ett par månader, varit konvalescent ett par månader, och satt numera med någon tvivelaktig utredning på ministeriet i väntan på att bli stridsduglig igen. Om ytterligare ett par månader, enligt uppgift.

Satan också, tänkte hon. Och när han är tillbaka, då? I februari redan antagligen, vad skulle hända då?

Inte ett skit, naturligtvis. Intendent Münster hade återgått till fru och barn, som han för övrigt aldrig lämnat så mycket som en sekund. Vad inbillade hon sig? Vad gick hon och väntade på? Gick hon verkligen och väntade? Hon hade inte träffat honom mer än tre gånger sedan det hände och det hade inte funnits minsta vibration. Inte en darrning i luften, ens... jo, kanske den första gången, då, när både hon och Synn satt vid hans sjuksäng... då hade det varit någonting.

Men inte mer än så, alltså. En darrning. En gång.

Och vem tusan var hon att tränga sig mellan Münster och hans underbara Synn? Och barnen?

Jag är inte klok, tänkte hon. Jag håller på att bli lika fnos-

191

kig som alla ensamma fruntimmer. Tog det verkligen inte längre tid att halka in i nuckestråket? Var det så enkelt? När hon lämnade skithuvudet Claus hade hon visserligen varit fly förbannad på honom och på de bortkastade fem åren, men inte hade hon dragit alla karlar över en kam. Åtminstone inte Münster. I synnerhet inte han.

Men nu hade hon bett Reinhart fara och flyga i stort sett. Bara för att han råkat trampa på rätt tå. Reinhart var förvisso inte hennes typ – om det nu fanns sådana djur? – men hon hade alltid betraktat honom som en bra människa och en bra polis.

Och en karl.

Måste göra nånting åt det här, tänkte hon när hon ställde sig i duschen för att skölja bort eländet.

Kanske inte omedelbart, men på sikt i alla händelser. Trettiett år och förbittrad karlhatare?

Eller desperat jägare? Ännu värre, förvisso. Nej tack, det fanns – måste finnas – bättre framtidsstrategier.

Fast inte just för tillfället. Just ikväll hade hon varken tid eller ork eller idéer. Bättre att ta itu med annat. Med det där hon utmanat honom om, kanske?

Tio tänkbara samband mellan Erich Van Veeteren och Vera Miller.

Tio? tänkte hon. Vilket övermod.

Låt se om jag kan hitta tre.

Eller två.

Något enda, åtminstone?

Winnifred hade just fått sin mens och Joanna hade äntligen börjat acceptera penicillinets välsignelser, så det blev varken det ena eller det andra för Reinharts del. Istället satt han i soffan framför en gammal Truffautfilm, medan Winnifred förberedde morgondagens seminarium i arbetsrummet. Hon väckte honom när filmen var slut; de ägnade en kvart åt att jämföra Leros och Sakynthos inför den eventuellt förestående påskresan och när de sedan låg i sängen kunde han inte somna.

Två tankar surrade i huvudet på honom.

Den första handlade om Van Veeteren. Han skulle träffa honom under morgondagen och han skulle bli tvungen att förklara att man fortfarande stod och stampade på ruta ett. Att man fortfarande – efter tre veckors arbete – inte hade en enda förbannad ynka ledtråd i jakten på hans sons mördare. Naturligtvis skulle han redovisa den här egendomliga omständigheten med nackslaget och Vera Miller, men inte var det nu mycket att komma med.

Vi vet inte vad det är frågan om, skulle han få erkänna. Inte mer än en höna under nattvarden.

Det var för jävligt, tyckte kommissarie Reinhart.

Den andra tanken var Ewa Moreno.

Jag är en förbannad buffel, tänkte han. Inte alltid, men då och då. Han hade lovat henne tio hållbara scenarion över ett samband som han inte hade den blekaste aning om, och sedan hade han förolämpat henne.

Förolämpat och trampat i saker han inte hade ett skit med att göra.

Det var för jävligt, det också.

När klockan blivit två steg han upp och ringde till henne.

– Sover du? frågade han. Det är Reinhart.

– Jag hör det, sa Ewa Moreno. Nej, jag var faktiskt vaken.

– Jag ber om ursäkt, sa Reinhart. Jag menar att jag ringer för att be om ursäkt… jag är en förbannad buffel.

Hon blev tyst ett ögonblick.

– Tack, sa hon. För ursäkten, alltså. Fast jag tror inte du är så värst mycket buffel. Jag var inte i balans, det var mitt fel.

– Hmpf, sa Reinhart. Begåvat. Och utvecklande. Två vuxna människor sitter och utbyter ursäkter i telefon mitt i natten. Måste vara nånting med solfläckarna, förlåt att jag ring-

193

de... nej, satan, nu gjorde jag det igen.

Moreno skrattade.

– Varför sover du inte? frågade Reinhart.

– Håller på med tio tänkbara samband.

– Aj då. Hur många har du?

– Inget, sa Moreno.

– Utmärkt, sa Reinhart. Ska se vad jag kan göra åt saken. Godnatt, vi ses imorgon under en kall stjärna.

– Godnatt, kommissarien, sa Moreno. Varför sover du inte själv, förresten?

Men Reinhart hade redan lagt på luren.

23

Van Veeteren glodde på den fosforescerande sekundvisarens makliga färd runt urtavlan. Han hade hållit på med det en stund, men varje nytt varv var ändå ett nytt. Plötsligt mindes han att han långt nere i förpuberteten – om han nu verkligen hade haft någon sådan – brukat sysselsätta sig med att ta pulsen under sömnlösa nätter. Han bestämde sig för en kontroll nu också.

Femtitvå den första minuten.

Fyrtinio den andra.

Femtifyra den tredje.

Herregud, tänkte han. Mitt hjärta håller på att kollapsa också.

Han låg kvar ytterligare några minuter utan att räkna pulsslag. Önskade att han haft Ulrike vid sin sida, men hon sov hos sina barn ute i Loewingen den här natten. Eller hos ett av dem i varje fall. Jürg, 18 år, och den siste att lämna boet. Någon tid måste hon förstås ägna åt honom också, det insåg han. Även om det verkade vara fråga om en ovanligt stabil ung man. Såvitt han kunnat bedöma åtminstone; de hade bara träffats vid tre tillfällen, men allt pekade i den riktningen.

Allt utom att han ville bli polis.

Van Veeteren suckade och vände på sig för att slippa se klockeländet. Lade en av kuddarna över huvudet.

Kvart över två, tänkte han. Jag är den enda vakna människan i hela världen.

En timme senare steg han upp. Det var lögn att få sova, de senaste nätterna hade han inte kommit upp i mer än två-tre timmar i genomsnitt, och det hjälpte inte med några kända mediciner.

Inte öl. Inte vin. Inte Händel.

Det var lika illa med andra tonsättare, så det var knappast Händels fel.

Det går inte, tänkte han när han stod ute i badrummet och blaskade kallvatten i ansiktet. Det går inte att sova och jag vet så förbannat väl vad det beror på. Varför erkänner jag det inte? Varför ställer jag mig inte på bergets topp och skriker ut det så att alla människor kan höra?

Hämnd! Vilken far kan ligga i sin säng när drevet efter hans sons mördare går ute i skogen?

Så enkelt var det. Så djupt satt det rotat i biologins svarta urgrund. Han hade vetat det när han skrev om det i memoarboken för några timmar sedan och han visste det nu. Att handla var det enda verkningsfulla medlet. Homo agentus. I alla lägen. Illusoriskt eller på riktigt. Göra nånting, förihelvete!

Han klädde på sig. Kontrollerade väderläget genom köksfönstret och gick ut. Det kändes råkallt, men ingen nederbörd och nästan ingen vind. Han började gå.

Söderut till att börja med. Ner över Zuijderslaan och Primmerstraat bort mot Megsje Plejn. När han kom fram till katolska kyrkogården tvekade han en stund. Beslöt att gå runt den, men i det sydöstra hörnet märkte han att han tröttnat på asfalten och vek in genom ingången till Randers park, som var anlagd som ett slags naturlig förlängning av gravfältet. Eller om gravfältet var en naturlig förlängning av parken, oklart vilket. Det fanns säkert en historia, men han kunde den inte.

Mörkret inne bland träden och buskagen kändes nästan som en omfamning, tyckte han, och tystnaden var stark.

Parken lyssnar, tänkte han medan han sakta tog sig framåt... längre in i mörkrets hjärta, det var en bild som föreföll ovanligt träffande. Naturen öppnar sina sinnen om natten, brukade Mahler påstå. På dagen sover hon och låter sig betraktas, men i mörkret är hon ett levande subjekt, det är bara att gå ut och känna efter.

Alldeles riktigt, utan tvivel. Van Veeteren ruskade på huvudet för att bryta tankeströmmen och bli av med vidlyftigheterna. Vek på måfå av åt höger när stigen förgrenade sig, och kom efter någon halvminut fram till statyn av Hugo Maertens. Den var svagt upplyst av en enda strålkastare nerifrån blomrabatten som omgärdade den tunga sockeln och han undrade varför. Turister i parken om natten? Knappast. Han såg på klockan.

Tio i fyra.

Handla? Det enda verkningsfulla medlet? Ge mig lite handlingsutrymme då, moder natur! Släpp ut mig ur fångenskapen!

Han ryckte på axlarna åt sin förmenta åkallan och tände en cigarrett.

Jag är ju bara ute och går om natten för att inte bli vansinnig, tänkte han. Ingenting annat. Så hörde han en kvist brytas av någonstans inne i mörkret. Jag är inte ensam, insåg han. Djur och galningar vandrar om natten.

Klockan tre orkade han inte vänta längre. Han gick ut i garaget, slängde in plastkassen på passagerarsätet och kröp in i bilen. Startade och började köra in mot centrum. Utefter hela den oupplysta vägen in till stadsskogen mötte han inte en enda bil, och när han passerade cementtrumman, tänkte han inte mer på den än han skulle ha gjort inför vilket gammalt välkänt vägmärke som helst. Det var som det var. Det som inträffat där tycktes numera ligga så långt tillbaka i tiden att han inte längre kunde få fatt i det. Inte längre erinra sig. Om han nu skulle ha önskat det.

Han tog till vänster efter Alexanderbron, följde Zwille ända fram till Pixnerbryggeriet och kom upp bakom Randers park på dess södra sida. Parkerade utanför entrén vid minigolfbanorna, som naturligtvis inte var öppna den här tiden på dygnet. Eller den här tiden på året. Blev sittande kvar i bilen en stund. Klockan var ett par minuter i halv fyra. Parken såg mörk och ruvande ut, innesluten i sin egen djupa vintersömn. Naturen stänger sina sinnen om natten, tänkte han, och han undrade varför motståndaren valt just en sådan plats. Bodde han i närheten eller var det bara själva otillgängligheten som fällt avgörandet? Tydde på överdriven försiktighet i så fall; så här dags måste det finnas hundratals obevakade skräptunnor som det var lättare att ta sig fram till. Förra gången hade han valt att genomföra transaktionen inne på en restaurang, med en uppsjö av presumtiva vittnen, så nog var förutsättningarna annorlunda den här natten.

I natt skulle det inte komma något ombud. I natt skulle utpressaren själv hämta sin kasse, och han skulle göra det i vetskap om att hans offer var av en annan kaliber än han tänkt sig från början. Helt annan kaliber.

Han kunde nästan le åt den tanken, och visst tydde det på stabilitet och kontroll att han kunde sitta här och vänta i mörkret i sin bil mitt i natten utan att känna sig orolig. Om utpressaren inte godtog hans villkor, kunde ju resultatet faktiskt bli att han hade polisen utanför dörren redan imorgon bitti. Om några timmar, bara. Det var ingen omöjlighet.

Han kände på paketet. Funderade på om motståndaren med en gång skulle förstå att det inte innehöll några tvåhundratusen, eller om han skulle upptäcka det först när han kom hem. De två gamla tidningar han rivit sönder och stoppat i kassen var inte avsedda att skapa någon illusion av pengar. Bara ge en viss stadga.

198

Två trasiga tidningar och ett kuvert, således.

Femtusen gulden och en begäran om tre dagars uppskov, det var vad motståndaren skulle få som betalning för nattens arbete.

Summan var väl avvägd. Det var exakt hälften av vad han givit order om förra gången och mer skulle han aldrig få. Han skulle få tro att tvåhundratusen väntade på honom på torsdag natt istället, och nog skulle han svälja betet? Tre dagars extra väntan plus femtusen i bonus, vad fan hade han att välja på? Gå till polisen och kamma noll? Föga troligt.

Han såg på klockan. Kvart i fyra. Han tog kassen, lämnade bilen och gick in i parken.

Han hade rekognoscerat var statyn av Hugo Maertens egentligen var belägen, och det visade sig vara välbetänkt. Mörkret inne i den vildvuxna parken kändes som ett svart hål och inte förrän han skymtade det bleka ljuset från spotlighten som lyste upp statyn, var han helt säker på att inte ha gått vilse. Han stannade upp en kort stund innan han klev ut i den lilla öppningen, där stigar från fyra eller fem håll strålade samman.

Stod där och lyssnade till tystnaden. Tänkte på att motståndaren antagligen fanns någonstans i närheten; att han kanske också stod på helspänn inne i nattmörkret med en mobiltelefon och väntade. Eller vid en närbelägen telefonkiosk.

Biljardbollar, tänkte han på nytt. Bollar som rullar mot varandra men som undviker kollosionen med bara några millimeter. Vars banor skär varandra, men där krocken undviks genom några minuter. Sekunder.

Ynka bråkdelar av tid.

Han gick fram till papperskorgen och tryckte ner kassen.

På vägen tillbaka till Boorkhejm funderade han på vad som skulle hända om han fick motorstopp. Det var ingen särskilt angenäm tanke. Att bli stående vid vägkanten och försöka hejda någon morgontidig bilist för att be om hjälp. Skulle vara svårt att förklara vad han gjorde ute för en eventuell polisman också, till exempel, om man nu bestämde sig för att börja undersöka lite. Sjukskriven, men på hemväg klockan halv fem på morgonen. Baksätet fullt av blodspår som knappast skulle undgå ett tränat öga.

För att inte tala om följderna om han inte fanns på plats och svarade i telefonen. Nej, det var ingen angenäm tanke alls.

Han fick inte motorstopp. Naturligtvis inte. Hans fyra år gamla Audi fungerade klanderfritt idag som alla andra dagar. Han hade bara lekt med idén. Det kom många idéer dessa dagar... bisarra tankar som han aldrig stött på förr, och ibland undrade han varför de plötsligt sökte hemvist just i hans huvud. Just nu.

Han parkerade i garaget, tog en och en halv tablett, kröp ner i sängen och började vänta på samtalet. Funderade lite vagt på om utpressaren tänkte säga något eller om han bara skulle lägga på luren. Det senare verkade troligast, förstås. Fanns ingen anledning att riskera denna lilla möjlighet att bli avslöjad. Rösten är alltid någonting naket. Troligare då att han ringde upp senare – när han kontrollerat innehållet i kassan och läst meddelandet. Betydligt mycket troligare. När han förstått att han ännu inte fått den valuta han tänkt sig för alla sina ansträngningar. För allt sitt svarta spel.

Om hans klockradio gick korrekt kom påringningen exakt fem sekunder efter fem. Han lät det gå tre signaler innan han svarade – om inte för annat så för att visa att han inte satt och väntade i spänd nervositet vid telefonen. Det kunde vara viktigt att markera sådant.

Han lyfte luren och svarade med sitt namn.

Under ett par sekunder hörde han den andres närvaro på linjen, sedan bröts förbindelsen.

Då så, tänkte han. Låt se vad du har på hjärtat nästa gång.

Han vände på sig i sängen, rättade till kuddarna och försökte somna.

Det lyckades verkligen. När han vaknade för nästa telefonsignal var klockan kvart över elva.

Under det korta ögonblick som förflöt innan han fick fatt i luren, hann han börja inse att någonting var fel. Att saker och ting inte löpt i de banor han tänkt sig. Vad hade hänt? Varför hade motståndaren väntat i flera timmar? Varför hade...?

Det var Smaage.

– Hur står det till med dig, bror?

– Sjuk, fick han fram.

– Jo, jag hörde det. Prästen svär och doktorn är sjuk. Vad är det för tid vi lever i?

Han skrattade så det skorrade i luren.

– En släng influensa, bara. Men jag blir nog hemma hela veckan, som det ser ut.

– Aj fasen. Vi tänkte ha en liten sittning på fredag kväll, som jag sa. Blir det för mycket för dig? På Canaille.

Han hostade och lyckades åstadkomma ett par tunga andetag. Lät förmodligen rätt övertygande.

– Skulle tro det, sa han. Men på måndag går jag i tjänst.

När han sagt det, och när Smaage önskat honom god bättring och lagt på, kom han att tänka på vilken hundraprocentig felprognos det var.

Vad som än hände – hur än bollarna rullade de närmaste dagarna – så fanns det en sak som var säker. En enda. Han skulle inte åka till sjukhuset på måndag.

Skulle aldrig sätta sin fot där igen.

Det låg någonting oerhört tilltalande över den tanken.

24

– Då kör vi igång hjärnstormen, sa Reinhart och placerade pipa, tobakspung och tändare i en prydlig rad framför sig på skrivbordet. Jag ska träffa *kommissarien* ikväll, som ni förstår är han rätt så intresserad av hur det går för oss. Jag ämnar ge honom ett band från den här genomgången, så har jag i alla fall nånting att komma med. Tänk på vad ni säger.

Han tryckte igång bandspelaren. Med ens kändes Van Veeterens närvaro i rummet som någonting nästan påtagligt och en vördnadsfull tystnad bredde ut sig.

– Hrrm ja, började Reinhart. Tisdagen den 8 december klockan 15.00. Genomgång i fallen Erich Van Veeteren och Vera Miller. Vi tar bägge på en gång, även om sambandet är långtifrån säkerställt. Varsågoda, ordet är fritt.

– Har vi nånting mer än gissningen från Meusse som talar för att dom hänger ihop? undrade deBries.

– Ingenting, sa Reinhart. Mer än att vår käre rättsläkares gissningar brukar vara att jämställa med bombsäkra fakta, vill säga. Men han måste väl ta fel en vacker dag, han också. Antar jag.

– Tror jag inte, sa Moreno.

Reinhart öppnade blixtlåset till tobakspungen och luktade på innehållet innan han fortsatte.

– Om vi ändå skjuter in oss på Vera Miller till att börja med, föreslog han, så har vi inga tekniska nyheter beträffande dådet. Tyvärr. Lite mer preciserat i tiden, bara. Hon dog antagligen någon gång mellan kvart över två och halv fyra på

202

lördagsnatten. Hur dags hon placerades därute i Korrim är svårt att säga. Om hon legat där länge kan man kanske tycka att hon borde ha upptäckts tidigare, men vi ska komma ihåg att hon låg rätt undanskymt till och det är nästan ingen trafik alls på dom där vägarna. Åtminstone inte på helgerna och så här års. För övrigt har vi talat lite mer med Andreas Wollger... det vill säga att jag och inspektör Moreno har gjort det. Gudarna ska veta att han inte haft mycket att komma med, han heller, men han har i varje fall börjat erkänna att äktenskapet kanske inte varit helt och hållet sprickfritt. Tror faktiskt han börjar inse det först nu... verkar lite handikappad när det gäller kärlekens labyrinter, det ska gudarna också veta.

– Han var trettisex år när han gifte sig, fyllde Moreno i. Har nog inte haft många förbindelser tidigare i sitt liv. Om ens någon.

– Märklig typ, sa Rooth.

– Ja, han ger ett lite vekt intryck, sa Reinhart, och jag tror inte han är typen som mördar av svartsjuka. Skulle förmodligen hellre skära av sig testiklarna och ge bort dom som försoningsgåva i ett krisläge. Han har alibi fram till klockan ett på lördagskvällen, då han lämnade en restaurang där han suttit med en god vän... och vem tusan har alibi för småtimmarna?

– Jag, sa Rooth. Mina fiskar är mina vittnen.

– Vi avför honom från de misstänktas skara tills vidare, förklarade Reinhart.

– Hur många har vi kvar? undrade deBries. Om vi nu avför Rooth också?

Reinhart såg ut att ha ett svar på tungan, men kastade en blick på bandspelaren och höll inne med det.

– Rooth kanske vill berätta vad Vera Millers mor hade att komma med? sa han istället.

Rooth suckade.

– Inte så mycket som skuggan av en hönsfjärt, sa han. Dessutom var hon hushållslärarinna och kalorihysterika, jag fick inte ens äta mina wienerbröd i lugn och ro. Inte min typ.

– Vi lider alla med dig, sa deBries. Måste säga att jag tycker vi missar en sak i det här.

– Vad då? sa Moreno.

– Jo, hör på här, sa deBries och lutade sig fram över bordet. Vi vet ju att Vera Miller förde den här bleksiktige maken bakom ljuset. Vi vet att det måste ha varit en annan karl inblandad. Varför går vi inte ut med det i media? Efterlyser fanskapet i tidningar och teve, någon måste ju ha sett dom tillsammans någon gång i alla fall... om dom nu hållit på fyra-fem helger i sträck.

– Det är inte säkert, sa Reinhart. Skulle inte tro att dom sprang omkring på krogen. Eller stod och hånglade offentligt. Dessutom... dessutom finns det vissa etiska aspekter.

– Jaså? sa deBries. Vilka då?

– Jag vet att det här inte är din starka sida, sa Reinhart, men vi har faktiskt inte fått det belagt ännu. Otroheten, alltså. Hennes kursvalser kan ju ha varit till för att dölja någonting helt annat, även om jag också har svårt att förstå vad. Hon är i alla händelser mördad, jag tror vi ska vara lite försiktiga med att skriva in äktenskapsbrott i nekrologen också. Offentligt, alltså... både med tanke på maken och på övriga efterlevande. Skulle inte vilja stå till svars, om det visade sig att vi hängt henne i pressen och tagit fel.

– Allright, sa deBries och ryckte på axlarna. Jag ger mig. Var det etik du kallade det?

– Exakt, sa Reinhart och tryckte på bandspelarens pausknapp. Jag tror vi tar lite kaffe nu.

– Vi har inte mycket nytt angående Erich Van Veeteren heller, är jag rädd, konstaterade Reinhart när fröken Katz lämnat rummet. En del intervjuer förstås, främst genom assistent Bollmert som varit ute och rest. Har det gett nånting?

– Inte såvitt jag kan se, sa Bollmert och snurrade nervöst på en stiftpenna. Jag har talat med både kuratorer och övervakare och gamla bekanta till Erich, men det var mest folk som inte haft så mycket att göra med honom på senare år. Han hade ju rätat upp sig, som vi vet. Jag tog upp Vera Miller med dom jag hann också, men det blev inget napp där heller.

– Tja, det är så det ser ut, bekräftade Reinhart. Inga vinstlotter. Man kunde kanske tycka att någon – någon enda åtminstone – skulle vara bekant med bägge våra offer... rent statistiskt, alltså. Vi har ju för satan pratat med hundratals människor. Men så är alltså icke fallet.

– Om det nu är så att mördaren är bekant med båda två, påpekade Rooth, så kanske han är listig och håller inne med det.

– Inte omöjligt, sa Reinhart oberört. För övrigt har jag tillbringat lite tid med att försöka hitta ett tänkbart samband mellan Erich Van Veeteren och fru Miller – ungefär hur dom skulle kunna hänga ihop rent teoretiskt – men jag måste säga att det inte är alldeles enkelt. Blir mest lufthypoteser... rena rövarhistorierna, tamejfan.

Han fick ögonkontakt med Moreno; hon log hastigt och skakade på huvudet och han förstod att hon var av samma uppfattning. Han lyfte handen för att stänga av bandspelaren, men hejdade sig. Jung viftade med en blyertspenna och såg fundersam ut.

– Apropå hypoteser, sa han. Jag har undersökt lite angående Rooths hypotes.

– Rooth? sa Reinhart och höjde ögonbrynen. Hypotes?

– Vilken menar du? sa Rooth.

– Frimärksligan, sa deBries.

– Nej, stetoskopsyndromet, sa Jung.

Nu stängde Reinhart av bandspelaren.

– Vad fan håller ni på med? sa han. Jävla pajaser. Vänta så backar jag tillbaka bandet.

– Sorry, sa deBries.

– Jag menar allvar, sa Jung. Så här alltså...

Han väntade tills Reinhart tryckt på playknappen igen.

– Det Rooth påstod var alltså att den här karln... om nu Vera Miller verkligen hade en annan karl... med rätt stor sannolikhet kunde vara läkare. Ni vet, det här med sjuksystrar och vita rockar och så vidare...

Han gjorde en paus och såg sig om efter reaktioner.

– Fortsätt, sa Reinhart.

– Jo, det kunde åtminstone vara värt att undersöka om hon kan ha haft ett förhållande med någon läkare på Gemejnte. Nästan alla som är otrogna, är det med någon på sin arbetsplats, har jag läst... så jag hörde efter lite med Liljana i förmiddags.

– Liljana? sa Reinhart. Och vem fan är Liljana?

Han kunde ha svurit på att Jung rodnade.

– En av Vera Millers arbetskamrater, förklarade han. Jag pratade med henne första gången igår.

– Jag har sett henne, sa Rooth. Ett veritabelt bombnedslag... från Balkan också, fast inte på det sättet.

Reinhart blängde på honom och sedan på bandspelaren, men lät det passera.

– Fortsätt, upprepade han. Vad hade hon att säga?

– Inte så mycket, är jag rädd, erkände Jung. Men hon håller det inte för omöjligt att Vera Miller skulle ha haft nånting på gång med en läkare. Hade för sig att en annan arbetskamrat antytt nånting åt det hållet, men hon var inte alls säker på det.

– En annan arbetskamrat? sa Moreno. Och vad säger hon då? Jag antar att det är en hon.

– Jo, sa Jung. Det är en undersköterska. Fast jag fick inte

206

tag på henne. Hon är ledig idag och imorgon.

– Jävlar, sa Reinhart. Nåja, vi letar upp henne, förstås. Lika bra att gå till botten med det här... måste säga att det verkar ganska sannolikt när allt kommer omkring. Sjuksköterska och läkare, den har man hört förr.

– Lär finnas en och annan vitrock på Gemejnte, påpekade deBries.

Reinhart sög på pipan och såg mordisk ut.

– Vi gör så här, förklarade han efter några sekunders inre överläggning. Jag ringer upp överläkaren... eller sjukhuschefen, eller vad han nu kallar sig. Han får ge oss hela registret, det är bara att hoppas att dom har foton också. Det vore väl fan om vi inte skulle få lite utdelning här i alla fall... det är inte så att inspektör Rooth har en liten teori om kopplingen till Erich Van Veeteren också?

Rooth skakade på huvudet.

– Har för mig att jag hade en, sa han. Men jag har glömt vad det var.

DeBries suckade högljutt. Reinhart tryckte på stoppknappen och genomgången var avslutad.

Han hade valt Vox igen – med Van Veeterens goda minne – men den här kvällen fanns det ingen sammetsröstad sångerska att se fram emot. Ingen annan musik heller, eftersom det var tisdag. Måndag och tisdag var lågsäsong och förutom Reinhart och Van Veeteren satt det inte mer än en handfull håglösa gäster utefter de metallblanka borden. *Kommissarien* var redan på plats när kommissarien anlände. För första gången – första gången någonsin, såvitt han kunde erinra sig – tyckte Reinhart att han såg gammal ut.

Eller kanske inte gammal, bara uppgiven på det där viset många äldre gav intryck av att vara. Som om några strategiska muskler i korsrygg och nacke slutgiltigt fått nog och dragit ihop sig för sista gången. Eller gått av. Han antog att Van

207

Veeteren måste ha fyllt sexti, men han var inte säker. Det fanns många lite oklara omständigheter när det rörde *kommissarien*, till dem hörde frågan om hans riktiga ålder.

– Godkväll, sa Reinhart och slog sig ner. Du ser trött ut.

– Tack, sa Van Veeteren. Nej, jag sover inte om nätterna längre.

– Aj tusan, sa Reinhart. Ja, när Vår herre berövar oss sömnen, gör han oss ingen tjänst precis.

Van Veeteren lyfte upp locket på sin cigarrettmaskin.

– Han slutade göra oss tjänster för hundratals år sedan. Vete fan om han någonsin gjort det.

– Kan så vara, instämde Reinhart. Guds tystnad efter Bach har man ju läst om. Två Dunckel, tack.

Det sista sa han till servitören som trätt fram ur skuggorna. Van Veeteren tände en cigarrett. Reinhart började stoppa pipan.

Tungt, tänkte han. Det blir tungt ikväll.

Han plockade upp kassettbandet ur kavajfickan.

– Har inte något evangelium att komma med, jag heller, erkände han. Men om du vill ha en uppfattning om våra positioner, kan du alltid lyssna på det här. Det är från dagens överläggningar. Ingen peak experience, förstås, men du vet ju hur det brukar vara. Han du inte känner igen rösten på heter Bollmert.

– Alltid något, sa Van Veeteren. Jo, jag märker att det inte är lätt att hålla sig utanför.

– Rätt så begripligt, sa Reinhart. Som sagt.

Han tog fram fotografiet på Vera Miller.

– Känner du igen den här kvinnan?

Van Veeteren betraktade bilden några sekunder.

– Ja, sa han. Faktiskt.

– Va? sa Reinhart. Vad fan menar du med det?

– Om jag inte tar fel, alltså, sa Van Veeteren och lämnade tillbaka kortet. Sjuksköterska på Gemejnte. Tog hand om

208

mig när jag hade min tarmoperation för ett par år sedan. Sympatisk kvinna, vad har du med henne att göra?

– Det är Vera Miller. Hon som hittades mördad ute i Korrim i söndags morse.

– Hon som hänger ihop med Erich på något vis?

Reinhart nickade.

– Det är bara en hypotes. Otroligt lös än så länge, fast du kanske kan bekräfta den?

Servitören kom med ölen. De drack varsin klunk. Van Veeteren tittade på fotografiet igen, skakade långsamt på huvudet och såg dyster ut.

– Nej, sa han. Det är en ren slump att jag råkar minnas henne. Har jag förstått det rätt, att det är Meusse som pekat på det här sambandet?

– Meusse, ja. Han menar att slaget över nacken tyder på det. Det är en smula speciellt, säger han. I bägge fallen... ja, du känner ju Meusse.

Van Veeteren försjönk i tystnad. Reinhart tände pipan och lät honom grubbla i lugn och ro. Kände plötsligt hur en stark vrede steg upp inom honom. En vrede gentemot den som slagit ihjäl *kommissariens* son. Som slagit ihjäl Vera Miller.

Om det nu var samma en eller två olika? Skitsamma. En vrede gentemot denne mördare eller dessa mördare, således, men också mot alla ogärningsmän överhuvudtaget... och så började det kallaste och mörkaste av alla hans minnen att röra på sig. Mordet på Seika. På hans egen flickvän. Seika som han skulle ha gift sig med och bildat familj med. Seika som han älskat som ingen annan. Seika med de höga kindbenen, de halvasiatiska ögonen och världens vackraste skratt. Det var nästan tretti år sedan nu; hon hade legat i den där förbannade graven ute i Linden i tre decennier vid det här laget... nittonåriga Seika som skulle ha blivit hans hustru.

Om det inte varit för en av dessa ogärningsmän; en kniv-huggare, den gången, en drogad galning som stuckit ner henne en kväll i Wollerimsparken utan så mycket som skuggan av en anledning.

Eller inte mer än de tolv gulden som hon haft i sin portmonnä i varje fall.

Och nu *kommissariens* son. Fy fan, tänkte Reinhart. Han har alldeles rätt, det var längesedan Vår herre slutade göra oss tjänster.

– Jag gjorde ett besök ute i Dikken, avbröt Van Veeteren hans funderingar.

– Va? sa Reinhart. Du?

– Jag, ja, sa Van Veeteren. Tog mig lite friheter, hoppas du ursäktar.

– Naturligtvis, sa Reinhart.

– Pratade med en och annan person på den där restaurangen. Det är mera som ett slags terapi egentligen. Jag förväntar mig inte att hitta nåt som ni inte hittar, men det är så förbannat svårt att bara sitta och göra ingenting. Kan du förstå det här?

Reinhart väntade några sekunder innan han svarade.

– Minns du varför jag blev polis? sa han. Min fästmö i Wollerimsparken?

Van Veeteren nickade.

– Visst gör jag det. Nåja, då begriper du. Hursomhelst är det en sak jag undrar över.

– Vad då? sa Reinhart.

– Plastkassen, sa Van Veeteren. Den där plastkassen som bytte ägare. Eller skulle byta ägare.

– Vad då för jävla kasse? sa Reinhart.

Van Veeteren satt tyst ett ögonblick.

– Så ni känner inte till den?

Satan, tänkte Reinhart. Nu har han satt oss i skamvrån igen.

210

– Det var nån som nämnde nåt om en kasse, sa han och försökte låta obesvärad. Det stämmer.

– Det tycks alltså som om den här Mr X, som väl torde vara identisk med gärningsmannen..., fortsatte *kommissarien* i ett tonläge och med en långsamhet som gav ett plötsligt eko av pinsamt tillrättalagd pedagogik i Reinharts öron, ... som om han skulle ha haft en plastkasse stående vid fötterna när han satt i baren. Och det tycks som om Erich burit den med sig när han gick därifrån.

Han höjde ett ögonbryn och väntade på Reinharts reaktion.

– Fan också, sa Reinhart. Ärligt talat... ja, ärligt talat är jag rädd för att vi har missat det här. Den andra halvan, vill säga. Ett par stycken påstod att Mr X hade en plastkasse med sig, men vi har inte hört nånting om att Erich skulle ha tagit hand om den. Hur fick du reda på det?

– Råkade träffa rätt personer, sa Van Veeteren anspråkslöst och betraktade sin nyrullade cigarrett. En av servitriserna hade för sig att hon sett honom med en kasse när han gick ut, och när hon nämnde det, kom bartendern också ihåg det.

Råkade ställa rätt frågor också antagligen, tänkte Reinhart och kände hur en dunst av gammal ingrodd beundran drog igenom hans medvetande och tog loven av både vrede och pinsamhet. Beundran inför den där psykologiska skarpblicken som *kommissarien* alltid varit begåvad med, och som... som kunde skära som en skalpell genom ett ton varmt smör fortare än hundra kravallpoliser med skottsäkra västar hann räkna ut vikten av en aning.

Intuition, som det hette.

– Vad drar du för slutsatser? frågade han.

– Erich var där för att hämta någonting.

– Uppenbarligen.

– Han åkte till Trattoria Commedia och tog hand om

plastkassen på en överenskommen plats... ute på toaletten, kanske.

Reinhart nickade.

– Han visste inte vem Mr X var och det var inte meningen att han skulle känna till det heller.

– Hur vet du det?

– Om dom haft möjlighet att köra med öppna identiteter, kunde dom ju lika gärna ha träffats var som helst. Ute på parkeringen, till exempel. Varför hålla på med den här jävla maskeraden om det inte behövdes?

Reinhart funderade.

– Mr X var förklädd, sa han.

– Han skulle mörda min son, påpekade Van Veeteren. Och han gjorde det. Klart som fan att han var förklädd.

– Varför lämna över kassen om han ändå tänkte döda honom? sa Reinhart.

– Svara på den frågan själv, sa Van Veeteren.

Reinhart sög två gånger på pipan som hade slocknat.

– Aj satan, sa han. Jag förstår. Han kände inte igen honom. Det var likadant åt båda hållen. Han visste inte vem det var förrän han såg honom med kassen... satt väl och väntade ute på parkeringen, förstås.

– Förmodligen, sa Van Veeteren. Det är vad jag också kommer fram till. Vidare då? Vad tror du det rör sig om? Vem är det som bestämmer och vem är det som lyder?

Bra frågeställning, tänkte Reinhart. Vem bestämmer och vem lyder?

– Erich bestämmer och Mr X lyder, sa han. Till att börja med, alltså. Sedan kastar Mr X om rollerna... det är därför, ja, det är förstås därför han gör det. Det är därför han slår ihjäl honom.

Van Veeteren lutade sig tillbaka och tände cigarretten. Hans son, tänkte Reinhart. Fy fan, vi sitter och pratar om hans mördade son.

212

– Och vad tror du det rörde sig om?

Narkotikamolnet hängde i vägen och skymde Reinharts tankar i fem sekunder, sedan kom han på svaret.

– Utpressning, sa han. Det är ju för fan solklart.

– Han påstår att Erich aldrig sysslat med sånt, förklarade han för Winnifred en timme senare. Jag tror honom. Dessutom verkar det otroligt att han skulle vara så jävla dum att han bara åkte ut och satte sig på restaurangen och väntade på pengarna... om han vetat vad det rörde sig om. Erich var ett ombud. Någon annan... den riktige utpressaren... hade skickat honom, när man tänker på det är det hur uppenbart som helst. Allting faller på plats.

– Och den här Vera Miller, då? sa Winnifred. Skulle hon ligga bakom det på något vis?

– Mycket möjligt, sa Reinhart. Mördaren trodde att det var Erich som var utpressaren, han dödade honom alldeles i onödan. Kanske träffade han rätt när det gällde Vera Miller.

– Var Erich och Vera Miller bekanta?

Reinhart suckade.

– Tyvärr inte, sa han. Här är det stopp tills vidare. Vi har inte hittat en enda förbannad tråd som binder ihop dom. Men den finns kanske. Om vi antar att han... mördaren, alltså... är en läkare på Gemejnte, så kan man ju tänka sig att Vera Miller haft någon hållhake på honom. En felaktig operation eller vad tusan som helst. Det är inte nådigt att vara läkare och begå ett missgrepp... han kan ha tagit kål på en patient genom rent slarv, till exempel. Hon har sett en chans att tjäna lite pengar och hon har tagit den... att det sedan gick som det gick är förstås en annan sak. Tja, det är i varje fall en teori.

Winnifred såg skeptisk ut.

– Och varför måste hon gå i säng med honom? För det var väl det hon gjorde?

213

– Hmpf, sa Reinhart. Är du född igår, min sköna? Det är ju där mannen avslöjar sig. Det är i sängen kvinnan får reda på mannens alla förtjänster och brister.

Winnifred skrattade förtjust och kröp intill honom under täcket.

– Min prins, sa hon. Du har så rätt, fast du får nog vänta ett par dagar med att visa dina förtjänster, är jag rädd.

– Det är som det är, sa Reinhart och släckte ljuset. Och brister har jag rätt ont om.

En kvart senare steg han upp.

– Vad gör du? sa Winnifred.

– Joanna, sa Reinhart. Tyckte jag hörde nånting.

– Det gjorde du inte alls, sa Winnifred. Men gå och hämta henne så ligger vi här alla tre. Det var väl så du tänkte?

– Ungefär, erkände Reinhart och tassade över till barnkammaren.

Min hustru vet vad jag tänker innan jag själv gör det, konstaterade han och lyfte försiktigt upp sin sovande dotter. Hur fan bär hon sig åt?

25

Onsdagen den 9 december var en dag med tio-elva grader över noll och en hög, klar himmel.

Samt en förvånad sol som närmast verkade generad över att behöva visa upp sig i all sin bleka nakenhet. Van Veeteren ringde till Ulrike Fremdli på hennes arbete, fick reda på att hon slutade vid lunch och föreslog en biltur utåt havet. De hade inte sett det på ett tag. Hon accepterade på stående fot; han hörde på hennes röst att hon var både överraskad och glad och han påminde sig att han älskade henne.

Sedan påminde han henne också.

De levande måste ta hand om varandra, tänkte han. Det värsta är att dö utan att ha levat.

Medan han satt i bilen utanför Remingtons smutsbruna kontorskomplex, funderade han på om Erich hade levat. Om han hunnit med att gå igenom livets väsentligheter, vilka de nu var. En man måste göra tre saker under sin levnad, hade han läst någonstans. Uppfostra en son, skriva en bok och plantera ett träd.

Han undrade var det kom ifrån. Erich hade i alla händelser hunnit med varken det ena eller det andra. Huruvida han någon gång planterat ett träd, stod förstås skrivet i stjärnorna, men inte föreföll det särskilt troligt. Innan han kommit in på hur det stod till för hans egen del, blev han avbruten av Ulrike som dunsade ner på sätet bredvid honom.

– Härligt, sa hon. Vilken underbar dag.

Hon kysste honom på kinden och till sin förvåning fick

215

han erektion. Livet pågår, tänkte han förvirrat. Trots allt.
– Vart vill du åka? frågade han.
– Emsbaden eller Behrensee, sa hon utan att tveka. Det märktes att hon suttit och tänkt på det sedan han ringde.
– Emsbaden, avgjorde han. Behrensee har jag lite svårt för.
– Varför då?
– Hm, sa han. Det hände en sak därute för några år sedan. Tycker inte om att behöva bli påmind om det.
Hon väntade på fortsättningen, men han höll inne med den. Startade bilen och körde ut från parkeringen istället.
– Min hemlighetsfulle älskare, sa hon.

De vandrade en timme i dynlandskapet och åt en sen lunch på krogen de Dirken alldeles ute vid fyren i Emsbaden. Havskräftstjärtar i dillsås, kaffe och morotskaka. Talade om Jess och om Ulrikes tre barn och deras framtidsutsikter.
Slutligen också om Erich.
– Jag kommer ihåg en sak du sa, berättade Ulrike. Då, när ni hade hittat kvinnan som mördade Karel.
Karel Innings var Ulrikes före detta man, men inte far till hennes barn. Dessa hade tillkommit i hennes första äktenskap med en fastighetsmäklare, som varit en god och pålitlig familjefar ända tills hans nedärvda alkoholism tog över alla sådana hänsyn.
– Vi hittade henne aldrig, påpekade Van Veeteren.
– Ni hittade hennes motiv, sa Ulrike. Du påstod i varje fall, att det utifrån hennes synpunkt sett... i någon mening i varje fall... hade varit berättigat att döda min man. Kommer du ihåg det?
– Javisst, sa Van Veeteren. Fast det gäller bara på sätt och vis. Ur en mycket individuell, snäv synvinkel. Det blir för grovt om man formulerar det så där.
– Är det inte alltid så?

– Vad menar du?

– Är det inte alltid så att mördaren – eller gärningsmannen överhuvudtaget – tycker att hans brott är berättigat? Måste han inte resonera så inför sig själv åtminstone?

– Det är en gammal fråga, sa Van Veeteren. Men i princip har du förstås rätt. Mördaren odlar alltid sina motiv; erkänner dom också förstås, det är en annan sak om någon annan gör det. Naturligtvis finns det orsaker bakom allt vi gör, men arvssyndsdogmen brukar aldrig övertyga några jurymedlemmar i våra dagar... dom är betydligt mer hårdhudade än så.

– Men du tror på den?

Han väntade en stund och såg ut över havet.

– Givetvis, sa han. Jag försvarar inte onda handlingar, men om man inte kan begripa brottets natur... brottslingens bevekelsegrunder... ja, då kommer man inte långt som kriminalpolis. Det finns en svart logik som ofta är lättare att upptäcka än den som ligger bakom våra normala handlingar. Kaos är som bekant granne med gud, men i helvetet är det oftast ordning och reda...

Hon skrattade till och tuggade på morotskakan.

– Fortsätt.

– Eftersom du ber så vackert, sa Van Veeteren. Jo, den här ondsinta logiken kan drabba oss alla, när vi sitter där inträngda i ett hörn. Det är ingen konst att förstå att en islamsk bror mördar sin syster för att hon sprungit på diskotek och vill vara västerländsk... ingen konst alls, om man känner till bakgrunden. Att sedan handlingen i sig är så vidrig att du vill spy när du tänker på den... och att du spontant vill ta gärningsmannen och krossa honom under ett höghus, ja, det är någonting annat. En helt annan sak.

Han tystnade. Hon betraktade honom allvarligt, sedan fattade hon hans hand över bordet.

– Det är i sprickan mellan samhällets moral och individens som brottet föds, la Van Veeteren till och undrade i

217

samma ögonblick hur pass allmängiltigt detta egentligen var.

– Och om dom nu hittar Erichs mördare, sa Ulrike. Kommer du att förstå honom också?

Han dröjde med svaret. Tittade ut över stranden igen. Solen hade dragit sig tillbaka, och vädret var som det antagligen var innan någon gud kom på idén att uppfinna det. Åtta grader varmt, svag vind, vit himmel.

– Jag vet inte, sa han. Det är därför jag önskar att jag får sätta mig öga mot öga med honom.

Hon släppte hans hand och rynkade pannan.

– Jag förstår inte hur du kan vilja utsätta dig för någonting sådant, sa hon. Att vilja sätta sig mittemot sin sons mördare. Ibland begriper jag mig inte på dig.

– Jag har aldrig påstått att jag gör det heller, svarade Van Veeteren.

Och jag har aldrig sagt att jag inte skulle vilja sätta en kula mellan de där ögonen, tänkte han, men han sa det inte.

På hemvägen kom Ulrike med ett förslag.

– Jag vill att vi bjuder hans fästmö på middag.

– Vem? sa Van Veeteren.

– Marlene Frey. Vi bjuder henne på middag imorgon kväll. Hemma hos dig. Jag ringer och pratar med henne.

Tanken på någonting dylikt hade aldrig slagit honom. Han undrade varför. Sedan skämdes han i två sekunder och sedan sa han ja.

– Under förutsättning att du stannar över natten också, la han till.

Ulrike skrattade och gav honom ett mjukt knytnävsslag på axeln.

– Det har jag redan lovat, sa hon. Torsdag, fredag och lördag. Jürg är på läger med skolan.

– Utmärkt, sa Van Veeteren. Jag sover så förbannat dåligt utan dig.

218

– Jag kommer inte till dig för att sova, sa Ulrike.
– Utmärkt, upprepade Van Veeteren i brist på bättre.

Polischef Hiller knäppte händerna på svinläderunderlägget och försökte etablera ögonkontakt med Reinhart. Reinhart gäspade och tittade på en grön, palmliknade tingest, som han trodde att han vetat namnet på en gång i tiden.

– Hm, ja, sa Hiller. Råkade stöta på kommissarien i förmiddags... jag menar *kommissarien*.

Reinhart flyttade blicken till en benjaminfikus.

– Det har tagit på honom, det här med hans son. Jag vill att du ska veta det. Inte så konstigt. Efter alla dessa år och allting... ja, jag känner att det är en hederssak, det här. Vi måste lösa fallet. Får inte glida oss ur händerna. Hur långt har ni kommit?

– En bit, sa Reinhart. Vi gör vad vi kan.

– Jaså, sa Hiller. Ja, det tvivlar jag förstås inte på. Alla... och jag menar *alla*... måste ju känna på samma sätt som jag. Att det är en hederssak. Om ni nödvändigtvis måste låta några mördare springa fria, så får det inte bli den här. Inte på några villkor. Behöver du mer resurser? Jag är beredd att sträcka mig långt... mycket långt. Säg bara till.

Reinhart svarade inte.

– Jag lägger mig som du vet aldrig i det operativa arbetet, men om du vill diskutera uppläggningen med mig, så är du välkommen. Och resurser, som sagt... inga begränsningar. Hederssak. Har du förstått?

Reinhart tog sig upp ur den svampiga besöksstolen.

– Glasklart, sa han. Men man löser inte ekvationer med pansartrupper.

– Va? sa polischefen. Vad fan menar du med det?

– Ska förklara en annan gång, sa Reinhart och öppnade dörren. Har lite bråttom, om du ursäktar.

Jung och Moreno satt och väntade i hans rum.

– Hälsning från Fifth floor, sa Reinhart. Trädgårdsmästaren har ny kostym igen.

– Har han varit på teve? undrade Jung.

– Inte som jag vet, sa Moreno. Han kanske ska dit?

Reinhart sjönk ner bakom skrivbordet och tände pipan.

– Nå? sa han. Läget?

– Jag har inte fått tag på henne, sa Jung. Hon är med sin pojkvän någonstans. Går inte i tjänst förrän imorgon eftermiddag. Beklagar.

– Helvete också, sa Reinhart.

– Vem talar ni om? sa Moreno.

– Edita Fischer, förstås, sa Reinhart. Den här sköterskan som antydde för den andra sköterskan att Vera Miller antytt nånting... fy fan, vilken tunn soppa! Hur har det gått med läkarinventeringen?

– Alldeles utmärkt, sa Moreno och gav honom pärmen hon suttit med i knät. Där har du namn och bild på alla de hundratjugosex läkare som arbetar på Gemejnte. Plus en handfull som slutat under året, men dom är förprickade. Födelsedatum, anställningstid, vetenskapliga meriter, specialistutbildningar och allt vad du kan önska dig. Civilstånd och familjemedlemmar till och med. Det är ordning och reda på Gemejnte Hospitaal.

– Inte illa, bekräftade Reinhart och bläddrade i pärmen. Sannerligen inte illa. Står dom efter klinik och avdelning också?

– Givetvis, sa Moreno. Jag har redan kryssat för dom som arbetade på 46:an, Vera Millers avdelning. Det är sex fasta och sju-åtta andra som är där ibland. Man går rätt mycket emellan, särskilt specialisterna... anestesi och sånt.

Reinhart nickade medan han bläddrade vidare och studerade raderna av glada män och kvinnor i vita rockar. Uppenbarligen ingick det i tjänsten att bli fotograferad på det här

220

viset. Bakgrunden var densamma på de flesta av bilderna och alla – i stort sett i varje fall – satt med huvudet i samma vinkel och mungiporna frikostigt uppdragna. Samma fotograf uppenbarligen, han undrade vilken fruktansvärt gångbar historia han satt inne med för att få allihop att öppna käften på det här viset.

– Inte illa, sa han för tredje gången. Här har vi alltså mördaren med bild och persondata ända ner till skoskaftstorlek. Synd att vi inte vet vem av dom det är, bara. En av hundratjugosex...

– Om vi fortfarande arbetar efter Rooths hypotes, sa Moreno, kan du räkna bort fyrti stycken.

– Jaså? sa Reinhart. Varför då?

– Därför att dom är kvinnor. Fast hur vi ska gå vidare med det här, vet jag inte. Det känns lite magstarkt att sätta igång och förhöra allihop utan gallring. Även om dom ser fridsamma ut på bilderna, kan dom nog vara lite kärvare att ha att göra med i verkligheten. I synnerhet när dom fattar vad det är vi misstänker dom för... plus kåranda och det ena med det andra.

Reinhart nickade.

– Vi börjar med dom närmaste, sa han. Bara dom så länge. Vad sa du? Sex fasta på kliniken och några till? Dom borde vi hinna med innan Jungs vittne dyker upp igen. Vem ska ta itu med det?

– Inte Rooth, sa Jung.

– Okej, inte Rooth, sa Reinhart. Men jag ser två pålitliga kolleger framför mig just nu. Varsågoda, god jakt.

Han slog igen pärmen och räckte över den. Eftersom Jung lämnade rummet först, hann han ställa en fråga till inspektör Moreno.

– Sovit gott på sistone?

– Bättre och bättre, sa Moreno och log faktiskt. Själv då?

– Som jag förtjänar, svarade Reinhart kryptiskt.

221

26

Torsdagens post innehöll förutom några räkningar två brev.

Det ena var från Spaarkasse och meddelade att hans låneansökan var beviljad. En summa om 220.000 gulden fanns redan insatt på hans konto.

Det andra var från motståndaren.

Kuvert av en annan typ den här gången. Enklare, billigare. Själva brevpapperet var en dubbelvikt sida, av allt att döma utriven ur ett spiralblock. Innan han började läsa funderade han på om det var ett tecken på någonting, om det innebar någon sorts signifikans, det här med den kvalitativa nedgången.

Han kom inte fram till något säkert svar och instruktionerna var lika enkla och tydliga som tidigare.

Er sista chans. Mitt tålamod är snart slut. Samma utförande som förra gången.

Plats: Soptunnan bakom grillköket i hörnet av Armastenstraat och Bremers steeg.

Tid: Natten till fredag klockan 03.00.

Var beredd i telefonen i Ert hem klockan 04.00. Försök inte koppla om Ert nummer till mobiltelefon, jag har vidtagit åtgärder för att försäkra mig mot detta. Om jag inte har mina pengar på fredag morgon är Ni förlorad.

En vän

Detta med mobiltelefonen hade verkligen föresvävat honom. Han hade ringt och undersökt saken, men så småningom fått klart för sig att den uppringande alltid kunde ta reda på om ett samtal kopplades över från ett nummer till ett annat. Annars hade det förstås varit en tilltalande tanke att stå gömd tjugo meter in på Bremers steeg, som han visste var en trång och mörk gränd... stå där och vänta på motståndaren med röret under rocken. Utomordentligt tilltalande.

En annan tanke som slog honom när han läst instruktionerna var den om utpressarens förbannade självsäkerhet. Hur kunde han till exempel utesluta att hans offer inte använde sig av en medhjälpare, precis som han själv gjort ute i Dikken?

Hur kunde han vara så säker på det? Det vore ju till och med tänkbart att anlita en god vän utan att behöva avslöja vad det var frågan om. Bara låta någon annan svara i telefon kunde ju räcka. Eller kände motståndaren igen hans röst så väl att han genast skulle ha avslöjat ett sådant drag? Kände han honom så väl?

Eller hade han utvecklat taktiken den här gången? Förfinat den på något sätt? Det verkade så. Med telefonsamtalet skulle kanske komma ytterligare en instruktion för att garantera att han kunde hämta pengarna bakom grillköket i lugn och ro.

Hur i så fall? Vad då för jävla instruktion? Var han beväpnad?

Den sista frågan dök upp utan att han tänkt den, men framstod snart som den tyngsta av dem alla. Var det alltså så att motståndaren hade ett vapen och att han – i värsta fall – var beredd att använda det för att kunna kamma hem sina pengar?

En pistol i jackfickan inne i ett mörkt prång på Bremers steeg?

Han stoppade ner brevet i kuvertet och såg på klockan. 11.35. Det var mindre än sexton timmar kvar.

Kort om tid. Fruktansvärt kort om tid och det var förvisso sista ronden nu. Fler uppskov var otänkbart.

Dags att fly? tänkte han.

27

Moreno och Jung talade med jämnt ett dussin läkare under torsdagens förmiddag. Därav tre kvinnliga – om inte för annat, så för att inte väcka misstankar.

Misstankar om att polisen hyste misstankar mot deras manliga kolleger. Eller mot en av dem åtminstone.

Istället var den föregivna utgångspunkten för samtalen att man behövde upplysningar om den mördade sjuksköterskan Vera Miller. Allmänna intryck av henne. Relationer till patienter och arbetskamrater; allt som på något sätt kunde bidra till att bättra på helhetsbilden av henne. I synnerhet i hennes arbetsroll.

Alla läkarna berättade också, såvitt Moreno och Jung kunde bedöma, oförbehållsamt vad de visste om syster Miller. Vissa hade en hel del att säga – andra, naturligt nog, mindre, beroende på att de inte haft så mycket med henne att göra. Omdömena och uppfattningarna var påfallande samstämmiga. Vera Miller hade varit en alldeles utomordentlig sjuksköterska. Kunnig, positiv, arbetsvillig – och med den där lilla extra känslan för patienterna, som var så viktig och som man skulle önska att alla som arbetade inom sjukvården hade.

De mortuis..., tänkte Moreno, men det var bara en automatisk tanke som verkade föga tillämplig i det här fallet. Syster Miller hade varit omtyckt och uppskattad, så enkelt var det. Någon idé om vem som kunde haft anledning att döda henne på det sätt som skett – eller på något annat sätt – var det ingen som hade. Inte skuggan av en idé.

Det hade inte Moreno och Jung heller när utfrågningarna var avklarade och de satte sig för att äta lunch nere i restaurangen i block A. Inte skuggan av en skugga.

De var färdiga med den ovanligt bastanta pastarätten några minuter över ett, och de bestämde att det var lika gott att vänta in Edita Fischer uppe på avdelning 46. Hon skulle gå i tjänst klockan två – efter två och ett halvt dygns ledighet; en ledighet som hon tillbringat på okänd ort tillsammans med sin pojkvän. Han hette Arnold, mer visste de inte om honom. När Jung äntligen, efter sju sorger och åtta bedrövelser, fått tag på fröken Fischer under förmiddagen, hade hon inte velat uppge var de varit eller vad de haft för sig.

Inte för att han var särskilt intresserad, men ändå.

– Dom har antagligen gjort ett bankrån, förklarade han för Moreno, men vi skiter i det, det är tillräckligt som det är. Det har i alla fall inte med Vera Miller att göra.

Moreno funderade ett ögonblick, sedan höll hon med.

Det var tillräckligt som det var.

Edita Fischer var ung och blond och såg ut ungefär som en sjuksyster i en amerikansk teveserie förväntades göra. Frånsett, möjligen, att hon var en smula skelögd, men det tyckte åtminstone Jung bara var charmerande.

Hon var tydligt generad över vad hon ställt till med. Rodnade och bad om ursäkt flera gånger, innan de ens hunnit slå sig ner i det blekgröna samtalsrum som ställts till förfogande genom avdelningsföreståndarinnans hårdkokta försorg. Normalt användes det bara för anhörigsamtal när någon patient dött, lät hon omtala, grönt ansågs ha en lugnande effekt.

– Herregud, utbrast Edita Fischer, det var ju ingenting. Absolut ingenting. Det är Liljana som har sagt det här, förstår jag?

Jung erkände att det var under ett av hans samtal med Liljana Milovic som saken kommit upp.

226

– Att hon inte har vett att hålla tyst, sa Edita Fischer. Det var ju bara en bagatell när vi satt och pratade.

– Om alla höll tyst, skulle vi inte hitta många brottslingar, sa Jung.

– Vad var det för bagatell? frågade Moreno. När vi nu ändå sitter här.

Edita Fischer tvekade ytterligare en stund, men det syntes på henne att det skulle komma. Jung bytte en blick med Moreno och båda höll inne med frågor. Det räckte med att vänta. Vänta och titta på det lugnande gröna.

– Det är över en månad sedan... en och en halv nästan.

– Början av november? sa Moreno.

– Ungefär. Jag tror aldrig jag gråtit så mycket som när jag fick höra att Vera blivit dödad. Det är så förfärligt, hon var en så glad och levande människa... man tror inte att det kan hända någon som man känner så väl. Vem är det som har gjort det, det måste ju vara en galning?

– Vi vet inte än, sa Jung. Men det är det vi skall ta reda på.

– Umgicks ni privat också? frågade Moreno.

Edita Fischer riste sina lockar.

– Nej, men hon var en underbar arbetskamrat, fråga alla andra.

– Det har vi gjort, sa Jung.

– Början av november? påminde Moreno.

– Javisst ja, sa Edita Fischer och suckade. Men ni måste förstå att det inte var nånting egentligen. Liljana förstorar gärna upp saker och ting... det är inget fel på henne, men hon är sån.

– Berätta nu, sa Jung. Vi brukar kunna avgöra vad som är viktigt och inte viktigt. Men vi vill gärna veta så mycket som möjligt innan vi gör det.

– Naturligtvis, sa Edita Fischer. Förlåt mig. Jo, det var bara så att Vera gjorde det här besöket på Rumford.

227

– Nya Rumfordsjukhuset? undrade Moreno.

– Ja, det var en patient som skulle flyttas dit. Det händer ibland. En kvinna med lungemfysem, dom har bättre utrustning på Rumford. Ibland flyttar vi någon till dom och ibland kommer dom med någon till oss...

– Låter vettigt, sa Jung.

– Ja, sa Edita Fischer. Det är vettigt. Vera följde med den här kvinnan, och hon stannade en halv dag på Rumford. För att se till att patienten mådde bra... kände sig omhändertagen och så. Vera var noga med sånt, det var därför hon var en så bra sköterska. När hon kom tillbaka på eftermiddagen hade vi kafferast och jag skämtade lite med Vera. Frågade varför hon dröjt så länge, om det var för att dom har så snygga läkare på Rumford... för det har dom.

Hon såg generad ut igen och skruvade på sig.

– Mycket yngre än våra i alla fall, la hon till. Ja, och det var då Vera svarade som hon gjorde. Du slår huvudet på spiken, sa hon.

– Huvudet på spiken? sa Moreno.

– Ja, hon skrattade och sa: "Du slår huvudet på spiken, Edita." Det var bara det, inte vet jag om hon också skämtade, eller om det var nånting mer. Herregud, har ni suttit och väntat så länge bara för det här?

– Hm, sa Jung. Vi är vana att sitta och vänta, oroa er inte för det.

Moreno funderade medan hon antecknade i sitt block.

– Vad tror ni? sa hon. Vad gjorde ni för bedömning, då när Vera Miller sa det där? Var inte rädd för att vilseleda oss, det är bättre att ni säger vad ni spontant fick för intryck.

Edita Fischer bet sig i läppen och tittade på sina händer, som låg i knät och vred sig.

– Jag trodde det var nånting, sa hon till slut. Jo, när jag tänker efter så trodde jag faktiskt det.

– Ni vet om att hon var gift? frågade Jung.

228

– Javisst.

– Men ni håller det inte för otroligt att... att hon träffat en läkare på Rumford som hon fallit för?

Fallit för? tänkte han. Jag talar som en B-skådespelare. Men stor sak i det. Edita Fischer ryckte på axlarna.

– Jag vet inte, sa hon. Hur tusan ska jag kunna veta det, det var ju bara det där hon sa... och sättet hon sa det på.

– Och det kom aldrig upp igen? frågade Moreno. Någon mer sådan där antydan, till exempel?

– Nej, sa Edita Fischer. Inte ett dugg. Det är ju därför jag säger att det är en bagatell.

Jung funderade en stund.

– Allright, sa han. Vi får tacka för er samarbetsvilja. Ni kan ta itu med era sysslor nu.

Edita Fischer tackade och lämnade dem. Jung reste sig och gick två varv runt rummet. Satte sig igen.

– Nå? sa Moreno. Det var det. Vad tror du?

– Tror? sa Jung. Jag vet vad vi får göra härnäst i alla fall. Hundra nya läkare. Vi kommer att ha jobb fram till jul... fast man ska väl vara tacksam att man slipper sitta och rulla tummarna, förstås.

– Så talar en riktig polis, sa Moreno.

28

Klockan var tjugo minuter i tre när han lämnade Spaarkasses kontor på Keymer Plejn med 220.000 gulden i fickorna. Man hade sett lite frågande ut när han sa att han ville ha alltihop i kontanter. Det gällde en båtaffär, hade han förklarat... excentrisk säljare, ville ha pengarna på det sättet. Annars blev det ingen affär.

Han undrade om de hade svalt det. Kanske, kanske inte. Det kvittade, hursomhelst. Huvudsaken var att han fått pengarna. När det var dags att börja betala av lånet skulle han inte finnas i närheten. Inte i utkanten av närheten. Exakt var i världen han skulle befinna sig, visste han ännu inte. Det var bara tolv timmar kvar till utväxlingen och ännu hade han ingen strategi.

Jag är för lugn, tänkte han när han kröp in i bilen. Jag har övermedicinerat, det trubbar av mig.

Han körde den vanliga vägen ut till Boorkhejm. Det milda vädret från gårdagen stod sig idag också, och han höll ovanligt låg hastighet, eftersom han kommit att tänka på att det kanske var sista gången han gjorde den här färden. Som han gjort tusentals gånger... ja, det måste vara tusentals. Han hade flyttat in i radhuset tillsammans med Marianne för nästan femton år sedan, och nu skulle han lämna det. Det var sannerligen hög tid, tänkte han.

Sannerligen.

Kanske var det just den låga hastigheten och den där

230

känslan av att vara ute på den sista färden, som gjorde att han upptäckte scootern.

En vanlig, röd scooter som stod parkerad utanför en av portarna i hyresfastigheten alldeles före hans egen radhus-länga. Inte mer än tjugofem meter från hans eget hus i själva verket.

En röd scooter.

Insikten träffade honom som en blixt. Scootern.

Scootern.

Han parkerade på garageuppfarten som vanligt. Klev ur bilen och började långsamt gå tillbaka längs gatan. Tankarna kreverade som fyrverkeripjäser i huvudet på honom, och han var tvungen att samla alla krafter för att inte stanna upp och stirra på fordonet, som stod och blänkte i det bleka sol-skenet.

Han fortsatte förbi. Gick bort till kiosken och köpte en tidning. Passerade ännu en gång den magiska tvåhjulingen och återvände till sitt hus. Kastade en blick över axeln och upptäckte att han faktiskt kunde se den från den position han stod i. På garageuppfarten invid bilen. Han funderade hastigt och prövade sedan om det gick lika bra inifrån bilen.

Det gjorde det inte; inte omedelbart, men när han backat ut och vänt på gatan, kunde han utan problem sitta på förar-platsen och ha god uppsikt. Han erinrade sig att han ägde en kikare och gick in och hämtade den.

Tog plats i bilen igen, men innan han började bevakningen på allvar klev han ur och gick en ny promenad bort till kios-ken. Köpte två öl som han visste att han aldrig skulle komma att dricka ur; stannade till helt kort utanför hyreshuset på tillbakavägen och memorerade registreringsnumret.

Sedan satt han i bilen med kikaren. I fyrtifem minuter satt han och spanade och försökte anlägga tvivel. Skärskåda de slutsatser som kommit till honom under loppet av bara några sekunder och som kändes tvärsäkra som axiom.

231

Allting stämde. Det hade kommit en scooter den där kvällen. Den hade varit på väg ut mot Boorkhejm. Han hade redan räknat ut att utpressaren måste vara någon som kände igen honom sedan tidigare, som visste vem han var... svaret var helt enkelt att det var en granne. Ingen han hälsade på varje dag – det gjorde han för övrigt bara med dem som bodde på ömse sidor om honom själv. Herr Landtberg och familjen Kluume.

Men en av dessa i hyresfastigheten, alltså.

Den var bara tre våningar hög. Innehöll antagligen inte mer än tio-tolv lägenheter. Tre uppgångar. Och en röd scooter utanför den som låg närmast hans eget hus.

Det var glasklart. Boorkhejm var inget stort bostadsområde och folk kände igen varandra. Åtminstone till utseendet. Han tvivlade på att det fanns några andra scootrar här överhuvudtaget. Att han aldrig sett den här tidigare – eller i varje fall inte lagt märke till den – måste bero på att ägaren normalt brukade parkera på baksidan. Han insåg att motståndaren inte varit medveten om att just fordonet kunde avslöja honom; det verkade i så fall orimligt att han varit så slarvig just idag... ställt det mitt i hans åsyn.

Idag av alla dagar. När det bara återstod timmar.

Han såg på klockan. Fyra lite drygt. Elva timmar kvar.

Kände att han hade gåshud på armarna.

Kände att en strategi började ta form.

Trekvart således. Så länge satt han i bilen och väntade och planerade. Sedan kom ägaren ut. Ägaren till den röda scootern. I kikaren såg hans ansikte ut att befinna sig endast några meter från hans eget. Ett dystert och ganska alldagligt ansikte. Hans egen ålder ungefär. Han kände igen honom.

En av de anställda nere på protestillverkningen på sjukhuset. Han trodde att han talat med honom en gång, men de brukade aldrig hälsa.

232

Mindes inte hans namn. Det kvittade. Strategin utvecklades med rekordfart. Gåshuden hängde kvar.

Till en början blev middagen med Marlene Frey en ganska spänd tillställning. Van Veeteren märkte hennes oro redan när han öppnade dörren för henne, och hans tafatta försök att få henne att känna sig välkommen gjorde knappast saken bättre.

Ulrike hade kanske lite större framgång härvidlag, men det var inte förrän Marlene Frey plötsligt började gråta mitt i soppan som isen brast ordentligt.

– Jävlar, snyftade hon. Jag trodde jag skulle klara det här, men det går inte. Förlåt mig.

Medan hon var ute i badrummet drack Van Veeteren två glas vin och Ulrike betraktade honom med bekymrad uppsyn.

– Jag saknar honom så, sa Marlene när hon kom tillbaka. Jag förstår att ni gör det också, men det blir det inte bättre av. Jag saknar honom så jag tror jag håller på att bli tokig.

Hon stirrade på Van Veeteren med nödtorftigt rentvättade ögon. I brist på annat stirrade han tillbaka, sedan gick han runt bordet och omfamnade henne. Det var inte alldeles enkelt, eftersom hon satt ner, men han kände hur någonting släppte taget inom honom medan han gjorde det.

En knuten hand som släppte sitt grepp. Som löstes upp. Så märkligt, tänkte han.

– Jesus, sa Ulrike. Tänk att det ska vara så långt mellan folks hjärtan ibland.

Marlene brast ut i gråt igen, men det räckte med att snyta sig i servetten den här gången.

– Jag har känt mig så ensam, förklarade hon. Och er har jag nästan varit rädd för.

– Han är inte så farlig, bedyrade Ulrike. Jag har börjat upptäcka det mer och mer.

233

– Hrrm, sa Van Veeteren som återtagit sin plats i stolen. Skål.

– Jag ska ju föda hans barn, sa Marlene. Det känns så fruktansvärt overkligt och jag vet inte hur det kommer att bli sedan. Vi hade ju inte tänkt att bara en av oss skulle vara kvar och ta hand om det.

Hon drog en djup suck och försökte le.

– Förlåt mig. Det är så svårt, bara. Tack för att du kramade om mig.

– Herregud, sa Van Veeteren. Fan också. Skål. Jag lovar att ta hand om dig. Om dig och barnet, alltså. Hrrm.

– Fattas bara, sa Ulrike Fremdli. Ät upp soppan nu, det blir en köttbit också.

– Dina föräldrar? frågade han försiktigt en timme senare. Har du något stöd därifrån?

Marlene skakade på huvudet.

– Jag är ett missbrukarbarn. Min mor försöker väl, men det kan knappast kallas ett stöd. Jag hoppas ni tror mig när jag säger att jag tagit mig ur skiten för egen del... för det har jag faktiskt. Vi gjorde det tillsammans, Erich och jag. Fast ibland känns det som om man bara får en ny smäll när man lyckats resa sig en bit.

– Livet är en betydligt övervärderad historia, sa Van Veeteren. Fast det är bättre om man inte upptäcker det för tidigt.

Marlene såg på honom med lätt höjda ögonbryn.

– Jo, sa hon. Det är kanske så det är. Erich sa att du aldrig varit någon större optimist, men jag tycker om dig i alla fall. Hoppas jag får göra det i fortsättningen också.

– Naturligtvis, sa Ulrike. Han har en viss butter charm, det har du alldeles rätt i. Mera kaffe?

Marlene skakade på huvudet.

– Nej tack. Jag ska gå nu. Jag skulle gärna bjuda igen, men

234

ni vet ju hur jag har det... även om värmen faktiskt blivit riktigt bra sedan sist.

– Du kommer hit till jul, sa Van Veeteren. Och nyår. Av var och en efter förmåga... och så vidare.

Ulrike skrattade och Marlene log. Han undrade hastigt hur länge sedan det var han fått två kvinnor att känna sig så väl till mods på samma gång. Hade nog aldrig hänt förr, kom han fram till. När de stod ute i hallen mindes Marlene en sak.

– Visst ja, sa hon. Det var ju den där lappen...

– Vad då för lapp? sa Ulrike och hjälpte henne på med duffeln.

– Jag hittade en lapp, sa Marlene. När jag städade häromdan, Erich lämnade alltid lappar efter sig... anteckningar med tider och namn och telefonnummmer och sånt.

– Jaha? sa Van Veeteren och märkte att han blev kriminalpolis på en sekund.

– Polisen gick ju igenom alla papper som Erich klottrat på dom sista veckorna, men den här hittade dom inte. Den låg under ett grytunderlägg i köket. Jag vet att han skrev den ganska sent, för det står en anteckning om ett jobb han gjorde någon av de sista dagarna också...

– Vad stod det mer? frågade Van Veeteren.

– Bara det här namnet, sa Marlene Frey. Keller.

– Keller?

– Ja, Keller. Det är ju inget ovanligt namn precis, men jag känner ingen som heter så... och det står ingen i adressboken. Ja, det var bara det. Borde jag ringa till polisen och berätta det här?

Van Veeteren funderade en stund.

– Gör det, sa han. Keller? Keller? Nej, jag känner heller ingen sån. Men ring dom, som sagt... slå en signal till Reinhart, dom behöver all hjälp dom kan få. Har du numret?

Marlene nickade. Sedan kramade hon om dem bägge två,

235

och efter att hon gått kändes det som om hon lämnat ett tomrum efter sig, tyckte han.

Det var egendomligt. Ett stort tomrum.

– Du ska bli farfar, sa Ulrike och satte sig på honom i soffan.

– Aj, sa Van Veeteren. Jag vet. Var det tre dagar du sa?

– Nätter, sa Ulrike. Jag arbetar på dagarna. Åtminstone imorgon.

Aron Keller såg den röda Audin köra förbi ute på gatan. Sedan såg han den parkera på garageuppfarten till nummer 17. Det sistnämnda kunde han göra eftersom hans vardagsrum var försett med ett burspråk mot framsidan av huset. Det var här han stod. Det var här han ofta brukade stå. På tredje våningen, halvt skymd av de två präktiga hibiskusarna, hade han utmärkt uppsikt över vad som hände utanför.

Vilket normalt inte var särskilt mycket. Ändå stod han ofta här, det hade blivit en vana med åren. Att stå i burspråket en stund då och då.

Lite senare tackade han sin lyckliga stjärna för att han gjort det. För att han dröjt sig kvar en minut efter att han sett mördardoktorn passera i sin blänkande bil.

Han kom tillbaka. Doktorn kom promenerande tillbaka. Gick bort till kiosken och köpte en tidning. Det brukade han inte göra. Inte i vanliga fall åtminstone.

Aron Keller stod kvar och väntade. Lika orörlig som hibiskusarna. Såg Audin backa ut på gatan och sedan backa tillbaka upp på uppfarten. Så klev doktorn ur bilen, gick in i huset och hämtade någonting som Keller inte kunde se vad det var. Återkom och satte sig bakom ratten igen. Satt där i bilen framför sitt hus. Keller kände handsvetten komma. Efter bara någon minut steg doktorn ur bilen och började gå bort mot kiosken igen. Just utanför porten, Kellers egen port, saktade han in på stegen och tittade på scootern. Fort-

236

satte sedan till kiosken. Köpte någonting som han fick i en brun papperspåse och kom tillbaka på nytt. Keller backade två steg in i rummet medan han passerade förbi därute. Återtog sedan positionen i burspråket och såg doktorn gå och sätta sig i bilen igen.

Sätta sig där och sitta kvar. Minut efter minut. Bara sitta där i framsätet och göra ingenting.

Satan, tänkte Keller. Han vet. Den jäveln vet.

När han en god stund senare gick förbi nummer sjutton, satt doktorn fortfarande kvar i bilen. Det var den slutgiltiga bekräftelsen. Keller gick runt radhuslängan och återvände till sin lägenhet från baksidan. Tog ut en öl ur kylskåpet när han kommit in igen och drack ur den i tre drag. Ställde sig i burspråket. Audin utanför nummer sjutton var tom. Solen hade gått ner.

Fast *han* vet inte, tänkte han. Mördardoktorn vet inte att jag vet att han vet. Jag ligger ett steg före. Behåller kontrollen.

V

29

Om man ser det rent kvantitativt, tänkte kommissarie Reinhart under en kort rökpaus vid elvatiden på lördagsförmiddagen, behöver man inte skämmas för våra arbetsinsatser. Tanken hade onekligen visst fog för sig. Efter Edita Fischers vittnesmål var antalet läkare att förhöra med ens så stort att såväl Rooth, som deBries, som assistent Bollmert per omgående släpptes in i ruljangsen. Visserligen betraktade Reinhart (om han skulle vara ärlig) hela proceduren som något av ett halmstrå, men i brist på andra halmstrån (och med tanke på polischef Hillers generösa utfästelser om obegränsade resurser) fick det förstås duga. Ingen kallade dock operationen för "Rooths hypotes" längre – i synnerhet inte Rooth själv sedan det stod klart att han skulle bli tvungen att arbeta under både lördagen och söndagen.

Nya Rumfordsjukhuset var något mindre än Gemejnte, men hade ändå etthundratvå anställda läkare – varav sextinio manliga. När det gällde denna nytillkomna grupp kunde man förstås inte köra med den gamla täckmanteln om att man bara var ute efter intryck av den mördade sjuksköterskan Vera Miller. Bland annat av den enkla anledningen att ingen kunde förväntas ha några intryck.

Undantagandes möjligen mördaren själv, som deBries mycket riktigt påpekade, men denne skulle antagligen inte vara särskilt villig att lätta sitt hjärta bara för att han fick några artiga frågor. Därom var alla överens i spaningsledningen.

Istället bestämde Reinhart att man skulle köra med öppna kort. Det fanns uppgifter som tydde på att Vera Miller kunde ha haft ett förhållande med en läkare på något av de två sjukhusen. Kände man till något? Hade man hört något? Kunde man komma med några spekulationer eller gissningar?

Det sistnämnda var kanske i utkanten av det anständiga, men vad fan? menade Reinhart. Om man lät ett par hundra personer gissa, var det väl alltid nån som gissade rätt.

För att inte tala om vad det kunde betyda om flera stycken kom med samma gissning.

Inspektör Jung hade för sin del aldrig räknat den här typen av massförhör till sina favoritsysslor i arbetet (informella samtal i stil med det han haft med syster Milovic föll naturligtvis i en helt annan kategori), och när han träffade Rooth under en välförtjänt kaffepaus på eftermiddagen, passade han på att tacka honom för det stimulerande helgarbetet.

– Synd att du sköt in dig just på läkarna, sa han.

– Vad dillar du om? sa Rooth och svalde en bulle.

– Jo, om du till exempel hade kommit på en affärsbiträdeshypotes istället, då hade vi ju haft tio gånger så många trevliga intervjuer att göra. Eller en studenthypotes.

– Jag har ju sagt att jag inte vet vad en hypotes är för nånting, sa Rooth. Kan man få dricka sitt kaffe ifred?

I linje med det tidigare arbetet med Erich Van Veeterens alla vänner och bekanta arbetade man också nu med bandupptagningar av alla samtal, och när Reinhart på söndagskvällen betraktade högen av kassettband på sitt skrivbord, insåg han att materialet – särskilt om man slog samman de bägge utredningarna – började få en omfattning à la statsministermord.

Borkmanns punkt? tänkte han. Det var det *kommissarien* pratat om en gång. Hade inte kvantiteten i själva verket för

242

länge sedan övergått i kvalitet? Utan att han märkt det. Visste han inte redan vad han borde veta? Fanns inte svaret... svaren?... inbakade (och gömda) i detta stora utredningsmaterial? Någonstans.

Kanske, tänkte han. Kanske inte. Hur skulle man kunna avgöra det? Intuition som vanligt? Fan också.

Lite senare på söndagskvällen hade man också en genomgång. Reinhart bar Hillers löften om vidlyftighet i gott minne och hade till denna genomgång inhandlat fyra flaskor vin och två smörgåstårtor. Eftersom det trots allt bara var sex personer inblandade, tyckte han sig härvidlag ha efterkommit polischefens intentioner om fullt pådrag i ovanligt hög grad.

Inte ens Rooth orkade äta upp den sista halva smörgåstårtan.

I kvantitetens kölvatten kunde man alltid räkna. Och det gjorde man.

Under två och en halv dag hade sex kriminalpoliser förhört etthundraåttinio läkare. Etthundratjugo manliga, sextinio kvinnliga.

Ingen av de tillfrågade hade erkänt att han (eller hon) mördat sjuksköterskan Vera Miller – eller ens att de haft sexuella förbindelser med henne.

Ingen hade pekat ut någon annan som trolig kandidat (om i kraft av legendarisk s.k. kåranda eller icke, oklart). Inte så mycket som en gissning, så Reinhart behövde aldrig bry sig om att mäta den etiska aspekten av denna kråkvinkel. Något som han i och för sig var tacksam för.

Ingen av de sex kriminalarna hade fattat några direkta misstankar under något av sina samtal – i varje fall inte när det gällde det som de var ute efter. Om kommissarie Reinhart önskade kontrollera sina underlydandes omdömen på denna punkt, var det bara att lyssna igenom banden. Under förutsättning att han nöjde sig med en sådan avlyssning av varje intervju borde han hinna med det på i runda tal femtitvå timmar.

Pauser för bandbyten, toalettbesök och sömn oräknade. I smörgåstårtans slagskugga trodde han sig kunna spara in på matpauserna.

– Det är inte mycket, sa Rooth. Om man säger. Resultatet, alltså.

– Aldrig har så få haft så många att tacka för så lite, summerade Reinhart. Fy satan. Hur många har vi kvar?

– Tjugoåtta, meddelade Jung och tittade på ett papper. Fem tjänstlediga på annan ort, sex semestrar, nio kortlediga och bortresta... sju sjukskrivna och en som föder barn om en halvtimme.

– Borde man inte kunna sjukskriva henne också? undrade Rooth.

– Det är i varje fall ingen semester, sa Moreno.

Det fanns också en räkneövning med lite färre obekanta – det så kallade Edita Fischerspåret. Moreno och Jung, som tillsammans ansvarat för Nya Rumfordsjukhuset, hade tagit reda på exakt vilken dag det var som Vera Miller kommit över med lungemfysempatienten. Samt exakt vilka manliga läkare som varit i tjänst den dagen och på vilka avdelningar... tyvärr hade Vera Miller också passat på att äta lunch i den stora personalmatsalen, där hon i princip kunnat träffa vem som helst – men summan av ansträngningarna hade ändå blivit ett förhållandevis litet antal doktorer.

Trettitvå stycken, noga räknat. Jung var inne på att räkna bort alla som passerat till exempel femtifem, men Moreno gick inte med på sådant fördomsfullt tänkande. De grå tinningarna var inte att förakta. I synnerhet inte om de satt på en läkare. I alla händelser hade de träffat tjugofem stycken ur denna ”högpotenta grupp” (Jungs term), varav dock ingen betett sig det allra minsta misstänkt eller haft något av intresse att komma med.

Återstod sju. En semester. Fyra lediga, bortresta. Två sjukskrivna.

– Det är en av dom, sa Jung. En av de sju. Låter som en film, ska vi slå vad?

– I så fall får du hitta någon annan, sa Moreno. Jag tror likadant.

När de andra gått hem delade Reinhart den sista vinflaskan med Moreno. Rooth satt också kvar i rummet men hade somnat i ett hörn.

– Det är för jävligt, sa Reinhart. Och jag vet inte hur många gånger jag sagt det under den här utredningen... *de här* utredning*arna*! Vi kommer ingenstans. Jag känner mig som om jag jobbade åt nåt jävla statistikinstitut. Om vi bara hade kommit ihåg att fråga dom efter politisk hemvist och alkoholvanor också, kunde vi säkert ha sålt materialet till Gazetts söndagsbilaga... eller nån opinionsbyrå.

– Hm, sa Moreno. *Kommissarien* brukade säga att man måste kunna vänta också. Ge sig till tåls. Vi kanske får försöka tänka på det viset.

– Han brukade säga nånting annat också.

– Jaså? sa Moreno. Vad då?

– Att man ska lösa ett fall så fort som möjligt. Helst första dagen, så man slipper ligga och tänka på det under natten. Det har ju för tusan gått över fem veckor sedan vi hittade hans son. Jag tycker inte om att erkänna det, men sist jag träffade Van Veeteren skämdes jag. Skämdes! Han förklarade för mig att alltihop det här bottnar i en utpressningshistoria... det är ingen tvekan om att han har rätt och ändå kommer vi inte vidare. Det är för jäv... nej, jag måste nöja mig med att tänka det i fortsättningen.

– Tror du det var hon som var utpressaren? frågade Moreno. Vera Miller, alltså.

Reinhart skakade på huvudet.

– Nej. Av någon anledning gör jag inte det. Trots att historien med läkaren hänger ihop. Varför skulle en kvinna som ingen lyckats fälla ett ont ord om nedlåta sig till sådant?

– Utpressning är ett karaktärsbrott, sa Moreno.

– Exakt, sa Reinhart. Både yxmördare och hustruplågare har högre status i fängelserna. Utpressning är nog ett av de mest… omoraliska brott som finns. Inte det värsta men det lägsta. *Tarvligt*, om det ordet finns kvar.

– Jo, sa Moreno. Det är nog riktigt. Alltså kan vi utesluta Vera Miller. Vi kan också utesluta Erich Van Veeteren. Vet du vad vi har kvar?

Reinhart hällde upp de sista centilitrarna vin.

– Ja, sa han. Jag har också tänkt på det. Vi har en utpressare kvar. Och hans offer. Offret är identisk med mördaren. Frågan är om utpressaren fått betalt än eller inte.

Moreno satt tyst en stund och snurrade på glaset.

– Jag förstår inte hur Vera Miller hamnade i det här, sa hon. Men om vi slår fast att hon hänger ihop med Erich, så har vi… ja, då har vi en person som mördat två gånger för att slippa betala. Om inte utpressaren är alldeles bakom flötet har han nog höjt priset en smula också… skulle tro att han lever en smula farligt.

– Skulle tro det, instämde Reinhart.

Han drack ur vinet och tände pipan för tionde gången på en timme.

– Det är det som är så förbannat, sa han… att vi inte vet vad som ligger bakom. Motivet till utpressningen. Vi har en kedja av händelser, men vi saknar den första länken…

– Och den sista, påpekade Moreno. Vi har förmodligen inte sett sista ronden mellan utpressaren och hans offer än, glöm inte det.

Reinhart betraktade henne med huvudet tungt lutat i händerna.

– Jag är trött, sa han. Och lite berusad. Det är bara därför jag säger att jag är lite imponerad. Av ditt sätt att resonera, alltså. Lite.

– In vino veritas, sa Moreno. Fast allt kan vara fel också. Det behöver inte handla om utpressning och det behöver inte vara någon läkare inblandad... och Vera Miller och Erich Van Veeteren kanske inte alls hänger ihop.

– Tala inte om det, stönade Reinhart. Tyckte just vi började komma nånstans.

Moreno log.

– Klockan är tolv, sa hon.

Reinhart rätade upp sig i stolen.

– Ring efter en taxi, sa han. Jag väcker Rooth.

När han kom hem sov både Winnifred och Joanna tryggt i dubbelsängen. Han blev stående i dörröppningen och såg på dem en stund, medan han undrade vad han egentligen gjort för att förtjäna dem.

Och vilken betalningen skulle bli.

Han tänkte på *kommissariens* son. På Seika. På Vera Miller. På hur Joanna skulle ha det om femton-tjugo år när unga män började intressera sig för henne... alla sorters män.

Han märkte att håret reste sig på underarmarna när han försökte föreställa sig det och han sköt försiktigt igen dörren. Tog fram en mörk öl ur kylskåpet istället och sjönk ner i soffan för att fundera.

Fundera på vad det till syvende och sist var han kunde vara helt säker på i fallen Van Veeteren och Miller.

Och på vad han kunde vara ganska säker på.

Och på vad han trodde.

Innan han hunnit särskilt långt hade han somnat. Joanna hittade honom i soffan klockan sex på morgonen.

Drog honom i näsan och påstod att han luktade illa. Hans egen dotter.

30

Winnifred hade bara ett förmiddagsseminarium på måndagen och skulle vara hemma vid tolvtiden. Efter en kort inre överläggning ringde Reinhart upp barnflickan och gav henne ledigt. Ägnade sedan all tid åt Joanna. Borstade tänder och hår, ritade och tittade i böcker samt sov en tupplur mellan nio och tio. Åt yoghurt med bananer, dansade och tittade i fler böcker mellan tio och elva. Spände fast henne i barnstolen i bilen klockan halv tolv och tjugo minuter senare hämtade de tillsammans sin mor och maka utanför universitetet.

– Vi tar en tur, förklarade han. Det kan behövas.

– Härligt, sa Winnifred.

Det var inget svårt beslut att lämna polishuset åt sitt öde några timmar efter de senaste dagarnas arbetsinsatser. Vädret bestod denna decembermåndag till lika delar av blåst och en osäker frånvaro av regn. Ändå valde de kusten. Havet. Gick strandpromenaden i Kaarhuis fram och tillbaka – Reinhart med en sjungande och hojtande Joanna på axlarna – och åt fisksoppa på Guiverts restaurang, den enda som var öppen i hela samhället. Turistsäsongen verkade mer avlägsen än Jupiter.

– Tio dagar till jul, konstaterade Winnifred. Blir du ledig en vecka, som du försökte inbilla mig?

– Beror på, sa Reinhart. Löser vi det vi håller på med, kan jag nog lova dig två.

– Professor Gentz-Hillier lånar gärna ut sitt hus uppe i

248

Limbuijs. Ska jag tacka ja... tio-tolv dagar över jul och nyår? Vore skönt med lite vildmarksliv, eller vad tycker kommissarien?

– Vildmarksliv? sa Reinhart. Du menar en stockvedsbrasa, glühwein och en halvmeter böcker, hoppas jag?

– Precis, sa Winnifred. Ingen telefon och en kilometer till närmaste inföding. Om jag förstått saken rätt i alla fall. Då slår jag till, alltså?

– Gör det, sa Reinhart. Jag ska sätta mig ner ikväll och lösa dom här fallen. Det börjar bli dags.

När han klev in i sitt rum på polishuset var klockan halv sex. Högen av kassettband på hans skrivbord hade växt en smula, eftersom Jung, Rooth och Bollmert under dagen varit i kontakt med ytterligare ett tiotal läkare. Där fanns också ett par skriftliga meddelanden som förklarade att ingenting särskilt upphetsande framkommit under någon av dessa intervjuer. Krause hade lämnat en rapport efter att ha talat med Rättskemiska laboratoriet; man hade analyserat Vera Millers maginnehåll och funnit att hon konsumerat såväl hummer som lax och kaviar timmarna innan hon dött.

Samt en ganska försvarlig mängd vitt vin.

Han trakterade henne ordentligt innan han slog ihjäl henne i alla fall, tänkte Reinhart och tände pipan. Alltid något. Förhoppningsvis var hon lite avtrubbad av vinet också, men det visste de ju sedan tidigare.

Han sjönk ner i stolen och försökte återknyta till gårdagskvällens samtal med Moreno. Gjorde rent en yta på skrivbordet och satte sig ner med papper och penna och började anteckna och rekapitulera med järnhård, logisk systematik.

Detta var åtminstone vad han hade för avsikt att göra, och han var fortfarande sysselsatt med det en halvtimme senare, när telefonen ringde.

Det var Moreno.

249

– Jag tror jag har hittat honom, sa hon. Är du kvar på rummet så kommer jag upp om en stund?
– En stund? sa Reinhart. Inspektören har tre minuter på sig, inte en sekund därutöver.
Han knycklade ihop sina järnhårda anteckningar och kastade dem i papperskorgen.

Van Veeteren tyckte inte temperaturen i lägenheten blivit speciellt mycket bättre jämfört med när han var där förra gången, men Marlene påstod att det var en väsentlig skillnad. Hon bjöd på te och de delade broderligt på de äppelstrudlar han köpt i bageriet nere på torget. Samtalet flöt lite trögt och han förstod snart att det inte skulle komma någon osökt öppning för det han egentligen ville tala med henne om.
– Hur har du det? sa han till slut. Ekonomiskt och så, menar jag...
Det var klumpigt och hon blev omedelbart tillknäppt. Gick ut i köket utan att svara, men återkom efter en halv minut.
– Varför frågar du?
Han slog ut med händerna och försökte anlägga ett milt, avväpnande ansiktsuttryck. Det var ingenting som föll sig särskilt naturligt för honom, och han kände sig som en snattare som blivit ertappad med sex paket cigarretter i fickorna. Eller kondomer.
– Därför att jag vill hjälpa dig, naturligtvis, erkände han. Låt oss inte hymla om det, jag är så förbannat dålig på att hymla.
Det var mer avväpnande än minspelet, tydligen, för efter ett ögonblicks tvekan gav hon honom ett leende.
– Jag klarar mig, sa hon. Än så länge åtminstone... och jag har inga avsikter att ligga någon till last. Men jag tycker om att du finns. Inte med tanke på pengar, men med tanke på

250

Erich och på den här.

Hon strök sig över magen och för första gången tyckte Van Veeteren att han kunde skönja en rundning där. En utbuktning som var någonting mer än bara en mjukt svängd kvinnomage, och han kände hur en dunkel svirrning drog igenom honom.

– Bra, sa han. Jag tycker om att du finns också. Tror du vi vet var vi har varandra nu, då?

– Jag tror det, sa Marlene Frey.

Just innan han skulle gå, kom han ihåg en annan sak.

– Den där lappen... den där anteckningen med namnet? Ringde du till polisen?

Hon satte handen för pannan.

– Jag glömde det, sa hon. Jag har inte haft en tanke på det... men jag har den kvar, om du vill titta på den.

Hon gick ut i köket igen. Återkom med ett litet, linjerat papper, rivet ur ett anteckningsblock, uppenbarligen.

– Jag tar hand om det, sa Van Veeteren och stoppade det i innerfickan. Oroa dig inte för det, jag ringer Reinhart imorgon bitti.

När han kom hem tittade han i telefonkatalogen. Det fanns en halv spalt abonnenter med namnet Keller i Maardamsdelen. Tjugosex stycken, noga räknat. Han funderade en stund på om han skulle höra av sig till Reinhart redan nu ikväll, men klockan hade hunnit bli kvart över nio så han lät det bero.

Dom har säkert häcken full ändå, tänkte han. Jag får inte hålla på och ansätta dom hela tiden.

Det dröjde fyrtifem minuter innan Moreno dök upp. Under tiden hann Reinhart dricka tre koppar kaffe, röka lika många pipstopp samt utveckla ett svagt illamående.

– Du får ursäkta, sa hon. Var faktiskt tvungen att ta en smörgås och en dusch först.

– Du ser ur som en ung Venus, sa Reinhart. Nå, vad fan har du att komma med?

Moreno hängde av sig jackan, gick och öppnade fönstret och slog sig ner mittemot honom.

– En läkare, sa hon. Det kan vara han... fast eftertanken har nog satt klorna i mig lite sedan jag ringde, är jag rädd. Kan lika gärna vara en blindgångare.

– Tramsa inte, sa Reinhart. Vem är det och hur vet du att det är han?

– Han heter Clausen. Pieter Clausen. Jag har alltså inte pratat med honom... han tycks ha försvunnit.

– Försvunnit? sa Reinhart.

– Försvunnit är kanske mycket sagt, sa Moreno. Men han går inte att få tag på, och han har inte varit på sjukhuset idag, trots att han skulle ha varit det.

– Rumford?

– Nya Rumford, ja. Han var sjukskriven hela förra veckan, men skulle gå i tjänst idag... imorse, och det har han alltså inte gjort.

– Hur vet du det här? Vem har du talat med?

– Doktor Leissne. Överläkaren på allmänmedicin. Det är hans chef. Jag höll naturligtvis inne med alla misstankar... vad vi egentligen är ute efter och så vidare, men jag tyckte... ja, jag tyckte nog att det var nånting. Leissne var besvärad, utan tvivel, sekreteraren hade ringt hela förmiddagen till den här Clausen utan att få svar. Och ingen på avdelningen känner till var han håller hus. Det kanske är nånting med den här sjukskrivningen också, men det är bara som jag gissar.

– Familj? sa Reinhart. Är han gift?

Moreno skakade på huvudet.

– Bor ensam. Ute i Boorkhejm. Frånskild sedan några år. Men har jobbat på Rumford i tio och har inga anmärkningar på sig.

– Inte förrän nu, sa Reinhart.

– Inte förrän nu..., upprepade Moreno eftersinnande. Fast vi ska nog inte förivra oss. Jag hann inte tala med några andra än Leissne och en sköterska på avdelningen... det var inte förrän klockan halv fem som det kröp fram.

– Hur kröp det fram?

– Överläkarens sekreterare kom och sa att han ville tala med mig. Jag hade just avslutat ett av dom här.

Hon grävde i väskan och placerade tre kassetter på bordet.

– Jaha ja, sa Reinhart. Har du fler uppgifter om honom?

Moreno räckte över ett papper och Reinhart studerade det en stund.

Personuppgifter. Tjänstgöringar och meriter. Ett svartvitt fotografi av en man i trettifemårsåldern... kortklippt, mörkt hår. Tunna läppar, långsmalt ansikte. Ett litet födelsemärke på ena kinden.

– Ser ut som vem som helst, konstaterade han. Är det ett gammalt fotografi?

– Fem-sex år, antagligen, sa Moreno. Han är lite över fyrti nu.

– Har han barn? I det där gamla äktenskapet, till exempel?

– Inte som Leissne kände till.

– Kvinnor? Fästmö?

– Oklart.

– Och inga försyndelser?

– Inga som finns registrerade i varje fall.

– Förra hustrun, då?

Moreno gick och stängde fönstret.

– Vet inte. Dom kände inte till vad hon heter, ens. Men jag har ett namn på en kollega, som Leissne trodde kunde ge oss lite upplysningar... som umgicks en del privat med Clausen, tydligen.

253

– Vad säger han, då?

– Ingenting. Jag har bara talat med hans telefonsvarare.

– Fan också, sa Reinhart.

Moreno såg på klockan.

– Halv åtta, sa hon. Vi kanske kunde åka ut och ta oss en titt i alla fall? I Boorkhejm, menar jag. Vi har ju adressen.

Reinhart knackade ur pipan och reste sig.

– Vad väntar du på? sa han.

På väg ut till Boorkhejm överfölls de av ett snöblandat regn som gjorde förortstristessen tristare än vanligt. Det tog en stund att leta sig fram till Malgerstraat, och när Reinhart bromsade in utanför nummer 17, kände han att han tyckte synd om människorna i ännu högre grad än han brukade göra. Måste vara svårt att hitta någon sorts mening med livet härute, tänkte han. I dessa gråa lådor i detta tröstlösa klimat. Gatan som Gud glömde. Grått, vått och smått.

Ändå var det medelklass. Utefter huslängorna stod en karavan av mer eller mindre identiska japanska småbilar och blå tevekäglor spelade i vart tredje fönster.

I nummer sjutton var det dock mörkt. Både på markplanet och på övervåningen. Huset var ett i raden av tvåvåningsklossar i grått, eller möjligen brunt, tegel med nio kvadratmeter stor trädgård och asfalterad garageuppfart. En genomdränkt rabatt med ogräs samt en postlåda i betong med svarta järnskoningar.

Reinhart stängde av motorn och de blev sittande en stund och tittade på huset. Sedan gick han ut och lyfte på locket till postlådan. Den var försedd med lås, men genom springan kunde han se både ett par dagstidningar och en del post. Noga taget verkade det rätt fullproppat, han tvivlade på att det skulle gå att få ner en tidning till. Han återvände till bilen.

– Vill du gå och ringa på? frågade han Moreno.

254

– Har ingen större lust, sa hon. Verkar inte vara någon poäng, direkt.

Hon klev ändå ur och gick upp till dörren. Tryckte på knappen och väntade i en halv minut. Tryckte igen. Ingenting hände. Hon gick tillbaka till Reinhart, som stod kvar vid bilen och rökte med pipan uppochnervänd i regnet.

– Vad gör vi? sa hon.

– Husrannsaken imorgon förmiddag, avgjorde Reinhart. Han får tolv timmar på sig att dyka upp.

De kröp in i bilen och började lotsa sig ut ur förorten.

31

– Vem? sa överkonstapel Klempje och tappade tidningen i golvet. Ojdå... jag menar, godmorgon, *kommissarien*!

Han reste sig och bockade högtidligt.

– Nej, han är inte inne, men jag såg Krause här utanför för två sekunder sen. Ska jag ropa på honom?

Han stack ut huvudet i korridoren och lyckades påkalla aspirant Krauses uppmärksamhet.

– Kommissarien, väste han när Krause kommit närmare. I telefon... *kommissarien*!

Krause klev in och tog luren.

– Krause här. Godmorgon, kommissarien... ja, vad gäller saken?

Han lyssnade och antecknade under en minut. Sedan önskade han angenäm dag och lade på.

– Vad ville han? undrade Klempje och kliade sig med pekfingret i örat.

– Ingenting som du behöver bry dig om, sa Krause och lämnade honom.

Jävla stropp, tänkte Klempje. Här får man för att man hjälper till.

Det tog ett par timmar att få husrannsakningspapperen färdiga, men klockan tio var man på plats utanför Malgerstraat 17. Reinhart, Moreno, Jung samt en bil med fyra tekniker och utrustning för en kvarts miljon gulden. Lika bra att göra det ordentligt, om det ändå skulle göras, menade Reinhart.

Han hade ringt Clausens nummer två gånger i timmen sedan halv sju; Rooth, deBries och Bollmert var skickade till Nya Rumfordsjukhuset för att samla mer fakta och regnet hade upphört för tio minuter sedan. Allt var klart för det stora genombrottet.

– Ser lite bättre ut i dagsljus i alla fall, sa Reinhart. Nu kör vi.

Låset till ytterdörren öppnades av en av teknikerna på tretti sekunder och Reinhart gick in först. Tittade sig omkring. Tambur, kök och stort vardagsrum på nedre botten. Allt såg högst ordinärt ut; inte särskilt välstädat, några odiskade koppar, glas och bestick i diskhon i köket. Vardagsrum med soffgrupp, teakbokhyllor, musikanläggning och ett bastant skåp i någonting som han trodde var rödek. Teve utan video, men med ett påtagligt lager av damm. På det rökfärgade glasbordet stod ett fruktfat med tre äpplen och några dystra vindruvor. En Neuwe Blatt från torsdagen i föregående vecka låg uppslagen på golvet bredvid en av fåtöljerna.

Torsdag? tänkte han. Fyra dagar redan. Man hinner åka till månen flera gånger om.

Han tog trappan upp till övervåningen. Jung och Moreno följde tätt efter honom, medan teknikerna ägnade sig åt att bära in utrustning och hålla sig avvaktande i tamburen.

Tre rum på det övre planet, varav ett tjänade som arbetsplats med skrivbord, dator och ett par rankiga bokhyllor, ett som allmän skräpkammare. Det tredje var sovrummet; han steg in i det och såg sig om. Stor dubbelsäng med furugavlar. Bäddningen var nödtorftigt manlig... ett storrutigt överkast i flera färger låg slängt över ojämna formationer av kuddar och täcken. En van Gogh-reproduktion hängde på väggen och vittnade knappast om något personligt konstintresse. Reinhart hade för sig att han sett motivet på kaffeburkar, till och med. Diverse kläder låg strödda, både i och runt omkring en tvättkorg i brun plast. På de bägge vitlackerade stolarna hängde skjortor och tröjor. Två böcker, en telefon och en klockradio på ett av nattygsborden... en torr kaktus på fönsterbrädet mellan halvt fördragna gardiner... en rad mörka fläckar på den beige heltäckningsmattan.

Han vinkade på Jung och pekade på golvet.

– Där, sa han. Säg åt dom att börja häruppe.

Medan teknikerna bar upp sin apparatur, tog sig Reinhart och Moreno via köket ut i garaget. Där stod en röd Audi, ett par år gammal uppskattningsvis, och i övrigt lika ordinär som resten av huset. Han kände på dörren. Den var olåst. Han böjde sig ner och kikade in i bilen, först framsätet, sedan baksätet. Rätade på ryggen och nickade åt Moreno.

– När dom är färdiga däruppe, tycker jag dom ska ta sig en titt på den här.

Han hade lämnat bakdörren öppen och Moreno kikade in.

– Kan vara vad som helst, sa hon. Behöver inte nödvändigtvis vara blod... inte här och inte i sovrummet heller.

– Skitprat, sa Reinhart. Klart det är blod, jag känner det på lukten. Jävlar anamma, vi har honom!

– Jaså, sa Moreno. Det är inte så att du förbisett en sak?

– Vad då?

– Han verkar inte vara hemma. Inte sedan i torsdags, såvitt jag kan bedöma.

– Tack för att du påminde mig, sa Reinhart. Kom nu så går vi in till grannarna.

Reinhart och Moreno blev kvar ute i Boorkhejm till klockan halv ett, den tidpunkt då intendent Puijdens, chefen för teknikergruppen, äntligen – med hundraprocentig säkerhet – gick med på att det rörde sig om blodfläckar både uppe i sovrummet och i bilen, den röda Audin, som mycket riktigt var registrerad på Pieter Clausen. Att avgöra huruvida det rörde sig om blod från en människa, eventuellt från en och

258

samma människa, skulle kräva ytterligare någon timmes analys, beräknades det.

Huruvida det var Vera Millers både eftermiddagen och kvällen.

– Kom, sa Reinhart till Moreno. Vi har inte mer här att göra. Jung får fortsätta med grannarna, hoppas att det dyker upp någon som inte är både blind och döv. Jag vill höra hur det går på sjukhuset, om det är nån som kan upplysa oss om vart den jäveln tagit vägen. Om blodet stämmer är han redan bunden till brottet, för tusan!

– Menar du inte *brotten*? frågade Moreno och klev in i bilen.

– Petitesser, fnös Reinhart. Var är han? Var har han hållit hus sedan i torsdags? Det är dom frågorna du ska använda dina pigga grå till istället.

– Allright, sa Moreno och försjönk i funderingar hela vägen in till polishuset.

– Sätesbjudning, sa doktor Brandt. Förstföderska. Tog lite tid, jag är ledsen om ni fått vänta.

– Sätesbjudningar är som dom är, sa Rooth. Jag vet för jag är själv född på det viset.

– Verkligen? sa Brandt. Ja, ni var väl mindre på den tiden. Vad var det ni ville tala med mig om?

– Vi kanske kunde gå ner till cafeterian? förslog Rooth. Så bjuder jag på en kopp kaffe.

Doktor Brandt såg ut att befinna sig runt fyrtistrecket, men var liten och spenslig och rörde sig med en ungdomlig iver som kom Rooth att tänka på en hundvalp. Det var Jung som talat med honom förra gången; Rooth hade inte givit sig tid att lyssna på bandupptagningen, men visste att han inte berättat något som rört doktor Clausen. Om nu inte Jung suttit och nickat till, vill säga.

Nu var det dock Clausen det gällde, enbart Clausen, och

259

Rooth gick direkt på sak sedan de slagit sig ner vid det haltande rottingbordet.

– Er gode vän, sa han. Doktor Clausen. Det är honom vi är intresserade av.

– Clausen? sa Brandt och justerade glasögonen. Varför då?

– Hur pass väl känner ni honom?

– Tja... Brandt slog ut med händerna. Vi umgås en del. Har känt honom sedan ungdomen, vi gick i gymnasiet tillsammans.

– Strålande, sa Rooth. Berätta lite om honom.

Doktor Brandt betraktade honom med en skeptisk rynka i pannan.

– Jag har redan blivit utfrågad av polisen en gång.

– Inte angående Clausen, väl?

– Hrrm. Nej, och jag har lite svårt att begripa varför ni är ute efter uppgifter om honom. Varför pratar ni inte med honom själv?

– Det behöver ni inte bry er om, sa Rooth. Det blir enklare om jag ställer frågorna och ni besvarar dom, tro mig. Sätt igång!

Brandt satt demonstrativt tyst en stund och rörde om i kaffet. Din lilla förlossningsstropp, tänkte Rooth och tog en tugga av sin skinksmörgås medan han väntade.

– Jag känner honom inte speciellt väl, sa Brandt till slut. Vi är några stycken som brukar träffas då och då, bara... ett gäng som hållit ihop sedan gymnasiet. Elementaar. Vi kallar oss Verhoutens änglar.

– Verhoutens...?

– Änglar. En matematiklärare vi hade på Elementaar. Charles Verhouten, en riktig kuf, men vi tyckte om honom. Förbaskat skicklig pedagog också.

– Jaha? sa Rooth och började så smått undra om läkaren mittemot honom var riktigt klok. Skulle inte vilja bli förlöst av honom i alla fall, tänkte han.

260

– Fast oftast kallar vi oss bara Bröderna. Vi är sex stycken och vi brukar gå ut och äta någon gång och sitta och prata. Fast vi har lite formalia också.

– Formalia?

– Det är ingenting allvarligt. Bara på skoj.

– Jaså minsann, sa Rooth. Några kvinnor?

– Nej, vi är bara karlar, sa Brandt. Det blir liksom lite friare tyglar då.

Han tittade menande över glasögonen på Rooth. Rooth glodde tillbaka utan att röra en min.

– Jag förstår. Men nu skiter vi i dom andra änglabröderna och koncentrerar oss på Clausen. När såg ni honom senast, till exempel?

Brandt såg lite stött ut, men kliade sig i huvudet och tycktes fundera.

– Det var ett tag sedan, konstaterade han. Vi hade en sittning i fredags... på Canaille borta på Weivers Plejn... men Clausen var sjuk och kunde inte komma. Har nog faktiskt inte sett till honom på en månad, skulle jag tro. Inte sedan förra mötet, nej...

– Träffas ni aldrig här på sjukhuset?

– Ytterst sällan, sa Brandt. Vi arbetar rätt långt ifrån varandra. Clausen håller till borta i C-blocket och jag... ja, jag finns här på förlossningen, som ni vet.

Rooth tänkte efter ett ögonblick.

– Hur har han det med kvinnor? frågade han. Är ni själv gift, förresten?

Doktor Brandt skakade energiskt på huvudet.

– Jag är singel, förklarade han. Clausen var gift några år, men det höll inte. Skilde sig. Det var nog fyra-fem år sedan, om jag minns rätt.

– Känner ni till om han haft några kvinnoaffärer den senaste tiden? Om han träffat någon ny eller så?

Plötsligt verkade Brandt inse vad det var frågan om. Han

261

tog av sig glasögonen. Vek omständligt ihop dem och stoppade dem i bröstfickan. Lutade sig fram över bordet och försökte spänna sina närsynta ögon i Rooth.

Du skulle haft kvar brillorna, lilleman, tänkte Rooth och drack upp kaffet. Då hade det gått lättare.

– Inspektör... vad var det ni hette?

– Poirot, sa Rooth. Nej, jag bara skämtar. Jag heter Rooth.

– Bäste inspektör Rooth, sa Brandt oberört. Jag tycker inte om att behöva sitta och åhöra era insinuationer om en kollega och god vän. Verkligen inte. Jag kan försäkra er att doktor Clausen ingenting har att skaffa med det här.

– Med vad då? sa Rooth.

– Med... ja, den här sjuksköterskan. Hon som blivit mördad, tro inte att ni lurar mig, jag förstår mycket väl vad ni är ute efter. Ni tar grundligt miste. Hon arbetade ju inte ens på vårt sjukhus och Clausen är verkligen inte den som springer efter fruntimmer.

Rooth suckade och bytte spår.

– Känner ni till om han har några nära släktingar? frågade han.

Brandt lutade sig tillbaka och tycktes överlägga med sig själv huruvida han skulle att svara eller inte. Hans tunna näsvingar fladdrade, som om han försökte lukta sig till ett avgörande.

– Han har en syster, sa han. Ett par år äldre, tror jag. Bor utomlands någonstans.

– Inga barn?

– Nej.

– Och den här kvinnan han var gift med? Vad heter hon?

Brandt ryckte på axlarna.

– Jag minns inte. Marianne, kanske... eller nånting sånt.

– Efternamn?

– Ingen aning. Clausen förstås, om hon nu tog hans... fast det gör dom ju inte alltid nuförtiden. Förresten har hon nog

262

tagit tillbaka flicknamnet i alla händelser. Jag har aldrig träffat henne.

Rooth funderade medan han kämpade med en liten skinkslamsa som kilat in sig mellan ett par av oxeltänderna i underkäken.

– Och varför är han inte på jobbet idag?

– Vem? sa Brandt.

– Clausen, förstås.

– Är han inte? sa Brandt. Ja, hur fasen ska jag veta det? Han är väl ledig. Eller sjukskriven fortfarande. Det var visst nån influensa, det är en missuppfattning att tro att bara för att man är läkare skulle man vara immun mot både det ena och...

– Han är försvunnen, avbröt Rooth. Ni har ingen bättre förklaring att komma med?

– Försvunnen? sa Brandt. Struntprat. Det tror jag inte ett dugg på. Han kan väl inte bara försvinna?

Rooth blängde på honom och tog sista smörgåsbiten, trots att slamsan satt där den satt.

– Dom här andra änglarna... i eran lilla klubb, alltså... finns det någon av dom som känner Clausen lite bättre?

Doktor Brandt fiskade upp glasögonen och satte på sig dem igen.

– Smaage, kanske.

– Smaage? Kan ni vara vänlig och ge mig hans adress och telefonnummer?

Brandt tog fram en liten anteckningsbok och efter en stund hade Rooth fått hela medlemsmatrikeln. Han tog en sockerbit ur skålen på bordet och funderade på hur han skulle tacka för hjälpen.

– Klart, slut, sa han. Jag tror det är dags för er att gå och föda nu... låt mig inte uppehålla er längre.

Verhoutens änglar? tänkte han. Fy fan.

– Tack, sa Reinhart. Tack för hjälpen, direktör Haas.

Han la på luren och såg på Moreno med någonting som möjligen kunde tolkas som ett bistert leende.

– Låt höra, sa Moreno. Tycker mig skönja en viss belåtenhet i spårhundens anletsdrag.

– Inte utan orsak i så fall, sa Reinhart. Gissa vem som var inne och plockade ut tvåhundratusen från Spaarkasse i torsdags!

– Clausen?

– Huvudet på spiken, för att citera ett av hans offer. Kom in och tog ut alltihop strax efter lunch på kontoret på Keymer Plejn. I kontanter! Hör du det? Tvåhundratjugotusen till och med... varenda jävla pusselbit faller på plats.

Moreno funderade.

– Torsdag? sa hon. Det är tisdag idag.

– Jag känner till det, sa Reinhart. Fan vet vad det är som har hänt, och fan vet vart han tagit vägen. Men efterlysningen är ute, så förr eller senare har vi honom här.

Moreno bet sig i läppen och såg tvivlande ut.

– Jag är inte så säker på det, sa hon. Vad skulle han använda pengarna till?

Reinhart tvekade några sekunder medan han stirrade på sin pipa.

– I banken drog han en historia om någon båt. Rätt så genomskinligt... tja, han tänkte betala utpressaren, naturligtvis.

– Och du räknar med att han gjorde det? frågade Moreno. Varför är han försvunnen i så fall?

Reinhart glodde misslynt på travarna av kassettband som fortfarande låg på skrivbordet.

– Upplys mig! sa han.

Moreno satt tyst en stund medan hon sög på en blyertspenna.

– Om han bestämde sig för att betala, sa hon till slut. Och

verkligen gjorde det... ja, då finns det väl ingen anledning att springa och gömma sig också? Det måste ha hänt någonting mer. Jag vet inte vad, men det verkar ologiskt, det här. I varje fall kan det inte vara så enkelt att han bara betalade. Herregud, tvåhundratusen är inte vilken summa som helst.

– Tvåhundratjugo, muttrade Reinhart. Nej, du har rätt, givetvis, men får vi bara tag på honom har vi nog förklaringen på köpet.

Det knackade på dörren och Rooth klev in med en chokladkaka i handen.

– Frid, sa han. Vill ni höra om förlossningsläkaren och änglarna?

– Varför inte? suckade Reinhart.

Det tog en kvart för Rooth att relatera samtalet med doktor Brandt. Reinhart antecknade medan han lyssnade och gav sedan Rooth order om att leta upp de andra "bröderna" för att skaffa ytterligare informationer om Pieter Clausens allmänna karaktär. Samt om hans göranden och låtanden den senaste månaden.

– Försök få fatt i Jung och deBries också, la Reinhart till. Så är ni klara före kvällen. Den här Smaage i första hand, naturligtvis.

Rooth nickade och lämnade rummet. I dörröppningen stötte han ihop med Krause.

– Har ni tid? undrade Krause. Jag har hållit på och kontrollerat en uppgift under eftermiddagen.

– Verkligen? sa Reinhart. Vad då för uppgift?

Krause satte sig bredvid Moreno och slog upp ett kollegieblock med viss omständlighet.

– Van Veeteren, sa han. Han ringde i förmiddags och lämnade ett tips.

– Tips? sa Reinhart klentroget. *Kommissarien* ringde och gav *dig* ett tips?

265

– Faktiskt, sa Krause och kunde inte låta bli att sträcka på sig. Han var noga med att betona att det kanske inte var så viktigt, men jag har gjort lite research i alla fall.

– Kan du komma till saken, eller vill du ha en glass först? undrade Reinhart.

Krause harklade sig.

– Det gällde ett namn, sa han. Erich Van Veeterens fästmö... Marlene Frey, alltså... hade hittat ett namn på en lapp som hon glömt berätta om för oss. Bara för ett par dagar sedan, tydligen.

– Vad var det för namn? frågade Moreno neutralt innan Reinhart hann avbryta igen.

– Keller, sa Krause. Stavas som det låter. Det var bara ett efternamn på en liten papperslapp. Erich hade krafsat ner det i all hast några dagar innan han dog, förmodligen, och det var inget namn som stod upptaget i hans adressbok. Hursomhelst finns det bara 26 personer med namnet Keller i Maardamsdelen av telefonkatalogen, det är dom jag har kollat upp... om inte för annat, så för att *kommissarien* ville att jag skulle göra det. Hrrm.

– Och? sa Reinhart.

– Jag tror det finns en som kan vara intressant.

Reinhart lutade sig fram över skrivbordet och gnisslade tänder.

– Vem? sa han. Och varför är han intressant?

– Han heter Aron Keller. Han arbetar nere på ortopeden på Nya Rumford... protesverkstaden, om jag förstått det rätt. Bor också ute i Boorkhejm.

Reinhart öppnade munnen för att säga något, men Moreno hann före.

– Har du pratat med honom?

Hon kunde ha svurit på att Krause gjorde en konstpaus innan han svarade.

– Nej. Dom vet inte var han är. Han har varit borta från

266

jobbet sedan i fredags.

– Herrejävlar! sa Reinhart och knuffade ner arton kassett-
band i golvet.

– Adressen är Malgerstraat 13, sa Krause.

Han rev ut en sida ur kollegieblocket. Räckte den till in-
spektör Moreno och lämnade rummet.

32

Husundersökningen av Aron Kellers lägenhet på Malger-
straat 13 inleddes nästan på minuten ett dygn efter den på
nummer 17.

Som väntat gick det ganska fort. Teknikerteamet var fär-
diga med sitt arbete redan vid halvettiden, och efter den tid-
punkten fanns det egentligen ingenting som berättigade
Reinharts och Morenos närvaro. Ändå stannade de kvar yt-
terligare ett par timmar; för att om möjligt (envisades Rein-
hart – och utan annan utrustning än våra förbannade sinnen,
inspektörn!) hitta tecken, som kunde ge en fingervisning om
vad som hänt med den ensamstående hyresgästen. Och vart
han tagit vägen.

Det var ingen lätt uppgift. Av allt att döma hade Keller
inte vistats i sitt hem sedan fredagen i föregående vecka; han
kunde till och med ha givit sig av, eller försvunnit, redan un-
der torsdagsnatten – han prenumererade inte på någon
dagstidning, men en del postförsändelser låg orörda i me-
tallboxen på insidan av dörren, och krukväxterna var uttor-
kade och halvdöda både i sovrummet och i köket. De två
stora hibiskusarna i burspråket i vardagsrummet såg ut att
ha klarat sig bättre, men så var de också anslutna till ett be-
vattningssystem som bara behövde fyllas på en gång i veck-
an.

Det påstod i varje fall Moreno, som hade en liknande an-
ordning i sin tvårummare på Falckstraat.

För övrigt rådde en närmast minutiös ordning i lägenheten. Ingen disk fanns i köket. Inga lösa klädespersedlar låg och skräpade, varken i sovrummet eller någon annanstans. Inga tidningar, inga otömda askkoppar, inga småsaker på fel plats. De fåtaliga böckerna i bokhyllan, kassettbanden och CD-skivorna (tre fjärdedelar hästjazz, konstaterade Reinhart med avsmak, resten popschlagers i billighetsutgåvor) stod prydligt ordnade i jämna rader. Två par välputsade skor i skohyllan i tamburen, en jacka och en rock på galgar... och skrivbordet lika välordnat som ett skyltfönster för en kontorsmaterielfirma. Samma sak gällde skåp, lådor och byråar; det enda Reinhart saknade var små etiketter där man kunde läsa var varje sak hade sin rätta plats och bestämmelse... fast hade man haft det på samma sätt i tjugo år, behövdes kanske inga etiketter, insåg han vid närmare eftertanke.

Vad som kunde utläsas om människan Aron Keller – förutom att han hade ett frenetiskt ordningssinne – var att han tydligen hyste ett visst sportintresse. I synnerhet fotboll och friidrott. Det fanns ett antal fotbollsböcker (årskrönikor med röda och gröna ryggar ända från 1973) på framträdande plats i bokhyllan, och flera årgångar av månadsmagasinet Sportfront låg travade i en ölback i en av garderoberna – det senaste numret befann sig på köksbordet och kunde väl antas utgöra ackompanjemang till den kellerska normalfrukosten. I varje fall var det den slutsats Reinhart kom fram till med en irriterad fnysning.

Bredvid telefonen på skrivbordet i sovrummet fanns en adressbok med sammanlagt tjugotvå personer antecknade. Tre av dessa bar namnet Keller, ingen av dem bodde i Maardam (två i Linzhuisen, en i Haaldam) och Reinhart beslöt att uppskjuta frågan om de exakta släktskapsförhållandena till något senare.

– Karln måste ha fyrkantigt huvud, sa han. Kommer inte att bli några problem att hitta honom.

Moreno hade ingen kommentar.

Trots den uppenbara bristen på ledtrådar, dröjde de sig kvar till strax efter klockan tre. Rotade igenom alla lådor, skåp och vrår utan att egentligen veta vad de letade efter. Reinhart hittade också en nyckel, märkt "Förråd" och tillbringade en timme uppe på vindskontoret bland gamla kläder, skor och stövlar, tennisracketar, diverse möbler samt en rad pappkartonger med seriemagasin från sextitalet. Moreno hade lite svårt att förstå varför de egentligen genomsökte lägenheten på detta godtyckliga vis, men hon höll god min. Hade ingen aning om vad det kunde leda till, men visste att hon förmodligen skulle ha bestämt sig för samma sak... om nu hon varit den som bestämde.

– Man vet inte vad man letar efter förrän man har hittat det, hade Reinhart klargjort och blåst rök i ansiktet på henne. Det gäller i många sammanhang, fröken polisinspektören, inte bara här och nu!

– Kommissarien är klok som en pudel, hade Moreno svarat. Och då menar jag en tik.

Klockan kvart i tre kom belöningen. Hon hade tömt ut den halvfulla papperskorgen (som stått under skrivbordet – bara papper, naturligtvis, ingenting förmultnande såsom äppelskruttar, tepåsar eller bananskal) på vardagsrumsgolvet och håglöst börjat gå igenom innehållet, när hon hittade det. *Det.*

Ett ihopknycklad, linjerat A4-papper, rivet ur ett kollegieblock. Antagligen det som låg i hyllan till höger ovanför skrivbordet. Hon vecklade ut papperet, slätade till det och läste.

Fem veckor sedan Ni *dödade po*

Det var allt. Fem ord, bara. Fem och ett halvt. Textade med prydlig, lite könlös handstil, blått bläck. Hon stirrade på det korta, avbrutna meddelandet och funderade i två minuter.

Po? tänkte hon. Vad betyder *po?*

270

Kunde det vara någonting annat än *pojken*?

Hon ropade på Reinhart som kommit ner från vinden och stod och svor med huvudet inne i en av sovrumsgarderoberna.

– Nå? sa Reinhart. Vad har du?

– Det här, sa Moreno och räckte honom papperet.

Han läste texten och såg förbryllat på henne.

– Po? sa han. Vad fan är po? Pojken?

– Antagligen, sa Moreno. Du talade om att vi saknade den första länken. Jag tror att vi har den här.

Reinhart tittade på det skrynkliga papperet igen och kliade sig i huvudet.

– Det har du rätt i, sa han. Alldeles förbannat rätt. Kom nu, det kan vara dags för ett litet rådslag.

Genomgången blev kort och utan såväl vin som smörgåstårtor. Några extravaganser behövdes inte längre... eftersom dimmorna äntligen börjat lätta, förklarade Reinhart.

Dimmorna i fallen Erich Van Veeteren – Vera Miller. Det var dags att börja se klart och att handla. Behövdes inga tidsödande spekulationer längre. Inga teorier och hypoteser, plötsligt visste man vad det var frågan om och vad man var ute efter. Dags att... dags att dra åt snaran runt de inblandade.

Runt Pieter Clausen och runt Aron Keller. Mördaren och hans utpressare.

Det enda lite problematiska var att snaran förmodligen skulle vara tom när man dragit åt den. Konstaterade Rooth medan han pillade bort papperet från en Mozartkula.

– Ja, det är en förbannad historia, erkände Reinhart. Det är långtifrån i hamn än, det ska vi ha klart för oss, men vi gissade inte så dumt när allt kommer omkring. Keller hade nån sorts hake på Clausen och ville ha betalt för att inte avslöja honom. Han skickade unge Van Veeteren för att hämta

271

pengarna en gång... med känt resultat. Hur Vera Miller var inblandad vete fan, men vi har hittat hårstrån och allt möjligt från henne i Clausens lägenhet... och blodspår, både i sovrummet och i bilen. Det är solklart. Han slog ihjäl henne på samma sätt som han slog ihjäl Erich Van Veeteren.

– Vad har vi för koppling mellan Keller och Erich? ville deBries veta. Det måste ju finnas en sån.

– Vi känner inte till det än, sa Reinhart. Det har vi kvar. Och det är som sagt inte det enda vi har kvar heller. Både Clausen och Keller är försvunna. Ingen av dom verkar ha varit synliga sedan i torsdags i förra veckan... det var också på torsdagen som Clausen tog ut tvåhundratjugotusen från banken. Någonting måste ha hänt då, senare på kvällen kanske, vi måste ta reda på vad... och vi måste hitta dom, förstås.

– Dead or Alive, sa Rooth.

– Dead or Alive, instämde Reinhart efter att ha funderat ett ögonblick. Rätt så lika typer faktiskt, dom här herrarna, när man tittar lite närmare på dom. Medelålders ensamma män utan speciellt mycket umgänge. Keller är en riktig stäppvarg, tydligen. Bollmert och deBries får undersöka om det finns någon bekantskapskrets överhuvudtaget. Hans arbetskamrater hade inte mycket att säga om honom i alla händelser... eller hur?

– Stämmer, intygade Rooth. Det är inte mer än åtta stycken som jobbar därnere på träbenskontoret, men alla säger att Keller är en jävla tjurskalle.

– Säger dom verkligen det? frågade Jung.

– Dom uttrycker sig inte lika belevat som jag, förklarade Rooth. Men det är kontentan.

Reinhart skickade runt en kopia av meddelandet som Moreno hittat i Kellers papperskorg.

– Vad får ni ut av det här? frågade han. Vi plockade upp det hos Keller.

272

Det blev tyst en stund.

– Vad betyder alltså *po*? frågade Reinhart.

– Pojken, sa deBries. Finns väl inget annat att välja på.

– Gör det visst, protesterade Rooth. Finns massor... *polismannen, politikern, polityrfabrikören*...

– Polityrfabrikör? sa Jung. Vad fan är det?

– Möbelpolityr, sa Rooth. Man häller det över möblerna så att dom blir blanka. Hur ser det ut hemma hos er egentligen?

– Fyndigt, herr detektivsnut, sa Reinhart. Men jag tror inte jag kan erinra mig någon polityrfabrikör som blivit mördad. Ingen politiker eller polisman heller, åtminstone inte på sistone... och ingen porrhandlare eller posttjänsteman heller... ja, det finns en del andra möjligheter, det skall erkännas, men låt oss preliminärt bestämma oss för att det betyder *pojken*, det är utan tvekan det troligaste. Och då kan vi alltså räkna med att Clausen dödat en pojke någon gång i början av november, och att det är det som är roten till alltihop. Vi vet inte exakt när Keller skrev den här kladden, men om vi riktar in oss på en händelse i månadsskiftet oktober-november... en vecka åt varje håll ungefär... så får vi se vad det kan ge.

– Och det kan inte syfta på Erich Van Veeteren? undrade deBries.

Reinhart funderade en sekund.

– Knappast, sa han. Han var nästan tretti. Och tiden stämmer inte... flera veckor sedan Ni dödade po... nej, det är uteslutet.

– Allright, sa deBries.

– ... *popstjärnan, potatisodlaren, polacken, politruken*..., rabblade Rooth, utan att lyckas fånga någons uppmärksamhet.

– Dödad pojke? sa Jung. Vi måste väl känna till om någon blivit dräpt eller mördad vid den här tiden? Kan knappast

273

ha undgått oss... åtminstone inte om det var här i distriktet.

– Det behöver inte ha varit i Maardam, sa Moreno. Och det behöver inte ha funnits någon misstanke om brott. Kan ha varit någonting annat. Någonting på sjukhuset som han försökte sopa under mattan. Clausen, alltså. Och nästan lyckades med.

– Inte sjukhuset igen, sa Rooth. Jag blir sjuk av det.

Det blev tyst några sekunder.

– Han är väl inte kirurg, den här Clausen? sa deBries. Utför väl inte operationer?

Reinhart kontrollerade uppgifterna på ett papper.

– Invärtes medicin, sa han. Fast det går nog att ta livet av folk i den branschen också. Om man är lite slarvig, till exempel... vi måste ta reda på vilka dödsfall som inträffat på hans avdelningar under den här tiden. Rooth och Jung får återgå till Rumford, det borde räcka om ni pratar med överläkaren. Tittar i några journaler, kanske.

– Pojke som dött oväntat? sa Jung.

– Ung manlig patient som avlidit under natten, korrigerade Rooth. Trots massiva insatser. Dom har en hyvens kåranda, glöm inte det... dessutom tror jag det är bäst om du sköter snacket med Leissne. Vi tycks ha kommit lite på kant med varandra.

– Säger du det? sa Jung. Det var märkligt.

– Och vad är det tänkt att vi ska göra då? undrade Moreno när kollegerna troppat av.

Reinhart satte händerna mot bordsskivan och rätade på ryggen.

– Jag har en date med en viss Oscar Smaage, förklarade han. Sammankallande sekreterare i Verhoutens änglar. Du stannar här och ser efter om vi har några oklara dödsfall. Försvinnanden också... det är ju faktiskt inte säkert att det hänger ihop med sjukhuset, även om mycket talar för det.

274

– Allright, sa Moreno. Hoppas Smaage har nånting att komma med, fast jag begriper inte vad det skulle vara. Tycker alltihop kretsar runt en enda sak, egentligen.

– Torsdag? sa Reinhart.

– Ja. Vad tusan hände i torsdags kväll? Det verkar ju uppenbart att han skulle lämna över pengarna då. Eller vad säger du?

– Förvisso, sa Reinhart. Vore egendomligt om det inte dyker upp någon som hört av dom – någon av dom åtminstone – efter den tidpunkten. Vi behöver nog bara se tiden an. Ge oss till tåls, var det inte någon som rekommenderade det för ett tag sedan?

– Jag tror du har fel, sa Moreno.

Det tog henne inte mer än en timme att hitta rätt. I varje fall kände hon instinktivt att det var rätt, när namnet kom upp på dataskärmen. Hjärtat slog ett extraslag och håret på underarmarna reste sig, det brukade vara säkra tecken.

Den kvinnliga intuitionens yttre kännetecken. Hennes i varje fall.

Wim Felders, läste hon. Född den 17.10.1982. Död den 5.11.1998. Eller möjligen den 6.11. Upptäckt av en förbipasserande cyklist på väg 211 mellan Maardam och förorten Boorkhejm vid sextiden på morgonen. Utredningen, som gjorts genom trafikpolisens försorg (ansvarig kommissarie Lintonen), visade att han sannolikt blivit påkörd av ett fordon och omkommit då han kastats mot ett cementrör i vägkanten. Efterlysning hade gått ut i alla media, men någon vållande hade inte hörts av. Inga vittnen till olyckan. Inga misstankar. Inga tips. Gärningsmannen hade smitit och vägrat ge sig till känna.

Hon mindes händelsen. Kom ihåg att hon läst om den och att hon sett rapporterna i nyhetssändningarna på teve. Den sextonårige pojken hade varit på väg till sitt hem ute i

Boorkhejm. Hade besökt sin flickvän någonstans inne i centrum och antogs ha missat sista bussen.

Antogs ha gått där i vägkanten, det hade varit dåligt väder med både regn och dimma, och blivit påkörd av en bilist som sedan givit sig av från platsen.

Det kunde ha varit vem som helst.

Kunde ha varit Clausen.

Keller kunde ha kommit strax efteråt och sett alltihop. Eller suttit bredvid Clausen i framsätet, om de nu kände varann... fast hittills hade det inte framkommit någonting som tydde på att de gjorde det.

En trafikolycka?

Visst var det en möjlighet. När hon började fundera på hur sannolikt det hela egentligen verkade, märkte hon att hon hade svårt att bedöma saken. Kanske var det inte mer än ett hugskott, men det spelade förstås ingen roll. Tråden måste följas tills den brast i alla händelser.

Intuitivt, som sagt, visste hon att det var precis så här det gått till. Hon hade hittat den första länken. No doubt.

Hon såg att klockan blivit halv sex och undrade vad hon borde göra. Bestämde sig för att åka hem och ringa till Reinhart senare på kvällen. Om det gick att fastslå att Clausen kört inifrån centrum det där datumet – vid den där tidpunkten... med hjälp av Wim Felders flickvän visste man att olyckan troligen inträffat strax före klockan tolv på natten... ja, då borde alla yttre tvivel vara undanröjda.

Hur det skulle vara möjligt att binda Clausen vid en sådan bilfärd stod förstås skrivet i stjärnorna, men om man nu redan bundit honom vid två andra mord, så kanske det kvittade.

Å andra sidan – hade han varit inne i de centrala delarna av Maardam den där kvällen, borde han väl ha träffat någon där? Någon som kunde vittna.

Bara det inte var Vera Miller, tänkte hon. Bättre om det

276

vore dom där änglarna, vad dom nu hette. Verhoutens...?

Viktigare än allt detta var det dock att hitta Clausen. Naturligtvis.

Och Keller.

Så långt kommen stängde Ewa Moreno av datorn och åkte hem. Hur hon än räknade tyckte hon att hon gjort ett gott dagsverke.

33

Hon hade just avslutat samtalet med Reinhart när det ringde på dörren.

Halv nio, tänkte hon. Vad tusan?

Det var Mikael Bau, grannen under henne.

– Vill du ha en bit mat? frågade han och såg olycklig ut.

Bau var i trettiårsåldern och hade flyttat in på Falckstraat för bara ett par månader sedan. Hon kände honom inte. Hade presenterat sig när hon stötte ihop med honom i trappan första gången, förstås, men sedan dess hade de bara hälsat när de råkade ses. Tre eller fyra gånger allt som allt. Han såg rätt bra ut, det hade hon konstaterat från början. Lång och ljus och blåögd. Och med ett leende som verkade ha svårt att hålla sig borta.

Nu var han dock allvarlig.

– Har gjort en köttgryta, förklarade han. Åt bœuf bourguignonhållet, den är redan klar, så om du inte misstycker?

– Det kommer lite plötsligt, sa Moreno.

– Jag antar det, sa Bau. Hrrm... det var inte min tanke att bjuda dig heller, men min fästmö gjorde slut innan vi hann börja äta. Tro nu inte att...

Han kom inte på någon bra fortsättning. Det gjorde inte Moreno heller.

– Tack gärna, sa hon istället. Jag har faktiskt inte ätit än idag, vad jag kan minnas. Om du ger mig en kvart att duscha först, bara? Grytor är inte svåra att hålla varma.

Nu log han.

– Bra, sa han. Kom ner om en kvart, då.

Han återvände nerför trappan och Moreno drog igen dörren.

Är det så här det går till? undrade hon, men raderade genast ut tanken.

Förutom sina rent yttre företräden visade sig Mikael Bau också vara en alldeles utomordenlig kock. Moreno åt av grytan av hjärtans lust, och den efterföljande citronsorbeten hade just den syrliga lätthet som den brukade ha i recepten men sällan i verkligheten.

En karl som kan laga mat? tänkte hon. Har jag aldrig råkat ut för tidigare. Han måste ha ett lik i garderoben. Hon hade god lust att fråga varför flickvännen gjort slut, men det blev aldrig riktigt tillfälle att bli så närgången, och han tog inte upp frågan själv.

Istället pratade de om vädret, huset och grannarna. Samt sina respektive yrken. Bau arbetade som socialsekreterare, så det fanns en och annan beröringspunkt.

– Vete fasen varför man valde skuggsidan, sa han. Jag vill inte påstå att jag vantrivs med det, men jag tror inte jag skulle satsa på det idag. Varför blev du polis?

Ewa Moreno hade själv ställt sig frågan så många gånger att hon inte längre visste om där fanns ett svar. Eller funnits. Det hade blivit som det blivit, helt enkelt, och hon misstänkte att det var så det var för rätt många människor. Livet blev som det blev.

– Jag tror ganska mycket styrs av slumpen, sa hon. Eller inte av några noggrant överlagda beslut i varje fall. Vi har mindre kontroll än vi inbillar oss... att vi låtsas ha det är en annan sak.

Bau nickade och såg tankfull ut.

– Fast vi kanske ändå hamnar där vi hör hemma, sa han. Läste om den här biljardbollsteorin för ett tag sedan, känner

279

du till den? Du rullar fram över en jämn, grön matta bland en massa andra bollar. Hastigheterna och riktningarna är givna, men det går ändå inte att beräkna i förväg vad som skall komma att hända... när vi krockar och byter riktning. Allt är givet men vi kan inte förutsäga det, det finns för många faktorer som påverkar, helt enkelt... ja, någonting åt det hållet.

Hon kom att tänka på vad *kommissarien* brukade tala om och kunde inte låta bli att le.

– Vissa mönster, sa hon. Dom säger att det finns vissa mönster som vi inte upptäcker... inte förrän efteråt. Då är dom hur tydliga som helst. Påminner om en polisutredning, faktiskt. Allting blir tydligare när man får gå baklänges.

Bau nickade igen.

– Fast man får inte gå baklänges, sa han. I livet, alltså. Det är det som är problemet. Lite mera vin?

– Ett halvt glas, sa Moreno.

När hon första gången tittade på klockan var den kvart i tolv.

– Herregud, sa hon. Ska du inte upp och arbeta imorgon?

– Förvisso, sa Bau. Vi på skuggsidan vilar aldrig.

– Tack för en trevlig kväll, sa Moreno och reste sig. Jag lovar att bjuda tillbaka, men jag måste nog plugga in några recept först.

Bau följde henne ut i tamburen och gav henne en väl avvägd kram till avsked. En kvart senare låg hon i sin säng och tänkte på hur trevligt det var med god grannsämja.

Sedan tänkte hon på Erich Van Veeteren. Måste ha varit jämngammal med Bau och henne själv ungefär. Kanske något år yngre, hon hade inte tänkt på det förrän nu.

Och de andra?

Vera Miller hade fyllt trettiett och Wim Felders blev inte mer än sexton.

280

När man tog sig utanför grannsämjans snäva horisont blev
det lätt andra förtecken.

Reinhart vaknade av att Joanna drog honom i underläppen.
Hon satt på hans mage med ett saligt leende i ansiktet.
– Pappa sover, sa hon. Pappa vaken.
Han lyfte upp henne på raka armar. Hon skrek av förtjus-
ning och han fick en stråle saliv i ansiktet.
Gode gud, tänkte han. Det är underbart! Klockan är sex
på morgonen och livet står som spön i backen!
Han undrade varför det var så ljust i rummet, men så er-
inrade han sig att hans dotter just lärt sig trycka på knappar
och gärna övade sig i denna färdighet. Han stoppade ner
henne bredvid Winnifred och steg upp. Konstaterade att
varenda lampa i hela våningen var tänd och började gå runt
och släcka dem. Joanna kom snart larvande efter honom,
medan hon bluddrade om något som hade med björnar att
göra. Eller möjligen hönor, hon hade napp i munnen och
det var svårt att begripa vad hon sa. Han tog med henne ut i
köket och började göra i ordning frukost.
När han kommit halvvägs mindes han vad han drömt. El-
ler vad som dykt upp i huvudet på honom någon gång mel-
lan sömn och vaka under natten, snarare.
De hade glömt att efterlysa Keller.
Fan också, tänkte han. Lyfte upp Joanna i barnstolen. Sat-
te en tallrik mosad banan och yoghurt framför henne och
gick till arbetsrummet för att ringa till polishuset.
Det tog en stund att få detaljerna på plats, men så små-
ningom verkade Klempje, som hade jouren, att ha förstått.
Efterlysningen skulle skickas ut per omgående, det lovade
han på heder och samvete.
Jag vet inte om du är begåvad med vare sig det ena eller
det andra, tänkte Reinhart, men han tackade ändå och lade
på.

Slarvigt, tänkte han sedan. Hur fan kan man glömma en sådan sak?

Två timmar senare var han klar att åka till jobbet. Winnifred hade just stigit upp, han tyckte hon såg ut som en utvilad gudinna och lekte en stund med tanken på att stanna hemma en stund för att älska istället. I princip vore det ingen omöjlighet. Joanna skulle snart sova någon timme och barnflickan kom inte förrän efter lunch.

Så erinrade han sig läget. Öppnade sin hustrus morgonrock och omfamnade henne. Hon bet honom lätt i halsen. Han bet tillbaka. Det fick räcka. Han tog på sig sin egen rock.

– Blir du ledig som du trodde? frågade hon när han stod i dörren.

– Nie ma problemu, sa Reinhart. Det är polska och betyder att vi är färdiga med det här om tre dagar. Högst tre dagar.

Härvid bedrog sig intendent Reinhart en smula, men det hade han gjort förr. Huvudsaken var att inte Winnifred gjorde det.

Efter att Moreno redogjort närmare för Wim Feldersolyckan, ringde Reinhart upp Oscar Smaage, som han talat med föregående eftermiddag. Smaage arbetade som nyhetsredaktör på Telegraaf och var inte särskilt svår att få tag på.

– Det var en sak jag glömde igår, förklarade Reinhart. Angående Clausen, alltså. Jag undrar om ni möjligen hade en sådan där sammankomst den...

Han vinkade åt Moreno som räckte över ett papper med det aktuella datumet.

– ... den 5 november? Änglarna, alltså. Det var en torsdag. Kan ni hjälpa mig med det?

– Ett ögonblick, svarade redaktör Smaage rappt och Reinhart kunde höra hur han bläddrade i någonting. En chans på

282

tio, bedömde han hastigt medan han väntade. På sin höjd. Ändå visste han att han inte skulle ha tvekat att spela på den.

– Det stämmer, sa Smaage. Torsdagen den 5 november. Vi satt på ten Bosch. Alla bröderna närvarande, trevlig kväll... hurså?

– Jag vet att det är mycket begärt, sa Reinhart. Men vi skulle vilja ha reda på när Clausen åkte hem. På ett ungefär åtminstone.

Smaage skrattade till i luren.

– Vad fasen? sa han. Nej, det har jag ingen aning om. Halv tolv-tolv, antagligen, vi brukar inte sitta längre. Jag antar att det inte är någon idé att fråga varför ni...?

– Alldeles riktigt, klippte Reinhart av. Tack för upplysningen.

Han la på luren och tog fram pipan.

– Ibland har vi tur, sa han. Det stämmer. Tamejfan om det inte stämmer! Clausen kan mycket väl ha kört på den där pojken, det ligger rätt i tiden... det skulle alltså vara det som är roten till alltihop. Fan också, det är ju bedrövligt, när man tänker på det.

– Vad är det som är bedrövligt? undrade Moreno.

– Begriper du inte det? Det kan ju vara en ren olyckshändelse som ligger bakom hela skiten. Erich Van Veeterens död. Vera Millers... och, ja, vad fan det nu är som har hänt sedan i torsdags. En vanlig satans olyckshändelse, bara, och sedan rullar det iväg...

Moreno tänkte på vad hon suttit och pratat med sin granne om under gårdagskvällen. Om slumpar och mönster, klot som krockar eller inte krockar. Plötsliga riktningsförändringar... fjärilseffekten?

– Jo, sa hon. Det är märkligt. Fast vi måste väl ändå undersöka det här lite noggrannare. Det är ju bara en möjlighet än så länge... även om jag också tror att det stämmer. Har vi

283

kvar folk på Rumford, förresten? Borde vara dags att dra in på resurserna. Åtminstone vad gäller Clausen.

Reinhard nickade. Tände pipan och började leta bland några papper.

– Det är dom här två jävlarna det handlar om, muttrade han. Clausen och Keller. Tre döda än så länge... och bägge två är försvunna. Förbannad historia.

Han bläddrade vidare och fick fram det papper han letat efter.

– Om Keller har ingen haft någonting att säga, konstaterade han. Riktig enstöring, tydligen. Passar ganska bra som utpressare, när man tänker efter... rätta typen, helt enkelt.

Moreno hade vissa invändningar gentemot denna grova förenkling, men hon hann aldrig framföra dem, eftersom aspirant Krause stack in huvudet genom dörren.

– Ursäkta, sa han. Men vi fick just ett viktigt fax.

– Jaså minsann, sa Reinhart. Vad då för nånting?

– Från flygplatsen, förklarade Krause. Det tycks som om Aron Keller tog ett plan i lördags eftermiddag.

– Ett plan? sa Reinhart. Vart då?

– New York, sa Krause. Avgick från Sechshafen 14.05. British Airways.

– New York? sa Reinhart. Satan också.

34

Under resten av dagen hände egentligen ingenting, mer än att det snöade.

Åtminstone var det så Reinhart upplevde det. Det snöade och någonting hade glidit honom ur händerna. Han till-bringade timme efter timme på sitt rum och varje gång han tittade ut genom fönstret såg han bara dessa yrande flingor som singlade ner över staden. Några gånger blev han också stående vid fönstret och betraktade det. Stod där och rökte med händerna i byxfickorna och tänkte på *kommissarien*. På vad han lovat honom i början av utredningen och på att han varit rätt så nära att infria det där löftet.

Eller hade han inte det? Hade han aldrig varit nära?

Och hur var det nu? Vad var det som hade hänt mellan Clausen och Keller? Han trodde att han visste svaret, men han vägrade att gräva fram det och titta på det. Inte än, inte riktigt än. Kanske mest med tanke på *kommissarien* och det där löftet han givit... ja, vid närmare eftertanke var det na-turligtvis just därför.

Strax efter lunch återkom Moreno, nu med Bollmert och deBries i släptåg. De slog sig ner och började rapportera om hur det gått med inventeringen av Kellers bekantskapskrets. Precis som man kunnat befara fanns där ingen. Ingen av per-sonerna i den tillvaratagna adressboken – det dryga dussin man fått kontakt med – hade sagt sig stå dess ägare speciellt nära. Några visste inte ens vem Aron Keller var och kunde inte begripa hur de hamnat i boken. Totalt var det bara två stycken som erkände att de hade något slags samröre med honom: hans bägge systrar i Linzhuisen. Alldeles oförbehållsamt förklarade de – var och en för sig – att brodern var en hopplös tråkmåns och enstöring, men att de ändå brukade turas om att bjuda hem honom till sina respektive familjer. Ibland.

En gång om året ungefär. Till jularna, ja.

Ibland kom han, ibland inte.

Beträffande Kellers liv och leverne hade de inte mycket att berätta. Han hade varit konstig alltsedan han ramlade av en traktor och slog i huvudet i tioårsåldern. Kanske tidigare också. Han hade varit gift en gång med en kvinna som varit lika tjurig som han själv, det hade tagit slut efter ett halvår. Hon hade hetat Liz Vrongel och hette väl så än.

Vad övrigt var, var tystnad. Och fotboll.

– Hm, sa Reinhart. Ja, i år behöver dom inte skicka inbjudningskort till julen i alla fall. Han lär inte komma.

– Hur vet du det? undrade deBries, som var okunnig om vad som meddelats utifrån Sechshafen.

– Han firar jul i New York, suckade Reinhart. Den jäveln. Vi tar det sedan. Hur var det med den sista Kellern i boken, då? Jag hade för mig att där fanns tre.

– Hans far, sa deBries och gjorde en grimas. Sjuttifemårig alkis uppe i Haaldam. Bor på ett slags hem, åtminstone periodvis. Har inte haft kontakt med något av sina barn på tjugo år.

– Fin familj, sa Moreno.

– Rena idyllen, nickade deBries. Gubben är en fruktansvärd plåga, tydligen. Sonen kanske brås på honom?

– Skulle tro det, sa Reinhart. Har vi nånting mer?

– Ja, faktiskt, stack Bollmert in. Vi tror vi vet hur det kom sig att Erich Van Veeteren kände honom. Aron Keller har jobbat som övervakare några år.

Reinhart åstadkom någonting som påminde om en morrning.

– Kunde jag ge mig fan på, sa han. Att dom låter såna där typer bli övervakare, det är tamejfan skandal. Vem tror dom kan bli hjälpt ut i samhället av ett sånt praktarsel som Keller... som bara kan ha ett meningsfullt förhållande med sin dammsugare?

– Han har inte haft några adepter på tre år, sa deBries. Om det kan vara någon tröst. Vi är som sagt inte säkra på att han haft hand om Erich Van Veeteren än, men det tar inte lång stund att kontrollera.

– Varför har ni inte gjort det då? frågade Reinhart.

– Därför att du ville ha hit oss klockan ett, sa deBries.

– Hm, sa Reinhart. Sorry.

Han steg upp och ställde sig och glodde på snöandet en stund.

– Jag undrar, sa han... jo, så är det förstås.

– Vad då? sa Moreno.

– Han har säkert haft någon hållhake på Erich. Dom kan nästan inte undgå att få det i den där branschen... och, tja, sedan har han väl utnyttjat den för att få grabben att åka och hämta pengarna. Fy fan. Dubbelt fy fan.

– Vi sa ju att utpressare inte brukar vara några trevliga typer, påminde Moreno. Keller verkar inte ha varit något undantag.

Reinhart återvände till stolen.

– Jag ringer och undersöker det här med övervakningen, sa han. Om det stämmer, och det gör det antagligen, så kan vi väl säga att vi har det mesta klart för oss. Ni kan ta ledigt i eftermiddag.

– Bra, sa deBries. Hade nästan tänkt föreslå det. Har inte varit ledig sen i påskas.

Han gick ut tillsammans med Bollmert. Reinhart satt tyst och betraktade kassettbanden, som låg där de låg och aldrig

287

någonsin skulle bli lyssnade på. Inte av honom och inte av någon annan heller.

– Så mycket jobb, muttrade han och blängde på Moreno. Så jävla mycket jobb och så mycket bortkastad tid. Kan du ge mig svar på en enda fråga, så ska jag lägga ett ord om vintersemester för dig hos Hiller.

– Shoot, sa Moreno.

– Vad gjorde Keller med Clausen i torsdags kväll? Vad fan var det som hände?

– Jag vill ha betänketid, sa Moreno.

– Du får hela eftermiddagen, sa Reinhart. Gå och sätt dig på ditt rum och titta på snön. Det underlättar tankeverksamheten.

Van Veeteren plockade fram en nyrullad cigarrett och tände den.

– Så du vet vem som gjorde det? sa han.

Reinhart nickade.

– Jo, jag tror vi har hittat rätt man. Det är ingen rolig historia, men det är det ju aldrig. Det börjar med en olyckshändelse, mer eller mindre. Den här Pieter Clausen kör på en ung grabb och dödar honom. Han smiter från platsen, vet inte att han blivit iakttagen. Kanske stannade han och kontrollerade vad som hänt, det verkar troligt. Han är på väg hem till Boorkhejm den där kvällen och det är antagligen också en viss Aron Keller... på sin scooter, troligtvis. Det är ett jävla väder, regn och blåst, men han känner igen Clausen. Dom bor grannar därute. Keller bestämmer sig för att tjäna pengar på vad han sett... det är en förbannad fähund vi har att göra med, det tror jag jag kan lova dig.

– Utpressare är sällan helt sympatiska, sa Van Veeteren.

– Stämmer, sa Reinhart. I alla händelser skickar han din son för att ta emot pengarna den där tisdagen ute i Dikken. Jag vet inte om du känner till Keller, men han hade hand om

Erich i egenskap av övervakare ett par år... det är inte ens säkert att Erich skulle få betalt. Kanske hade Keller någon hake på honom. Clausen vet inte vem utpressaren är, han har redan ett liv på sitt samvete och vill inte komma i beroendeställning. Han dödar Erich i tron att det är utpressaren han dödar.

Han tystnade. Det gick fem sekunder som Reinhart tyckte kändes som fem år. Därefter nickade Van Veeteren åt honom att fortsätta.

– Sedan har vi mordet på Vera Miller. Vill du höra om det också?

– Naturligtvis.

– Jag vet inte varför Clausen dödar henne också, men det måste hänga ihop med Keller och Erich på något vis. Clausen och Vera Miller hade ett förhållande, ganska nytt. Ja, så småningom har vi börjat förstå vad det är frågan om. Vi får ju både utpressningsmotivet och Aron Keller genom dig, det jävliga är att vi kommer in så sent i bilden. Någonting måste ha hänt i torsdags eller fredags i förra veckan, antagligen var det dags för Clausen att betala på riktigt. Han hade fått ett lån beviljat i Spaarkasse. Tog ut tvåhundratjugotusen i kontanter, sedan dess är han försvunnen.

– Försvunnen? sa Van Veeteren.

– Vi vet ju vad det kan betyda, konstaterade Reinhart torrt. Det är inte så svårt att spekulera i vad som hänt. Aron Keller flög till New York i lördags. Finns inte kvar på det hotell där han checkade in, vi har bytt några fax med dom. Vi känner inte till var Clausen håller hus. Finns inte ett spår efter honom, men det lär inte vara så att han också stuckit, i varje fall. Hans pass, till och med hans plånbok, ligger kvar hemma hos honom. Jag har egentligen bara en teori och det är... ja, det är att Keller gjort av med honom. Dödat honom och grävt ner honom någonstans. Tyvärr. Jag är rädd för... jag är rädd för att du aldrig kommer att få

289

sätta dig öga mot öga med din sons mördare.

Van Veeteren drack en klunk öl och såg ut genom fönstret. Det gick en halv minut.

– Det vi kan hoppas på är väl att hitta hans kropp så småningom, sa Reinhart och undrade samtidigt varför han sa just det. Som om det skulle innebära något slags tröst. Att få stifta bekantskap med kroppen av den människa som dödat ens son? Absurt. Makabert.

Van Veeteren svarade inte. Reinhart betraktade sina egna händer och grävde förtvivlat i huvudet efter ord.

– Jag har ett foto av honom, sa han till slut. Så du kan få titta på honom om du vill. Keller också, förresten.

Han tog upp två fotokopior ur portföljen och räckte över dem. *Kommissarien* betraktade dem en stund med rynkad panna och lämnade tillbaka dem.

– Varför skulle Keller ha dödat honom, alltså? frågade han.

Reinhart ryckte på axlarna.

– Jag vet inte. Han bör ju ha fått pengarna, annars skulle han knappast ha kunnat sjappa till New York... det är vad jag tror åtminstone. Man kan förstås spekulera i det här. Kanske fick Clausen reda på hans identitet på något sätt. Keller är en rätt märklig typ... och han visste att Clausen inte drog sig för att döda. Det säkra före det osäkra, helt enkelt. Om Clausen verkligen visste vem utpressaren var, måste Keller ha fattat att han levde farligt.

Van Veeteren slöt ögonen och nickade vagt. Ännu en tyst halvminut passerade. Reinhart släppte sitt krampaktiga trevande efter ljuspunkter och försökte istället föreställa sig hur det kändes för *kommissarien*. Det hade han naturligtvis suttit och gjort hela tiden, mer eller mindre, och det blev inte lättare när han koncentrerade sig på saken. Att få sin son mördad, bara detta – och sedan mördaren röjd ur vägen av en annan ogärningsman, som på sätt och vis var lika skyl-

290

dig till Erichs död som han som gjort det. Eller kunde man inte se det på det sättet? Spelade det någon roll? Hade sådana saker alls någon betydelse när det gällde ens egen son?

Några svar kom han inte fram till. Kom inte ens i närheten.

Hursomhelst, hur man än såg på det, så hade Erich Van Veeteren inte varit mer än en bricka i ett spel han inte haft med att göra. Vilket meningslöst sätt att dö på, tänkte Reinhart. Ett alldeles bortkastat offer... den ende som kunde ha tjänat något på hans död var Keller, som antagligen höjt prislappen för sina svarta kunskaper när Clausen hade ytterligare ett liv på sitt samvete.

För jävligt, tänkte Reinhart för femtionde gången denna dystra dag. Den underjordiske regissören har slagit till på nytt.

– Vad tänker ni göra? frågade Van Veeteren.

– Vi har efterlyst Keller däröver, sa Reinhart. Naturligtvis. Kanske får någon åka dit vad det lider... fast det är ett stort land. Och han har ju pengar så det räcker ett tag.

Van Veeteren rätade på ryggen och såg ut genom fönstret igen.

– Det snöar ordentligt, sa han. Du ska ha tack i alla fall, ni gjorde vad ni kunde. Vi kanske kan hålla kontakten, jag vill åtminstone veta hur det går.

– Självfallet, sa Reinhart.

När han lämnade *kommissarien* kvar vid bordet, kände han för första gången på tjugo år att han ville gråta.

35

Onsdagskvällen och halva torsdagen tillbringade han i en gammal jugendvilla i Deijkstraakvarteren. Krantze hade köpt ett helt privatbibliotek från ett dödsbo; i runda tal var det fyra och ett halvt tusen volymer som skulle granskas, bedömas och packas i lådor. Som vanligt var det tre kategorier att ta hänsyn till: de böcker som var svårsålda och av tvivelaktigt värde (att avyttra till kilopris), de som kunde pryda sin plats på antikvariatet och eventuellt finna köpare någon gång i framtiden (inte mer än två-trehundra med tanke på utrymmesfrågan), samt de som han gärna ville se i sin egen bokhylla (högst fem, med tiden hade han lärt sig att omvandla moralfrågor till hela tydliga tal).

Det var ingen oangenäm syssla att gå omkring i detta gamla borgarhem (familjen hade varit jurister och hovrättsråd i flera generationer, om han läst genealogin rätt) och bläddra i gamla böcker. Det fick ta den tid det tog och Krantzes nedärvda gikt lade numera hinder i vägen för allt annat arbete än det han kunde utföra stillasittande. Eller liggande. Naturligtvis hade han dock först försäkrat sig om att det inte ingick några vetenskapsskrifter från sexton- och tidigt sjuttonhundratal i förvärvet, detta smala fält som på ålderns höst blivit hans verkliga (och enda, hade Van Veeteren tyvärr nödgats konstatera) livsluft.

När onsdagsarbetet var avklarat, åt han en luguber ensammiddag, såg en gammal De Sicafilm på kanal 4 och läste några timmar. För första gången sedan Erichs död kändes det att han kunde koncentrera sig på sådana saker; han visste inte om det hade med det senaste samtalet med Reinhart att göra. Kanske, kanske inte. Och i så fall, varför? Innan han somnade låg han en stund och rekapitulerade det dystra händelseförlopp som lett fram till att hans son blivit mördad. Och till att den här sjuksköterskan rönt samma öde.

Han försökte föreställa sig mördaren. Tänkte på att denne egentligen inte varit motorn i det hela. Verkade ha dragits in i en situation, snarare, ett alltmer uppskruvat och infernaliskt dilemma som han försökt lösa med alla till buds stående medel. Som dödat och dödat och dödat med ett slags desperat, perverterad logik.

Och som ändå till slut själv blivit offret.

Nej, det var som Reinhart sagt. Ingen vacker historia.

På natten drömde han om två saker.

Först om ett besök hos Erich när han satt i fängelset. Det var ingen särskilt händelserik dröm; han satt på stolen i Erichs rum, bara, Erich låg på sängen. En vakt kom in med en bricka. De drack kaffe och åt något slags mjuk kaka utan att säga någonting till varandra; egentligen var det ett minne i högre grad än en dröm. En minnesbild som kanske inte hade något att berätta utöver vad den föreställde. En far som besöker sin son i fängelset. En arketyp.

Han drömde också om G. Om fallet G, hans enda oupp-klarade utredning under alla dessa år. Inte heller här hände egentligen någonting. G satt i båset under rättegången i sin svarta kostym och betraktade honom ur djupet av sina mörka ögon. Över hans läppar spelade ett sardoniskt leende. Åklagaren gick fram och tillbaka över golvet och ställde frågor, men G svarade inte, satt bara och såg på Van Veeteren borta på åhörarläktaren med denna karaktäristiska blandning av förakt och spefullhet.

Han kände betydligt större olust över denna korta dröm-sekvens, men när han vaknade kunde han ändå inte avgöra i vilken ordning han drömt dem. Vilken som kommit först. Medan han åt frukost funderade han på om de kunde ha varit inklippta i varandra på något sätt, på filmmanér – Erich i fängelset och G i rättssalen – och vad det i så fall kunde ligga för budskap dolt i en sådan parallelldröm.

Något svar kom han inte fram till, kanske för att han inte ville ha något. Kanske för att där inte fanns något.

När packandet var klart på torsdagseftermiddagen och lådorna markerade, tog han sin egen bokkasse i bilen, åkte till simhallen i två timmar och återkom hem till Klagenburg vid sextiden. Det fanns två meddelanden på telefonsvararen som han fått i present av Ulrike. Det ena var från henne själv; hon tänkte komma till honom på fredagen med en flaska vin och en bit murkelpaté, påstod hon, och undrade om han kunde skaffa några smågurkor och annat tillbehör efter eget huvud och gottfinnande.

Det andra meddelandet var från Mahler, som förklarade att han tänkte ställa upp pjäserna nere på Sällskapet vid pass klockan nio.

I just det ögonblicket var *kommissarien* benägen att ge den automatiska telefonsvararens uppfinnare – vara vem det månde – ett halvt erkännande.

Det regnade när han kom ut på gatan, men luften kändes mild och han tog vägen över kyrkogården som han tänkt. Den första veckan efter Erichs begravning hade han besökt den varje dag, helst om kvällarna när mörkret lagt sin varsamma svepning över gravarna. Nu var det tre dagar sedan. Allt eftersom han närmade sig rätt plats saktade han in på stegen i något slags vördnad; det skedde utan att han behövde tänka på det, en automatisk, instinktivt kroppslig förståelse, bara. Det öppna fältet var tomt på människor den här tiden på dygnet, gravstenar och minnesvårdar stack upp som ännu svartare silhuetter ur det omgivande mörkret. Allt

294

som hördes var hans egna steg i gruset, duvor som kuttrade, bilar som accelererade långt borta i en annan värld. Han kom fram till graven. Blev stående och lyssnade, som vanligt, med händerna nerkörda i rockfickorna. I den mån det fanns några spröda budskap eller tecken att tolka den här tiden på dygnet, så var det genom hörseln de kunde uppfattas, det visste han.

De döda är äldre än de levande, tänkte han. Oavsett hur gamla de var när de gick över gränsen, har de gjort en erfarenhet som gör dem äldre än allt levande.

Till och med ett barn. Till och med en son.

I mörkret kunde han inte läsa på den lilla minnesplattan, som var uppsatt i väntan på stenen som Renate beställt. Plötsligt önskade han att det varit möjligt; han skulle ha velat se namnet och datumen och bestämde sig för att ändå gå hit i dagsljus nästa gång.

Medan han stod där upphörde regnet och efter tio minuter gav han sig iväg.

Lämnade sin son för den här gången med ett *Sov gott, Erich* på läpparna.

Om det är möjligt kommer jag till dig vad tiden lider.

Det var gott om folk i Sällskapets lokaler på Styckargränd. Mahler hade dock varit ute i tid och skaffat dem ett av de vanliga båsen med Dürerstick och gjutjärnskandelaber. Han satt och rev sig i skägget och skrev i en svart anteckningsbok när Van Veeteren anlände.

– Nya dikter, förklarade han och slog igen boken. Eller gamla tankar i nya ord, snarare. Mitt språk slutade transcendera min hjärna för tretti år sedan, förresten vet jag inte vad transcendera betyder längre… hur mår du?

– Som jag förtjänar, sa Van Veeteren och trängde sig in i båset. Ibland får jag för mig att jag kommer att överleva det här också.

295

Mahler nickade och plockade upp en cigarr ur bröstfickan på västen.

– Sådan är vår lott, sa han. Dom gudarna avskyr låter dom sträva längst. Parti?

Van Veeteren nickade och Mahler började ställa upp pjäserna.

Det första partiet tog femtifyra drag, sextifem minuter och tre öl. Van Veeteren accepterade remi trots att han hade en bondes övervikt, eftersom det var en kantbonde.

– Din son? sa Mahler efter att ha dragit sig i skägget en stund. Fick dom tag i den jäveln som gjorde det?

Van Veeteren tömde sitt glas innan han svarade.

– Antagligen, sa han. Fast det verkar som om Nemesis redan gjort sitt.

– Vad menar du?

– Han ligger nog nergrävd någonstans, efter vad jag fått höra. Utpressningshistoria. Erich var bara en bricka... inga smutsiga händer i alla fall, den här gången. Konstigt nog tröstar det mig en smula. Fast jag hade gärna velat se den där läkaren i ögonen.

– Läkaren? sa Mahler.

– Ja. Deras värv är att upprätthålla liv, men den här gick lite andra vägar. Släckte dom istället. Jag ska berätta hela historien för dig, men vi tar det en annan gång, om du inte misstycker. Behöver få det på lite mera distans först.

Mahler satt och funderade en stund, sedan ursäktade han sig och gick på toaletten. Van Veeteren passade på att rulla fem cigarretter medan han var borta. Det motsvarade visserligen hela hans utmätta dagskonsumtion, men den hade gått upp en del den senaste månaden.

Vad fan spelade det för roll, som sagt? Fem cigarretter eller tio?

Mahler återkom med två nya öl.

296

– Jag har ett förslag, sa han. Vi kör en Fischer.

– Fischer? sa Van Veeteren. Vad betyder det?

– Ja, du vet, det stora snillets sista bidrag till schackspelet, man radar upp bakre raden slumpmässigt... pjäs mot pjäs, naturligtvis. För att undvika dom här förbannade analyserna upp till tjugonde draget. Kungen mellan tornen, det är det enda villkoret.

– Jag känner till det där, sa Van Veeteren. Har läst om det. Till och med studerat ett parti, det såg inte klokt ut. Trodde aldrig jag skulle behöva prova för egen del, bara... analyserar du verkligen upp till tjugonde draget?

– Alltid, sa Mahler. Nå?

– Om du insisterar, sa Van Veeteren.

– Jag insisterar, sa Mahler. Skål på dig.

Han blundade och grävde i lådan.

– Linje?

– c, sa Van Veeteren.

Mahler placerade sitt vita torn på c1.

– Herregud, sa Van Veeteren och tittade på det.

De fortsatte med hela raden. Bara en av löparna hamnade i sin ursprungliga position; kungarna på e-linjen, damerna på g.

– Fint med hästen i hörnet, sa Mahler. Nu kör vi!

Han hoppade över sin vanliga inledningskoncentration och spelade e2-e3.

Van Veeteren lutade huvudet i händerna och stirrade på uppställningen. Satt så i två minuter utan att röra en muskel. Så slog han näven i bordet och reste sig.

– Satan! Jag ger mig tusan på... ursäkta mig en stund.

Han krånglade sig ut ur båset.

– Vad går det åt dig? sa Mahler, men han fick inget svar. *Kommissarien* hade redan knuffat sig fram till telefonen ute i entrén.

Samtalet med Reinhart tog nästan tjugo minuter och när han kom tillbaka hade Mahler plockat fram anteckningsboken igen.

– Sonetter, förklarade han och betraktade sin cigarr som slocknat. Orden och formen! Vi ser världen alldeles klart när vi är fjorton år, kanske tidigare ändå. Sedan behöver vi femti år för att skaffa ett språk att sätta på de där intrycken. Under tiden hinner de förstås falna... vad i helvete tog det åt dig?

– Du får ursäkta, upprepade Van Veeteren. Ibland får man en blixt även på ålderns höst. Det måste ha varit den här förbannade uppställningen som lockade fram den.

Han gjorde en gest över brädet. Mahler kisade på honom över sina gamla halvglas.

– Du talar i gåtor, sa han.

Upplysningstiden var dock ännu inte inne. Van Veeteren tog en klunk öl, flyttade ut springaren ur hörnet och tände en cigarrett.

– Poetens drag, konstaterade han.

VI

36

Kommissarie Reinhart anlände till John F Kennedyflygplatsen klockan 14.30 fredagen den 18 december. Han möttes av Chief Lieutenant Bloomguard, som han talat i telefon med och utväxlat ett halvdussin fax med det senaste dygnet.

Bloomguard var i trettifemårsåldern, en undersätsig, kortstubbad, energisk man som bara genom sitt handslag tycktes söka förmedla hela den amerikanska kulturens överdåd av generositet, öppenhet och värme. Inte utan framgång. Reinhart hade redan tackat nej till erbjudandet att bo i hans hem i Queens under sin New Yorkvistelse, men fick tillfälle att göra det några gånger till i bilen på väg in mot och upp igenom ett allt trafiktätare Manhattan.

Han checkade in på Trump Tower vid Columbus Circle. Bloomguard gav honom en dunk i ryggen och tre timmar för att duscha av sig resdammet. Sedan skulle han stå utanför entrén redo att forslas ut till Queens för en ordentlig middag i familjemiljö. Fattades bara.

När Reinhart blivit ensam ställde han sig i fönstret och tittade ut. Tjugofjärde våningen med utsikt norrut och österut över Manhattan. I synnerhet Central Park, som bredde ut sig som ett frostigt miniatyrlandskap snett nedanför honom. Skymningen höll på att sänka sig men ännu var skylinen grå och outtalad. I väntan på natten verkade skyskraporna vila i en anonymitet som knappast kunde tillskrivas Reinharts egen okunnighet om deras olika namn och funktioner. I varje fall inte helt och hållet, intalade han sig. Met-

301

ropolitan och Guggenheims borta på femte avenyn på andra sidan parken kunde han identifiera, sedan blev det osäkrare. Hursomhelst såg det föga gästvänligt ut. Fientligt, snarare. Temperaturen låg någon grad under noll, hade Bloomguard sagt, och det skulle bli kallare under natten. Ännu ingen snö det här året, men man kunde kanske hoppas.

Det var femton år sedan Reinhart var i New York förra gången. Enda gången också, för övrigt. Då hade det varit en semestertripp i augusti månad. Hett som i en bakugn; han mindes att han druckit fyra liter vatten om dagen och att han fått ont i fötterna. Mindes också att han tyckt bäst om strandpromenaden och förfallet ute vid Coney Island. Samt Barnes&Noble förstås, särskilt byggnaden på 8:e gatan. Världens bästa bokhandel, som hade öppet dygnet runt i stort sett och tillät hur mycket friläsning som helst i cafeterian.

Då hade det varit nöje. Han suckade och lämnade fönstret. Nu gällde det tjänsten. Han började med att duscha, sova en timme och duscha igen.

Lieutenant Bloomguard var gift med en kvinna som hette Veronique och som gjorde sitt bästa för att se ut som Jacqueline Kennedy.

Inte utan framgång. De hade en dotter som var två veckor äldre än Reinharts Joanna och de bodde i ett lågt hacienda-inspirerat hus, som låg i nordvästra Queens och som såg ut precis som han föreställt sig att ett amerikanskt medelklasshem borde se ut. Under middagen berättade hans värd (med ett och annat inslag från värdinnan) valda delar ur familjehistorien. Hans far, som för övrigt krigat i både Afrika och Korea och erhållit halvdussinet medaljer samt en ben-protes för sina insatser, hade just gått igenom en tredubbel bypass-operation och såg ut att klara sig. Veronique hade just fyllt tretti vårar och kom ursprungligen från Montana, där de också alltid brukade tillbringa längre ledigheter och

302

njuta av den klara bergsluften. Bloomguards yngre syster hade blivit våldtagen ute i Far Rockaway för lite mer än två år sedan, men hade äntligen hittat en terapeut som verkade kunna få henne på fötter och man hade övergått till dekoffeinerat kaffe, men funderade på att gå tillbaka till vanligt. Etcetera. Reinhart bidrog med en motsvarande tiondel ur sitt lidandes historia, och när man var framme vid glassen insåg han att han visste mer om Lieutenant Bloomguard och dennes familj än han visste om någon av sina kolleger vid Maardamskriminalen.

När Veronique efter väl förrättat värv drog sig tillbaka med Quincey (som Reinhart alltid haft för sig var ett pojknamn), slog sig herrar kriminalpoliser ner framför brasan med varsin konjak och satte igång att diskutera allvar.

Klockan halv elva började Reinhart känna av tidsomställningen. Bloomguard skrattade och dunkade honom kamratligt i ryggen igen. Stoppade honom i en taxi och skickade iväg honom tillbaka in till Manhattan.

Frånsett att han varit tvungen att stå ute på terrassen och röka tyckte Reinhart att det varit en ganska uthärdlig kväll.

Han skulle förmodligen ha somnat redan i taxin, om inte chauffören varit en jättelik, sjungande puertorican (Reinhart hade alltid haft för sig att puertoricaner var små), som envisades med att använda solglasögon trots att det var mitt i natten. Reinhart mindes en replik ur en film – "Are you blind or just stupid?" – men trots att han satt och tuggade på den under hela färden, vågade han aldrig framföra den.

Uppe på rummet ringde han till Winnifred och fick reda på att klockan var kvart i sex på morgonen i Europa. Han fick av sig kläderna, kröp ner i sängen och somnade.

Det var fem dagar kvar till julafton.

Det var också Lieutenant Bloomguard som personligen körde honom ut till Brooklyn på lördagsmorgonen. De svängde av från 5:e avenyn efter Sunset Park och parkerade ett stycke upp på 44:e gatan. Bara ett par hus från det aktuella som låg i hörnet uppe vid 6:e avenyn. En smutsbrun tegelkåk i tre smala våningar och mörka fönster som inte skilde sig ett vitten från alla andra kåkar i området. En kort trappa upp till porten, ett par trötta sopsäckar på trottoaren utanför.

Latinos och ortodoxa judar, hade Bloomguard förklarat. Och polacker. Det är dom vanligaste sorterna härute, judarna lite högre upp i och för sig. Runt 10:e och 11:e.

De satt kvar i bilen en stund och Reinhart försökte på nytt inskärpa hur delikat den första påhälsningen var. Hur förbannat delikat. Bloomguard fattade vinken.

– Jag stannar i bilen, sa han. Du får gå in själv, jag har så svårt att hålla klaffen.

Reinhart nickade och klev ur. Kastade en blick över parken; det öppna, sluttande gräsfältet och de gråvita, låga friluftsbyggnaderna i mitten. Någonting som såg ut som en simhall. Det var knappast något turistställe, hade Bloomguard sagt. Knappast något ställe för hederligt folk heller. Åtminstone inte på natten. Efter mörkrets inbrott bytte Sunset Park namn till Gunshot Park. Åtminstone i folkmun.

För tillfället såg det nog så fredligt ut. En joggare stretade uppför en asfalterad gångstig, några uppenbart sysslolösa herrar i yllemössor satt på en bänk och bollade en flaska i en papperspåse mellan sig. Två tjocka kvinnor drog en barnvagn och samtalade med stora gester. Ett av de kala träden utefter gatan var fullbehängt med skor, ett motiv som Reinhart mindes från ett vykort han fått någon gång. Oklart från vem.

Det var kallt i luften. En isig vind svepte upp nerifrån Hudson River, det kändes att snön inte var långt borta. Utsikten var magnifik. Norrut syntes Manhattans skyline mot en stålgrå himmel, lite mer västerut hela hamninloppet med Frihetsgudinnan och Staten Island. Det var hit dom kom,

304

tänkte Reinhart. Det var det här som blev Den nya världen.

Han gick förbi tre hus och fyra bilar; stora, lätt rostangripna vägpråmar, och kom upp till nummer 602. Siffrorna indikerade positionen. Andra huset mellan 6:e och 7:e avenyn, han hade läst på. Klev uppför åtta trappsteg och ringde på klockan. En hund började skälla.

Delikat, tänkte han på nytt. Förbannat delikat.

Dörren öppnades av en gosse i nedre tonåren med glasögon och utstående tänder. Han höll en smörgås med choklad på i handen.

– Jag söker Mrs Ponczak, sa Reinhart.

Gossen ropade inåt huset och efter en stund kom en kraftig kvinna stånkande nerför trappan och hälsade.

– Det är jag, sa hon. Jag är Elizabeth Ponczak. Vad gäller saken?

Reinhart förklarade vem han var och blev inviterad in i köket. Vardagsrummet var upptaget av gossen och en teveapparat. De slog sig ner vid ett smalt spräckligt laminatbord och Reinhart började redogöra för sitt ärende, så som han bestämt sig för att framlägga det. På engelska, varför visste han inte.

Det tog några minuter och hela tiden satt kvinnan mittemot honom och klappade en gulgrå katt som hoppat upp i hennes knä. Den skällande hunden hörde uppenbarligen hemma i grannhuset, då och då kunde han höra den yla eller gläfsa över någonting.

– Jag förstår inte vad ni säger, sa hon när han var klar. Varför skulle han söka upp mig? Vi har inte haft någon kontakt på femton år. Jag är ledsen, men jag kan inte hjälpa er ett dyft.

Hennes engelska var sämre än hans egen, noterade han. Kanske talade hon polska med Mr Ponczak, om det nu fortfarande fanns någon sådan i närheten. Verkade inte vara hemma för tillfället i varje fall.

Jaha, tänkte Reinhart. Det var det.

För egen del hade han inte talat sanning. Hade hon gjort det?

Han kunde inte bedöma det. Medan han satt och fabulerade hade han givit noga akt på hennes reaktioner, men inte sett några tecken på att hon dolde eller misstänkte något.

Om hon bara inte varit så flegmatisk, konstaterade han irriterat. Sådana här tjocka, tröga människor hade aldrig några problem när dom ville dölja någonting. Han hade tänkt på det förr. Behövde bara sitta och glo tomt rakt ut i luften, precis som de alltid gjorde.

När han kom ut på gatan visste han att det var en orättvis generalisering. Orättvis och otillbörlig. Men vad fan, han hade ju bara haft ett enda trumfkort med sig över Atlanten. Ett ynka trumfkort, han hade spelat ut det och inte inhöstat ett dugg.

Han traskade ner till Bloomguard och bilen.

– Hur gick det? sa Bloomguard.

– Nada, sa Reinhart. Tyvärr.

Han sjönk ner på passagerarplatsen.

– Kan vi åka nånstans och dricka kaffe? Med koffein.

– Visst, sa Bloomguard och startade bilen. Plan B?

– Plan B, suckade Reinhart. Fyra dagar som vi sa, sedan skiter vi i det. Jag tar så mycket tid jag orkar. Och det är säkert att du kan ställa folk till förfogande?

– Självklart, sa Bloomguard entusiastiskt. Inte behöver du sitta här själv och spana. Vi har en del resurser i den här byn, det blåser liksom lite andra vindar än för femton år sedan. Nolltolerans, jag var lite skeptisk i början, det erkänner jag, men faktum är att det fungerar.

– Jag har hört sägas det, sa Reinhart. Men jag vill ändå inte känna mig som en turist. Dessutom måste vi köra dygnet runt, annars är det ingen idé.

Bloomguard nickade.

– Du har en bil för eget bruk, sa han. Vi åker in och gör upp ett schema, så får du pricka för dom tider du vill ta. Sedan sköter jag resten. Okej, compadre?

– No problem, sa Reinhart.

I själva verket sköt han upp sitt första pass till på söndagen. Bloomguard såg till att det fanns en bil med två civilpoliser på plats i hörnet av 44:e gatan och 6:e avenyn ute i Brooklyn från klockan fyra på lördagen. Reinhart tillbringade eftermiddagen och kvällen med att ströva omkring på nedre Manhattan. Soho. Little Italy. Greenwich Village och Chinatown. Till slut hamnade han på Barnes&Noble. Det var liksom oundvikligt. Satt och läste. Drack kaffe och åt brownies och lyssnade på poesiuppläsningar. Köpte fem böcker. Klockan var halv tio när han gick därifrån och lyckades ta rätt tunnelbanetåg upp till Columbus Circle. När han kom ut från underjorden hade det börjat snöa.

Undrar vad jag gör här? tänkte han. Det finns över sju miljoner människor i den här stan. Hur kan jag inbilla mig att jag någonsin ska hitta rätt? Måste vara större chans att jag går vilse och försvinner än att jag upptäcker nånting.

Medan han åkte upp i hissen erinrade ha sig att det faktiskt var *kommissarien* som övertygat honom om att han skulle lyckas i uppsåtet, men det kändes som en ganska klen tröst. Åtminstone för tillfället och i lördagskvällens ensamhet.

När han ringde och väckte Winnifred för andra natten i rad, berättade hon att det snöade i Maardam också.

37

Moreno träffade Marianne Kodesca under en lunchtimme på Rote Moor. Enligt inspektör Rooth var Rote Moor ett utpräglat ställe för kvinnor mellan trettifyraochetthalvt och fyrtisex, som levde på morötter och groddar, läste Athena och hade kastat en eller ett par karlar på soptippen. Moreno hade aldrig satt sin fot där och var rätt säker på att inte Rooth gjort det heller.

Fru Kodesca (omgift sedan ett år med en arkitekt) hade bara fyrtifem minuter. Hade ett viktigt sammanträde. Hade ingenting att säga om sin före detta man.

Hade förklarat detta redan på telefon.

De åt Sallad della Piranesi, drack mineralvatten med en touch av lime och hade god utsikt över Salutorget, som låg snötäckt för första gången på Moreno visste inte när.

– Pieter Clausen? öppnade hon när hon ansåg att preludierna var överstökade. Kan ni berätta lite om honom? Vi behöver få ett tydligare psykologiskt porträtt, så att säga.

– Har han gjort nånting? frågade Marianne Kodesca med ögonbrynen uppe i hårfästet. Varför är han efterlyst? Ni måste faktiskt förklara det här.

Hon rättade till den roströda schalen så att etiketten kom lite bättre i blickfånget.

– Det är inte alldeles klarlagt, sa Moreno.

– Inte? Ni vet väl varför ni efterlyst honom?

– Han är försvunnen.

– Har det hänt honom nånting?

Moreno la ner besticken och torkade sig om munnen med servetten.

– Vi har vissa misstankar mot honom.

– Misstankar?

– Ja.

– Om vad?

– Jag kan inte gå in på det. Ni får ursäkta.

– Han har aldrig visat några sådana tendenser.

– Vad då för tendenser?

– Kriminella. Det är väl det ni sitter och säger?

– Umgås ni fortfarande någonting? sa Moreno.

Marianne Kodesca lutade sig tillbaka och betraktade Moreno med ett leende som verkade ristat med passare i en kylskåpsdörr. Hon har nog tandvärk, tänkte Moreno. Jag tycker inte om henne. Måste skärpa mig så jag inte säger nånting dumt.

– Nej. Vi umgås inte.

– När såg ni honom senast?

– Såg?

– Träffade, då. Bytte ord... vad ni vill.

Fru Kodesca drog in en kubikmeter luft genom näsborrarna och funderade.

– Augusti, sa hon och blåste ut luften. Har inte sett honom sedan i augusti.

Moreno antecknade. Inte för att det behövdes, bara för att vilseleda sina aggressioner.

– Hur skulle ni vilja beskriva honom?

– Jag skulle inte vilja beskriva honom. Vad är ni ute efter?

– En lite fylligare bild, bara, upprepade Moreno. Lite allmänna karaktärsdrag och så.

– Som vad då, till exempel?

– Som om det kunde hända att han blev våldsam, till exempel.

309

– Våldsam?

Hon fiskade upp ordet på långrev från en annan samhälls-
klass.

– Ja. Slog han er någon gång?

– Slog?

Samma långrev.

– Vill ni hellre komma till polishuset och klara av det här
samtalet, så går det alldeles utmärkt, förklarade Moreno
vänligt. Det kanske inte är riktigt rätt miljö, det här?

– Hnn, sa Marianne Kodesca. Ursäkta, jag blev förstum-
mad, bara. Vad tar ni oss för? Jag kan tänka mig att Pieter
blivit utsatt för någonting, men att han själv skulle utöva...
nej, det är uteslutet. Fullkomligt uteslutet, det kan ni skriva
upp i er lilla bok. Var det någonting annat?

– Känner ni till om han haft några nya förhållanden sedan
ni skildes?

– Nej, svarade Marianne Kodesca och såg ut genom fönst-
ret. Den avdelningen är inte mitt huvudbry längre.

– Jag förstår, sa Moreno. Och ni har alltså ingen aning om
vart han kan ha tagit vägen? Det är tio dagar sedan han för-
svann... han har inte hört av sig till er eller så?

En ogillande rynka slog ut mellan fru Kodescas högra näs-
vinge och munvinkel och gjorde henne fem år äldre i ett
slag.

– Jag har ju förklarat att vi inte har minsta samröre med
varandra längre. Har ni svårt att fatta?

Ja, tänkte Moreno. Jag har svårt att fatta hur du lyckades
bli gift en gång till.

Fast kanske hade hon inte sett Marianne Kodesca från
hennes allra bästa sida.

En halvtimme senare träffade hon Jung på sitt rum i polis-
huset.

– Liz Vrongel, sa Jung. Putz weg.

– Hon också? sa Moreno.

Jung nickade.

– Fast för tjugo år sedan. Hon var gift med Keller i ett år... tio månader, om man vill vara petig... sedan skildes dom och hon flyttade till Stamberg. Förvirrad stackare, tydligen. Deltog i alla möjliga proteströrelser; blev sparkad ur Greenpeace sedan hon bitit en polis i ansiktet. Var med i några sekter och åkte antagligen till Kalifornien i början av åttiotalet. Därefter upphör spåren. Jag vet inte om det är någon större poäng med att leta efter henne.

Moreno suckade.

– Förmodligen inte, sa hon. Vi kan nog börja inrikta oss på julfirande istället och hoppas att Reinhart kommer hem med nånting från New York.

– Bedömer du det som troligt? sa Jung.

– Inte särskilt, sa Moreno. Om man skall vara ärlig.

– Hurdan var ex-fru Clausen, då?

Moreno funderade hastigt på hur hon skulle uttrycka saken.

– Annan typ än ex-fru Keller i varje fall, sa hon. Borgarklassens diskreta fascism, ungefär. Inte så diskret heller, förresten, när jag tänker närmare efter. Men hon hade ingenting att komma med och jag tror inte jag har lust att prata med henne en gång till.

– Rich bitch? sa Jung.

– Ungefär, sa Moreno.

Jung såg på klockan.

– Jaha ja, sa han. Kan vi inte unna oss att gå hem nu? Maureen har börjat tala om att jag borde byta jobb. Det är nästan så man vill hålla med henne.

– Vad skulle du bli i så fall? frågade Moreno.

– Vet inte så noga, sa Jung och drog sig eftertänksamt i underläppen. Biografvaktmästare låter trevligt.

– Biografvaktmästare?

311

– Ja. Såna där som visar in folk med en liten ficklampa
och säljer godis i pauserna.
– Dom finns inte längre, sa Moreno.
– Synd, sa Jung.

Kommissarie Reinhart körde på egen hand ut till 44:e gatan
i Brooklyn på söndagsmorgonen. Han kom ganska precis en
halvtimme för sent; nattpasset hade just gått av, men det
bruna huset med nummer 602 ovanför porten stod ändå
inte obevakat. Bloomguard hade bestämt sig för en extrabil
förutom Reinharts – med tanke på den europeiske kollegans
kännedom om staden var det kanske lika bra.

Han parkerade mellan 554 och 556, där det fanns en
lucka, klev in i bilen på andra sidan gatan – en tretti meter
lång Oldsmobile – och hälsade.

Sergeant Pavarotti var liten och tunn och såg olycklig ut.
Reinhart visste inte om det berodde på namnet eller om det
låg andra omständigheter bakom.

Att behöva sitta en hel söndag i en gammal bil ute i
Brooklyn, till exempel.

– Har funderat på att byta många gånger, förklarade Pava-
rotti. Ibland kommer jag i situationer där jag fan så mycket
hellre skulle ha hetat Mussolini. Jag sjunger sämre än en ås-
na. Hur är läget i Europa, då?

Reinhart förklarade att det var som det var och frågade
om Pavarotti hade några intressen.

Baseball och actionfilmer, visade det sig. Reinhart satt
kvar i fem minuter, sedan gick han tillbaka till sin egen bil.
Han hade frågat Bloomguard om det inte skulle verka miss-
tänkt att sitta bakom ratten i en bil timme efter timme, men
Bloomguard hade bara kostat på sig ett luttrat leende och
skakat på huvudet.

– Dom tittar inte ut genom fönstren i kåkarna därute,
hade han förklarat. Dessutom sitter det alltid ensamma män

312

i sina bilar, gå en runda så får du se.

Lite senare tog Reinhart en promenad runt det lång-sträckta kvarteret och kunde konstatera att det verkligen stämde. Överdimensionerade bilar stod parkerade på båda sidor av gatorna och i var femte eller sjätte satt en man och tuggade tuggummi eller rökte. Eller grävde i en chipspåse. De flesta hade mörka glasögon, trots att solen verkade av-lägsnare än medeltiden. Vad är det frågan om? tänkte Rein-hart.

Det var kallt i luften dessutom, säkert flera grader under noll och samma ogästvänliga vind som under gårdagen drog upp nerifrån floden.

Jag förstår inte det här samhället, insåg Reinhart. Vad fan sysslar folk med? Vad har dom för livslögner som vi inte upptäckt än?

Han sa åt Pavarotti att åka och fika en timme; Pavarotti såg ut att tveka om huruvida han hade rätt att ta emot en sådan order av den här tvivelaktige kommissarien, men till slut gav han sig iväg.

Reinhart tog sig över den låga stenmuren som omgärdade Sunset Park och gick och satte sig på en bänk. Det var lika god utsikt mot 602:an härifrån som inifrån bilen, och han trodde inte det fanns någon risk att fru Ponczak skulle känna igen honom. I yllemössa, lång halsduk och gammal militär-parkas såg han ut som vilken lodis som helst, inbillade han sig; en av dessa vinddrivna existenser som inte ens hade råd med en bil att sitta och vänta på döden i.

Klockan var tio minuter i elva när fru Ponczak kom ut. Pavarotti hade inte återvänt, trots att det var över en timme sedan han gav sig iväg. Reinhart överlade hastigt med sig själv, bestämde sig sedan för att följa efter kvinnan.

Hon gick ner till 5:e avenyn och tog av till vänster. Lätt vaggande och med en viss hälta, såg det ut som. För ett ögonblick trodde han att hon skulle till tunnelbanan vid

313

45:e gatan... han behövde dock aldrig ta ställning till hur han skulle ha betett sig i en sådan situation, eftersom hon klev in i mini-marketen på hörnet istället. Reinhart gick förbi och ställde sig på andra sidan gatan. Började stoppa pipan med fingrar viga som istappar.

Efter fem minuter kom hon ut med en plastkasse i vardera handen. Började återvända längs 5:e avenyn samma väg hon kommit. Vek upp på 44:e gatan igen och var hemma i 602:an en minut senare.

Reinhart satte sig i bilen. Jaha, tänkte han. Dagens dramatiska höjdpunkt, antagligen. *Mrs Ponczak goes shopping*. Lät som en engelsk diskbänksfilm.

Hursomhelst var det en riktig prognos, skulle det visa sig. Varken fru Ponczak eller hennes tröge son brydde sig om att gå ut mer denna iskalla, blåsiga decembersöndag, och varför skulle de ha gjort det? Det fanns ju teve, till exempel. Någon eventuell herr Ponczak sågs inte till, och Reinhart gissade att om han överhuvudtaget existerade, så låg han i lä inåt gården och läste tidningen eller sov ruset av sig. Det skulle han själv ha gjort om han varit herr Ponczak.

För egen del växlade han mellan att vanka omkring i Sunset Park, halvligga i sin bil och sitta bredvid den dystre Pavarotti. Han tog också upp frågan om hur de skulle förhålla sig i fortsättningen om spaningsobjektet på nytt lämnade sitt hus. Pavarotti menade att det var huset som var spaningsobjektet och inte dess innehavarinna, det hade Bloomguard givit order om. Uttryckliga order. För att undvika onödig missämja ringde Reinhart upp Bloomguard i hans hem i Queens och fick honom att utfärda nya instruktioner. För den händelse objektet Ponczak (Mrs) på nytt började förflytta sig från objektet Ponczak (House), var det Pavarottis sak att skugga det förstnämnda. Reinhart skulle under alla förhållanden stanna kvar i det aktuella gathörnet, eftersom han inte bedömdes hundraprocentigt lämpad för förföljelseuppdrag i en stad med sju miljoner invånare där han kände till namnet på sex personer, två parker och fem byggnader.

Vid tvåtiden åkte Pavarotti och inhandlade varsin skokartong junk food åt dem, klockan fyra hade Reinhart läst ut den första av de böcker han köpt på Barnes&Noble – *Sun Dogs* av Robert Olen Butler – och precis 18.00 blev de avlösta av nattspanarna.

I övrigt hände ingenting, vare sig i hus nummer 602 eller däromkring.

Om jag inte blir påkörd eller rånad på vägen tillbaka till hotellet, tänkte Reinhart, så kan man nog påstå att det varit en lugn söndag.

Han blev varken det ena eller det andra. När han badat upp kroppstemperaturen till någotsånär normal nivå, ringde Bloomguard och bjöd över honom på en liten matbit, men han tackade nej. Gick en lång och mörk vandring i Central Park istället (ånyo utan att bli vare sig attackerad eller överkörd), åt middag på en italiensk restaurang på 49:e gatan och återvände till hotellet och nästa bok vid elvatiden.

Har nog aldrig följt en tunnare tråd än den här, tänkte han. Tre dagar kvar. Bortkastade som rosor på en get. Vore det inte för *kommissarien* och hans förbannade intuition, så…

Han satte klockan på 02.15 och när den ringde hade han sovit i en och en halv timme. Det tog en stund innan han visste vad han hette, var han befann sig och varför. Och varför han blivit väckt.

Sedan ringde han tvärs över Atlanten och fick sin dotters morgonpigga röst i örat.

38

Måndagen blev lite händelserikare än söndagen varit.

Men bara en smula. Reinhart hade inte mer än kommit på plats vid Sunset Park, förrän såväl mor som son Ponczak kom ut på gatan. Pavarotti var för dagen utbytt mot en betydligt mer optimistisk Sergeant Baxter, som såg ut som en lyckad korsning mellan en bulldog och en ung Robert Redford, och efter en kort överläggning gled denne ur bilen och började följa efter Mrs Ponczak ner mot 5:e avenyn. Sonen begav sig åt rakt motsatt håll, österut upp mot 7:e, men Reinhart bedömde honom som mindre intressant (man gick väl i skolan i det här landet också, tänkte han) och stannade kvar i Baxters bil.

Det gick en timme och tio minuter innan något hände. Det var Baxter som ringde från ett varuhus nere på Pacific (fortfarande Brooklyn) och förklarade att han satt och drack kaffe (med koffein) på en cafeteria som låg mittemot den bodyshop där Mrs Ponczak av allt att döma arbetade. Åtminstone den här dagen.

Eftersom 602:an verkade övergivet (Mr Ponczaks existens verkade bli allt osannolikare för varje timme som gick) bestämde Reinhart att Baxter lika gärna kunde sitta kvar och dricka kaffe och bevaka det rörliga objektet, medan han själv tog hand om det något mindre rörliga huset vid Sunset Park.

Herregud, tänkte han när han kopplat bort Baxter. Var det sådant här jag sysslade med för tjugofem år sedan?

Klockan halv ett hade han läst sjutti sidor i James Ellroys *My Dark Places* och på nytt börjat undra vad det var för ett land han kommit till. Klockan ett lämnade han bilen under några minuter för att gå och proviantera vid mini-marketen i hörnet av 6:e och 45:e. Köpte bananer, en flaska mineralvatten, en chokladkaka och några bagels; tydligen fanns det en mini-market i vartannat gathörn, det var bara att välja. När han gick tillbaka till bilen märkte han att det var lite mildare i luften, och en kvart senare började det regna. Han plöjde vidare i Ellroys morbida värld och talade med både Baxter och Bloomguard på telefon ett par gånger. Klockan halv fyra kom Ponczak jr hem i sällskap med en rödhårig skolkamrat och en halvtimme senare blev Reinhart avlöst.

Måndag, tänkte han på väg in mot Manhattan. Två dygn kvar. Vad fan gör jag här?

Trots att den smutsiga skymningen redan hängde i luften tog han färjan över till Staten Island. Lyckades komma med rätt buss till Snugg's Harbor också, där han sedan vandrade omkring en timme bland förmultnande löv – det var samma plats som han vandrat på tillsammans med en ung kvinna för femton år sedan; det var därför han gjorde det nu också, men det kändes inte likadant. Då hade det varit tretti grader varmt och löven hade hängt på träden.

Hon hade hetat Rachel, hette väl fortfarande förhoppningsvis, och han mindes att han älskat henne passionerat i fyra dagar. Med både hjärna, hjärta och kön. Den femte dagen hade hjärnan (kanske hjärtat också, förresten) lämnat veto, och efter den sjätte hade de gått skilda vägar.

Kvällen tillbringade han tillsammans med Bloomguard på en asiatisk restaurang på Canal Street. Bloomguard hade gärna velat ta med honom upp till 1 Police Plaza också, för att förevisa de senaste tekniska landvinningarna när det gällde brottsbekämpning (elektroniska avlyssningsanordningar,

317

laser-sweepers etcetera), men Reinhart avböjde så artigt han kunde.

Han var tillbaka på hotellet vid tolvtiden. Winnifred hade skickat ett fax med konturerna av Joannas båda händer och ett meddelande om att de disponerade professor Gentz-Hilliers hus i Limbuijs i fjorton dagar från och med den 27:e. Han sköt in faxet under kudden och somnade utan att ha ringt hem.

När han kom till Sunset Park på tisdagsmorgonen, förstod han först inte det som Sergeant Pavarotti sa åt honom.

– Knullaren är därinne.

– Va? sa Reinhart.

– Där. Den jäveln. Därinne i huset.

Han tecknade över axeln.

– Vem?

– Den där karln du är ute efter, förstås. Vad fan tror du vi sitter här för egentligen?

– Vad i helvete säger du? sa Reinhart. Vad... jag menar vad har du gjort? Hur vet du att han är därinne?

– Därför att jag såg honom gå in förstås. En kvart sen. Han kom nerifrån 5:e... kom antagligen med R-tåget till 45:e. Han knallade förbi mig, gick uppför trappan och ringde på och... ja, så kom hon och släppte in honom. Grabben hade gått till skolan fem minuter innan, bara. Dom är därinne, som sagt.

– Jesusfuckingchrist, sa Reinhart för att visa att han förstått hur landet låg. Vad har du vidtagit för åtgärder?

– Enligt order, förstås, fnös Pavarotti. Ringt Bloomguard. Han är på väg hit med ett gäng. Borde vara här vilken minut som helst.

Reinhart kände sig som om han plötsligt vaknat upp ur en tre dagar lång dvala.

– Bra, sa han. Förbannat bra.

318

– Det blir en enkel operation, konstaterade Bloomguard, men vi får inte ta några risker. Två man går runt till baksidan. Två täcker gatan och fönstren på framsidan. Två går och ringer på... jag själv och Commissioner Reinhart. Det finns ingen anledning att tro att han är beväpnad, men vi kör som vanligt ändå.

Som vanligt? tänkte Reinhart.

Två minuter senare var styrkorna på plats. Pavarotti stannade i bilen med telefonen i ena handen och sitt vapen i den andra. På Bloomguards tecken gick Reinhart uppför de åtta trappstegen och ringde på. Bloomguard följde på tolv centimeters avstånd. Dörren öppnades av Mrs Ponczak.

– Ja? sa hon förvånat.

På tre sekunder var fyra man inne i huset. Sergeanterna Stiffle och Johnson tog övervåningen, Bloomguard och Reinhart stormade in i vardagsrummet och i köket på nedre botten.

Det var i köket han satt.

När Reinhart fick syn på honom hade han just vridit sig ett halvt varv på stolen och upptäckt de två stöddiga poliserna som stod ute på köksterrassen och pekade på honom med var sin 7,6 millimeters Walther. Bloomguard stod skuldra mot skuldra med Reinhart och pekade han också.

Reinhart stoppade ner sitt vapen i hölstret och harklade sig.

– Doktor Clausen, sa han. Jag har det tvivelaktiga nöjet att anhålla er för morden på Erich Van Veeteren och Vera Miller. Ni har rätt att tiga, men allt ni säger kommer att kunna användas emot er.

Han sjönk ihop lite, men inte mycket. Ställde ifrån sig kaffemuggen som han hållit i handen. Tittade rakt på Reinhart utan att röra en min. Det mörka ansiktet såg härjat ut; ett par dagars skäggstubb och ringar under ögonen. Dåligt med sömn antagligen, tänkte Reinhart. Undra på det.

Men där fanns ett annat drag också, som såg alldeles färskt ut, noterade han. Som om det landat i ansiktet bara för en kort stund sedan. Ett drag av avslappning.

Det var väl så det var. Kanske var det så han kände, äntligen.

– Keller, sa han med svag röst, inte mer än en viskning. Ni glömmer Keller. Jag dödade honom också.

– Vi misstänkte det, sa Reinhart.

– Jag är ledsen.

Reinhart svarade inte.

– Jag är ledsen över alltihop, men jag är glad att jag dödade Keller.

Reinhart nickade.

– Vi tar resten på stationen. För ut honom.

Mrs Ponczak hade inte yttrat ett ord sedan de stormade in, och hon sa inte ett ord när de förde bort hennes bror. Reinhart passerade henne i tamburen som siste man; han stannade upp ett ögonblick och letade efter någonting att säga.

– Ursäkta intrånget, var det enda han kom på. Vi hör av oss.

Hon nickade och sköt igen dörren efter honom.

Han förhörde Pieter Clausen i tre timmar i ett ljusblått rum på 22:a polisdistriktets station. Spelade in alltihop på band, men utskriften och undertecknandet fick anstå med tanke på språkfrågan. När han var klar lämnade han Clausen under betryggande bevakning i cellen, gick in i Bloomguards rum och ringde till Maardam. Efter en stund hade han Moreno på tråden.

– Kommer med honom imorgon kväll, förklarade han. Han har erkänt alltihop, jag tror han tycker det är skönt att det är över.

– Hur gick det till med Keller? frågade Moreno.

320

Reinhart drog ett djupt andetag och började förklara.

– Han dödade honom. Hade listat ut vem han var... stod i bakhåll och slog ihjäl honom, helt enkelt. Samma metod som när det gällde Erich och Vera Miller i stort sett. Alldeles utanför hemmet i Boorkhejm också, mitt i bostadsområdet, men det var sent på natten och ingen såg nånting... precis när Keller skulle åka iväg för att hämta pengarna. Ja, om det är nånting han inte ångrar, så är det att han tog kål på Keller. Han påstår att Keller nog visste om att han kommit honom på spåren också, han var beväpnad med en stor kniv den där kvällen. Men Clausen var snabbare, alltså. Tja, sedan tog han honom i bilen, körde ut mot Linzhuisen och begravde honom i ett skogsområde. Jag har fått en beskrivning, men han kanske kan ligga ett par dagar till.

– Säkert, sa Moreno. Tjälen håller honom nog i schack. Det börjar bli vinter häröver. Hur bar han sig åt med rollbytet?

– Rätt enkelt, faktiskt. Innan han grävde ner honom hade han lagt beslag på hans nycklar och plånbok. Åkte tillbaka till Boorkhejm, tog sig in i Kellers lägenhet och... ja, snodde hans identitet, kan man väl säga. Dom var rätt lika, det var ju det *kommissarien* upptäckte, och vem tusan ser ut som sitt passfoto? På fredagen ringde han och skaffade biljett till New York, tog scootern vid lunchtid ungefär, och åkte ut till Sechshafen. Bodde en natt på ett av flyghotellen och så flög han hit. Inga problem med passkontrollen... två månaders automatiskt turistvisum och vit hudfärg löser alla problem, skulle jag tro. Checkade in på det där hotellet på Lower East, ja, det känner du ju till; men flyttade efter första natten. Hyrde en liten lägenhet bland ryssarna ute i Coney Island. Såg en annons i ett skyltfönster, bara. Förstår inte varför han inte skaffade nånting bättre, han hade ju pengar så det räckte. Det var inte så kul som han trodde, hursomhelst...

– Ensam med sitt samvete? sa Moreno.

– Antagligen, sa Reinhart. Han kontaktade systern och berättade att han hade fått problem, det var innan jag hälsade på hos henne. Hon ringde och varnade honom, men hon förstod nog inte vem jag var och han orkade inte vara ensam längre. Han berättade inte för henne vad han gjort, bara att han hade bekymmer. Kom och besökte henne när han trodde kusten var klar... men det var den alltså inte. Måste ha känt sig för jävligt isolerad. Ju fler människor som bor i en stad, desto mer utrymme att bli ensam. Tror han knaprat i sig rätt så mycket mediciner också, det är antagligen därför han gått i land med alltihop... verkar börja inse först nu att han faktiskt dödat fyra människor.

– Sammanbrottet är nära? undrade Moreno.

– Skulle tro det, sa Reinhart. Vi får diskutera vidare när jag är tillbaka. Kan du tala med *kommissarien*, förresten? Jag kommer med Clausen imorgon kväll... det är bra om han får säga hur han vill ha det. Eller vad tycker du?

– Allright, sa Moreno. Det blir en sista rond som han ville i alla fall.

– Det verkar så, sa Reinhart. Nåja, over and out, då.

– Vi ses, sa Moreno.

På onsdagsmorgonen snöade det igen. De var fyra stycken i bilen ut till JFK; Bloomguard och Reinhart i framsätet, Clausen och en jättelik färgad polisassistent vid namn Whitefoot i baksätet – de bägge sistnämnda sammanlänkade medelst handbojor till vilka Whitefoot hade en nyckel i byxfickan, Reinhart en andra i reserv i plånboken. Det märktes att det lackade mot jul; det tog bara en dryg halvtimme ut till flygplatsen, men de hann höra White Christmas två gånger och Jinglebells tre i bilradion. Reinhart kände att han längtade hem.

– Trevligt att råkas, sa Bloomguard när de stod utanför säkerhetskontrollen. Vi räknar så smått med en tripp till Europa om tre-fyra år, Veronique och jag. Och Quincey, förstås. Kanske kan vi ses över en kopp kaffe? I Paris eller Copenhagen eller nånstans?

– Sure, sa Reinhart. Både det ena och det andra. Du har mitt kort.

De skakade hand och Bloomguard återvände ut i avgångshallen. Clausen tycktes ha blivit livlösare för varje timme som gått sedan de hittade honom, och Whitefoot fick nästan släpa honom ombord på planet. Reinhart var innerligt tacksam över att det inte var han själv som behövde sitta ihoplänkad med mördaren under den sju timmar långa flygresan. Han hade visserligen erbjudit sig att ta hem doktorn på egen hand, men det hade aldrig varit tal om att tillmötesgå honom. Whitefoot hade varit ute på sådana här resor förr och han visste vad det var frågan om. Utan resonemang tryckte han ner Clausen på fönsterplatsen, satte sig själv bredvid och lämnade gångplatsen åt Reinhart. Han förklarade för Clausen att han gick med på ett toalettbesök, inte mer, och att han kunde betrakta sin högerarm som amputerad. Alla sysslor – matintag, bläddring i bok och tidning, näspetning fick skötas med vänstern. Det var ingen konst, sa Whitefoot, man hade mera tid än i fucking hell.

Reinhart var tacksam, som sagt. Läste vidare i Ellroy, sov, åt och lyssnade på musik och klockan 22.30, lokal tid, landade man på Sechshafen i ett dimmigt Europa. Whitefoot tackade för sig. Checkade in för en natt på ett flyghotell, överlämnade Clausen i Reinharts, Rooths, Morenos och Jungs vård och önskade god jul.

– Tre stycken? sa Reinhart. Inte fan behövde ni komma allihop.

– DeBries och Bollmert väntar i bilarna, sa Moreno.

Det var en dag kvar till julafton.

39

Reinhart hade inte givit order om genomgång och inte någon annan heller.

Ändå var en kvartett på plats i hans rum klockan tio följande dag, som var torsdagen den 24 december. Julaftons förmiddag. Moreno och Jung satt på varsitt fönsterbräde och försökte undvika att titta på regnet, som hade börjat under de tidiga morgontimmarna och raskt spolat bort alla fåfänga drömmar om en vit helg. Grått, vått och blåsigt; staden hade återfunnit sitt grundackord.

Lite längre bort från regnet halvlåg Reinhart bakom skrivbordet; deBries och Rooth hade sjunkit ner i besöksstolarna på ömse sidor om den väl tilltagna julblomma, som någon (förmodligen fröken Katz på order av polischefen personligen) varit inne och dekorerat rummet med.

– Då var det i hamn, då, konstaterade deBries. Rätt bra timing, måste man säga.

Reinhart fick fyr i pipan och höljde in både blomman och deBries i ett moln.

– Jo, sa han. Faktiskt.

– Hur dags kommer han? frågade Jung.

Moreno såg på klockan.

– Under förmiddagen, sa hon. Han ville inte precisera bättre. Man kanske bör tillåta honom vissa ramar också med tanke på... ja, med tanke på allt möjligt.

Reinhart nickade och rätade upp sig en smula i stolen.

– Vi har ovanligt liten anledning att förhäva oss den här

gången, påpekade han och lät blicken gå runt mellan kolle-
gerna. Eftersom ni ändå sitter här, kanske det är lika bra att
summera lite... innan det är dags, alltså.

– Innan det är dags, upprepade Rooth. Usch.

– Det var mordet på *kommissariens* son som var start-
punkten i det här fallet, konstaterade Reinhart, och det var
kommissarien som drog flest strån till stacken när det gällde
att lösa det. Det kan inte förnekas. Han fiskade upp utpress-
ningsmotivet, han gav oss namnet Keller och han misstänkte
att det var Clausen som försvunnit till New York. Fråga mig
inte hur fan han bär sig åt, det sista kom han på när han satt
och spelade schack, påstår han...

– Har dom hittat Keller? frågade deBries.

Reinhart nickade.

– Le Houde var ute med sitt team och grävde upp honom
imorse. Clausen behövde inte följa med, det räckte med
karta och beskrivning. Blir nog en ganska gles skara när han
ska i jorden på riktigt. Ingen verkar sörja Aron Keller, det ska
gudarna veta.

– Undra på det, sa Moreno.

– Doktorn, då? Hur står det till med mördaren själv? frå-
gade Rooth. Glad som en lärka?

Reinhart rökte under tystnad en stund.

– Vet inte riktigt, sa han. Tror inte han håller ihop mycket
längre till. Och hur det blir när han träffar... nej, jag har
ingen aning. Har lovat att dom ska få vara ensamma, för öv-
rigt. Hoppas det inte går alldeles åt helvete nu, bara.

Telefonen ringde. Det var Joensuu nerifrån vakten.

– Han är här nu, förklarade han högtidligt. *Kommissarien*
är här.

Det hördes att han stod i givakt medan han talade.

– Allright, sa Reinhart. Be Krause gå med honom ner till
arresten. Jag kommer om en minut.

Han la på luren och såg sig omkring.

– Då så, sa han och reste sig. Kriminalkommissarie Van Veeteren har just anlänt för att hålla förhör med sin sons mördare. Vad fan sitter ni här och hänger för?

Rummet var blekgrönt och fyrkantigt. Möblemanget enkelt; ett bord med två stålrörsstolar, ytterligare två stolar vid en av väggarna. Inga fönster; ljusrör i taket som spred ett kliniskt, demokratiskt sken över varje kvadratcentimeter.

Ingen askkopp på bordet. Bara en karaff vatten och en trave plastmuggar.

Clausen var på redan på plats när Van Veeteren kom in. Satt vid bordet med händerna knäppta framför sig och blicken sänkt. Enkel vit skjorta, mörka byxor. Han hade suttit orörlig i flera minuter; *kommissarien* hade betraktat honom en stund genom titthålet, innan han tecknade åt Krause och Reinhart att släppa in honom.

Han drog ut stolen och satte sig vid bordet. Clausen höjde inte blicken, men Van Veeteren kunde se hur musklerna i hals och käkar spändes. Han väntade. Knäppte händerna på samma sätt som sin sons mördare och lutade sig en aning framåt över bordet. Det gick en halv minut.

– Vet du vem jag är? frågade han.

Doktor Clausen svalde, men svarade inte. Van Veeteren såg att hans knogar börjat vitna och att huvudet darrade. Små oscillerande skakningar, som vattringar genom ett lövverk före stormen. Han höjde fortfarande inte blicken.

– Har du någonting att säga till mig?

Inget svar. Han märkte att Clausen höll andan.

– Jag har en träff med Elizabeth Felders om en timme, förklarade Van Veeteren. Mamman till Wim, som du också dödade. Har du någon hälsning till henne?

Han väntade. Jag är glad att jag inte har ett vapen, tänkte han.

Till slut drog Clausen ett djupt andetag och såg upp.

Mötte *kommissariens* blick med ögon som tycktes vilja försvinna in i huvudet på honom.

– Du skall veta..., började han, men rösten bar inte. Han hostade ett par gånger och flackade med blicken. Gjorde ett nytt försök.

– Du skall veta att jag var en normal människa för två månader sedan... alldeles normal, jag vill bara säga det. Jag kommer att ta livet av mig så snart jag får tillfälle. Så snart jag får... tillfälle.

Han tystnade. Van Veeteren såg in i de döda ögonen i fem sekunder. Kände hur någonting plötsligt hände inom honom. Hur hans varseblivning av rummet runtomkring bordet började krympa, och hur han sakta men säkert var på väg att dras ner i någonting mörkt och virvlande, någonting sugande och... oåterkalleligt. Han blundade hårt och lutade sig tillbaka.

– Lycka till, sa han. Vänta inte för länge, då kommer jag tillbaka och påminner dig.

Han satt kvar ytterligare några minuter. Clausen stirrade på sina händer igen och darrningarna fortsatte. Ventilationssystemet susade. Det knäppte några gånger i lysrören. I övrigt hände ingenting.

Så reste sig Van Veeteren upp. Tecknade att han ville bli utsläppt och lämnade rummet.

Han bytte inte ord, varken med Reinhart eller med någon annan. Gick raka vägen tvärs igenom entrén, fällde upp paraplyet och vandrade ut i staden.